Mary Wings

Sie kam gestochen scharf

Aus dem Amerikanischen von Andrea Droste

Ariadne Krimi 1085
Argument

Ariadne Krimis werden herausgegeben von Frigga Haug

Titel der amerikanischen Originalausgabe: She Came by the Book
© 1996 by Mary Wings

Redaktion: Else Laudan

Lektorat: Iris Konopik

Von Mary Wings ist bei Ariadne bereits erschienen:
Sie kam zu spät (Ariadne Krimi 1031)
Sie war schnell wie der Blitz (Ariadne Krimi 1047)

Die Deutsche Bibliothek – CIP-Einheitsaufnahme
Wings, Mary:
Sie kam gestochen scharf / Mary Wings
Aus dem Amerikanischen von Andrea Droste
1. Aufl. – Hamburg ; Berlin : Argument-Verl., 1996
(Ariadne Krimi ; 1085)
ISBN 3-88619-585-6
NE: GT

Deutsche Erstausgabe

Eppendorfer Weg 95 a, 20259 Hamburg
Telefon 040 / 40 18 00 0 – Fax 040 / 40 18 00 20
Titelgraphik: Johannes Nawrath. Signet: Martin Grundmann
Texterfassung durch die Übersetzerin
Fotosatz: Steinhardt, Berlin. Druck: Clausen & Bosse, Leck
Gedruckt auf säure- und chlorfreiem Papier

Für Eric Garber
der den Mondschein in einem Glas nach Hause trägt

Danksagung

Ganz besonders möchte ich meinen Mentorinnen auf Bernal Hill danken: Joan Holden, Kris Kovick und B. Ruby Rich. Ihr Beispiel, wie prima sich Leben und Schreiben kombinieren lassen, wird mich auch weiterhin inspirieren. Einen Gruß an Cindy Cooper, die den Titel vorgeschlagen hat, und an die Antiquarin Celia Sack, die genau weiß, wie sich Pergament anfühlt.

Der VIP-Tisch

Tracy Port – Archivleiterin
Renquist Falkenberg – Stadtrat
Deborah Dunton – Vorstandsvorsitzende, Paartherapeutin
Allen Boone – Stellvertretender Archivleiter
Helen Thomas – Krimiautorin, Festrednerin
Berniece Able – Vorstandsmitglied, Dichterin und Pulitzerpreisträgerin
Carla Ribera – Vorstandsmitglied, Modefotografin
Larry Boznian – Künstler und Schöpfer des Deckengemäldes
Francesca Alcazon – Gertrude Stein-Expertin
Rose Baynetta – Mäzenin, in der Sicherheitsbranche tätig
Lee Turgo – Mäzenin, Chiropraktikerin
~~Frances Cohen – Ärztin und Forscherin~~ *verhindert*
Emma Victor – Mäzenin

History there – is no disaster – Those who make history –
Cannot be overtaken – As they will make – History which they
do – because it is necessary – That everyone will – Begin to
know that – They must know that – History is what it is –
Which it is as they do –

Geschichte dort – gibt's kein Verhängnis – Die Geschichte machen –
Können nicht überrumpelt werden – Da sie Geschichte machen – was sie
tun – weil es notwendig ist – Daß alle Menschen – Anfangen zu
verstehen – Verstehen müssen – Geschichte ist was sie ist –
Was sie ist da sie es tun –

Gertrude Stein aus: We Came, A History, 1930

PROLOG

Als gestandene Lesbe hätte ich nie gedacht, ich könnte mich daran stoßen, daß eine andere Frau im gleichen Kleid wie ich zu einem großen Anlaß erscheint. Aber diese Frau war Tracy Port, und das Kleid stand ihr großartig, sogar noch, als sie sich mir zu Füßen krümmte, vergiftet.

Widerstrebend sah ich zu, wie ihr Körper zuckte. Ich fühlte mich schuldig. Nicht, weil es mir etwas ausmachte, daß Tracy zur Einweihungsfeier des Lesbisch-Schwulen Howard-Blooming-Gedenkarchivs das gleiche Kleid trug. Und auch nicht, weil ich fand, daß sie sogar im Moment ihres Todes besser darin aussah als ich. Sondern weil ich das unbestimmte Gefühl hatte, diese Katastrophe, die das Festessen ruiniert und Tracy das Leben gekostet hatte, könnte meine Schuld sein.

Ich versuchte, nicht genau hinzusehen, als die Maske des Todes von Tracys Zügen Besitz ergriff. Wie versteinert starrten wir alle auf Tracy hinunter, die verzweifelt ihre Kehle umklammert hielt, während die schwarzen Pailletten an unseren Kleidern wie ein paar Tausend erblindete Waschbären blinzelten. Unten auf dem Marmorfußboden schob sich der Saum des Kleids nach oben und entblößte die muskulösen Beine der Archivleiterin. Aufsehenerregende Beine, die sie über viele Ziellinien getragen hatten. Auch auf öffentlichkeitswirksamen Jogging-Runden mit Politikern, wie dem Kandidaten für das Senatorenamt, Renquist Falkenberg. Tracy hatte jedoch mit einem unsichtbaren Todesdämonen getanzt, und der Tanz war nun vorüber. Tracy lag zu meinen Füßen. Tot.

Reiß dich zusammen, Emma Victor. Finde heraus, was genau du hier eigentlich tust. Und warum jemand an der Schachtel zerrt, die du unter den Arm geklemmt hältst. Eine Schachtel voller Geschichte, die du mit deinem Leben bewachen sollst. Es hatte alles mit einem kleinen Botengang begonnen. Mit Mord hatte es geendet. Halt sie gut fest.

KAPITEL EINS
Geschichte Erster Teil

Der Nebel kroch über die Hügel wie der Geist aus einer zweitklassigen Wunderlampe. Er wälzte sich durch den Spalt im Twin Peaks und breitete sich im Castro Valley aus. Der Nebel war so dicht, daß das C und das A auf dem Schild des stuckverzierten Kinopalastes »Castro Theater«, unserem Wahrzeichen, ausgelöscht wurde. Durch den Dunst war einzig ein helles rosa STRO zu erkennen; es vergoldete mit seinem Neonlicht das fröhliche Homo-Völkchen, das durch die Straßen schlenderte, Kekse mit Schokoladenstückchen kaufte, Videofilme auslieh und sich in Cliffs Eisenwarenladen umsah. Paare umarmten einander im Nebel und lachten. San Francisco, die Stadt, in der es niemals regnet, die Straßen aber immer naß sind.

Ich war auf dem Weg zu einem andere les/bi/schwulen Wahrzeichen, dem Rainbow House. Eine alte viktorianische Heimstätte, Mitte der siebziger Jahre erworben wie so viele andere Wohnhäuser auch. Weiße schwule Männer, denen ein reichliches Einkommen zur Verfügung stand, hatten die Grundstücke rund um das Castro Theater aufgekauft. Sie hatten nach und nach die Iren aus der Arbeiterklasse verdrängt, die in die Vororte geflüchtet waren, um den Schwulen und der wachsenden Kriminalität zu entkommen. Die neuen Eigentümer hatten die ehemals weißen und beigen viktorianischen Häuser in fröhliche bunte Wohnstätten mit perfekt gestutzten Rosensträuchern in den Vorgärten und Blumenkästen an den Fenstern verwandelt. Kein einziges welkes Blatt. Die Grundstückspreise schossen in den Himmel. Das Homodorado wurde zum Traum eines jeden Immobilienmaklers. Rainbow House, die Residenz des ehemaligen schwulen Abgeordneten Howard Blooming, war ein Traum, der Wirklichkeit geworden war.

Ich parkte den Wagen am Bordstein eines steilen Hügels und mußte gegen die Schwerkraft ankämpfen, um die Tür aufzubekommen. Als ich in den kühlen Schleier des Nebels hinaustrat, fröstelte ich und zog den Kragen meiner Lederjacke hoch. Ich blickte zu dem vertrauten Haus hinauf, die Ziffern der massiven Messing-Hausnummer strahlten mir entgegen.

Ich fragte mich, wie lange David wohl diesmal bleiben würde. Dann hörte ich auf, mich das zu fragen. In der Mitte des kürzlich gesäuberten Gartens schaukelte an einem spitz zulaufenden Pfahl ein großes „Zu verkaufen"-Schild. David wollte das Haus also verkaufen. Das war schon in Ordnung. Wenn es nach mir ging, konnte sich das Rad der Geschichte ruhig weiterdrehen. Sollten doch andere Menschen in der Vergangenheit leben, dachte ich. Jedenfalls dachte ich das in jenem Moment. Ich hatte vergessen, daß wir manchmal die Summe der Ereignisse sind, die sich in der Vergangenheit abgespielt haben. Und daß die Vergangenheit dir deine Zukunft diktieren kann, als wäre sie in Stein gemeißelt. Oder in glänzendes Messing graviert.

Howard Blooming hatte in diesem Haus mit seinem Geliebten, David Stimpson, gelebt. Howard, ursprünglich ein zurückhaltender Chemiker, war die Ehre zuteil geworden, der erste gewählte schwule Repräsentant unseres Landes zu werden. Und der erste Märtyrer.

Der hufeisenförmige Torbogen führte in einen Säulengang, wo ein Flachrelief liebevoll freigelegt und restauriert worden war. Howard Blooming hatte ein ganzes Wochenende gebraucht, um mit Zahnarztinstrumenten und einem kleinen Gasbrenner die Farbe von der Holzschnitzerei zu entfernen. Sonne, Mond und Sterne in Gold auf blauem Hintergrund. Die ursprüngliche Bedeutung des Reliefs ging 1906 beim Brand des Rathauses verloren, als der größte Teil der Stadtchroniken vernichtet wurde. Eine Lampe aus Facettenglas warf trauriges, gebrochenes Licht auf die Veranda, auf der in früheren Zeiten ein Mann und eine Frau einen unschuldigen Kuß getauscht hatten. Oder zwei Frauen.

Howard Bloomings Küsse waren niemals unschuldig gewesen. Als Howards Pressesprecherin hatte ich seinen Hang zu jungen Männern in Uniform geheimgehalten. Es war nicht einfach, diese Dinge vor David zu verbergen, aber absolut notwendig. Er hatte stets eine Affäre zwischen Howard und dessen Protegé, Renquist

Falkenberg, vermutet, obwohl das die eine Paarung ergab, die ich mir nicht vorstellen konnte. David war ein bißchen paranoid, und wir mußten ihn mit Glacéhandschuhen anfassen. Aber das war zwanzig Jahre her. Ich drückte die Türklingel aus Messing. Irgendwo im Haus begann die alte Standuhr zu schlagen, so wie sie in Howards Haus immer geschlagen hatte.

Bim, bim. Tanya, Gepäckabteilung. Dritter Stock. Tanya, Tanya.

Ich hatte gerade bei Macy's eingekauft, als mein Pager zu piepsen anfing. Ich durchquerte die Kosmetikabteilung und sah neben den Fahrstühlen eine Reihe Telefonzellen. Ich rief die Nummer an, die auf der Digitalanzeige erschienen war, es war Willies Büro. Willie Rossini war Anwältin und hatte einige von Howard Bloomings und David Stimpsons rechtlichen Angelegenheiten geregelt. Ich regelte einige von Willies Angelegenheiten; die meisten davon durften nie öffentlich bekannt werden. Beweise, die niemals genutzt werden würden. Spuren, die wohl niemals verfolgt worden wären. Aber heute abend würde es anders sein.

»Emma, ich bin's, Willie. David Stimpson ist gerade aus Paris gekommen. Er braucht ein bißchen Hilfe. Ich habe ihm gesagt, ich würde dich anrufen und schauen, ob du Zeit hast, beim Rainbow House vorbeizufahren –«

Bim, bim. Elissa, Strumpfwaren. Elissa, Strumpfwaren.

»Gehst du nicht heute abend sowieso zu dieser Gala? Es liegt praktisch auf dem Weg«, krächzte Willie. Ich konnte den Chorus *Pro bono, pro bono* schon förmlich hören. David Stimpson war notorisch billig. Und theatralisch.

Bim, Marguerite, Marguerite, Handtaschen, bim, bim, bim.

Ich sah Menschen die Fahrstühle betreten und verlassen. Nachdem Howard einem Attentat zum Opfer gefallen und eine angemessene Zeit der Trauer vorüber war, hatte sich David Stimpson für öffentliche Auftritte in Howards Namen zur Verfügung gestellt. Er hatte sich den Mantel der Berufswitwe übergeworfen wie einen einfachen schwarzen Umhang. Die Witwe von Howard Blooming war keine geringe Position im Homodorado, aber es war eine Rolle, die ich nicht sonderlich bewunderte. Trotzdem wußte ich, daß David Howard geliebt hatte. Die Berufswitwe zu spielen hielt ihn beschäftigt, konnte den Verlust aber nicht wettmachen.

Und dann kam Renquist Falkenbergs politische Karriere auf Touren, Renquist mit seiner schier endlosen Energie, ein Vollblutpolitiker, der Tage und Nächte durcharbeiten konnte. Das helle Licht von Renquists Aufstieg warf einen großen Schatten auf den kleinen David Stimpson. David Stimpson ohne Agenda, besaß nur seine Witwentracht, ein nettes Stück Grundbesitz und zu viele Erinnerungen. David vermietete Rainbow House und zog nach Paris.

»Es ist kaum ein Umweg für dich. Nur ein kleiner Botengang«, sagte Willie.

»Also ich weiß nicht.«

»Tu es Howard zuliebe.«

»Wie wär's statt dessen mit ein bißchen Knete?«

»Tut mir leid, Emma, dies fällt unter bürgerliche Pflichterfüllung. Aber ich glaube, ich habe bald einen besseren Auftrag für dich.«

»Zum Beispiel –«

»Beschattung.«

Beschattung. Schnüffeln und Herumschleichen. Konnte bedeuten, daß ich für die größeren Dollarscheine endlos in meinem Wagen herumhocken mußte. Außerdem besaßen Bürgerpflicht und Neugier noch immer eine Menge Zugkraft. »Na schön, ich gehe hin.«

»Ich muß dich vorwarnen.« Ich konnte hören, wie Willie an ihrer Zigarette zog. »Er ist leicht aus der Fassung. Er *glaubt*, daß ihm jemand gefolgt ist.«

Nachdem ich eingehängt hatte, mußte ich einer Parfumverkäuferin ausweichen, die mir augenzwinkernd mit einem Flakon drohte. Bei Macy's arbeiten mit Sicherheit eine Menge Lesben, dachte ich, als ich das Kaufhaus verließ.

Während ich an Davids Tür wartete, sah ich den vertrauten dünnen Schatten hinter dem geätzten Glas auftauchen. Er kam näher und näher, durchquerte mit großen Schritten den langen Flur der Zeit, bis der Bolzen aus dem Schloß glitt, der Messingknauf herumgedreht wurde.

»Emma!« Die kleinen Augen waren wachsam, und er zögerte. Wir würden uns nicht in der kalifornischen Umarmungszeremonie ergehen. David und ich hatten uns nie in Nettigkeiten ergangen, besonders nicht nach Howards Tod. Über seinen Lippen trug er eine schlaffe Version seines alten kunstvollen Schnurrbartes, in seiner Hemdtasche steckte ein kleines schnurloses Telefon mit eingezogener Antenne.

»Danke, daß du gekommen bist, Emma.«

»Schon in Ordnung, aber ich kann nicht lange bleiben.« Der Flur war lang und leer. Howard hatte die Zierleiste über der Holzvertäfelung mit kleinen Aufziehspielzeugen dekoriert. Aber sie waren längst verschwunden.

»Schön dich wiederzusehen«, tönte meine Stimme, blechern, unaufrichtig. Davids Oberlippe zitterte. »Was kann ich für dich tun?« fragte ich.

»Ich hasse es, hier zu sein, Emma.« Ich bereitete mich auf den ›Weißwein‹ vor, die lange Einleitung mit all den Einzelheiten, die David mir über sein Leben erzählen würde und die ich nicht hören wollte, bevor er zum Höhepunkt kam, dem Botengang, den ich für ihn erledigen sollte. Ich wollte einfach nur den Auftrag hinter mich bringen. Ich wollte meinen Smoking anziehen und Frances dabei zusehen, wie sie sich die schwarze Hülle überstreifte, die ich in einer Macy's-Schachtel bei mir trug.

»Ich gebe es auf, Emma, endgültig.« David deutete mit der Hand auf den leeren Flur, seine Haut war mit Altersflecken gesprenkelt, seine Arme waren noch immer hübsch gebizepst. »Ich hatte gehofft, nach zwanzig Jahren endlich in der Lage zu sein, zurückzukehren, aber ich kann einfach nicht. Es gibt merkwürdige Geräusche hier im Haus – ich habe den Verdacht, daß ich verfolgt werde –«

»Du solltest einen härteren Kurs einschlagen, David, auch in bezug auf dein Telefon.« Ich deutete auf seine Hemdtasche, aber David, immer noch ganz die alte Klatschtante, beäugte die Schachtel von

Macy's. Der tiefe Rückenausschnitt würde Frances' schöne Schulterblätter perfekt einrahmen.

»Du hast bei *Macy's* eingekauft?«

Ich nickte.

»Ich kaufe schon *ewig* nicht mehr bei Macy's.«

»Ach, wirklich, David, ich bin am Boden zerstört.« Aber ich war auch neugierig. »Hast du schon ein Angebot für das Haus bekommen?«

»Zwei Millionen.«

Zwei Millionen. »Zwei Millionen? Seit wann ist das hier Pacific Heights?«

»Es ist das einzig erhaltene Beispiel für die Queen-Anne-Architektur dieser Periode, ganz abgesehen von –« Beleidigt verzog er seine schmalen Lippen und setzte noch einmal an. »Ich habe ein Angebot über zwei Millionen bekommen. Fix.«

»Zwei Millionen. *Masl-tow*. Wer ist der Käufer?«

»Das Gebot war anonym. Willie Rossini regelt das für mich.« Er seufzte dramatisch. »Es wird guttun, hier wegzukommen. Weg von all den Erinnerungen – Howard hätte diese Rede nie, nie, nie halten dürfen.«

Ich sah David zu, wie er sich wie eins von Howards kleinen Spielzeugen aufzog.

»Können wir noch einen kurzen Moment in der Gegenwart verweilen, David? Oder willst du die Uhr zurückdrehen und bei der einen Sekunde anhalten, die die Geschichte verändert hat?«

»Es *gab* regelmäßige Morddrohungen, Emma. Seit Howard bei dieser Taufe aufgetreten ist – dazu noch diese Kampagne für schwule Lehrer. Ich kann bis heute nicht begreifen, warum er so oft im Rampenlicht stehen mußte.«

»Ach, David –« Aber es gab nichts mehr zu sagen. Wir alle wußten, was vor zwanzig Jahren geschehen war. Es würde sich nicht mehr rückgängig machen lassen. Eine von der Universal Community Church gefeierte Taufe hatte die rechten Fundamentalisten aufgehetzt. Auf dieser Taufe hatte Jeb Flynne in Howard Blooming den Feind erkannt, den es zu vernichten galt.

Die Kirche hatte eine ökumenische Taufzeremonie angeboten, an der Eltern jeglicher sexueller Präferenz mit ihren Säuglingen teilnehmen konnten. Dieses echte gegenkulturelle Ereignis war für San Franciscos Community eine große Freude gewesen. Für die Presse war es sogar noch besser gewesen.

Die rechten Fundamentalisten hatten Wind davon bekommen und massiven Protest veranstaltet. Flynne war regelrecht besessen von dem Politiker. Er schrieb eine ganze Flut von Briefen, die sich in ihrer Blutrünstigkeit immer weiter steigerten. Howard bearbeitete gerade seine Post, als Flynne ihn drei Wochen später in seinem Büro ermordete. David war nicht davon abzubringen, daß sein Geliebter auf jener Taufe zum Sterben verurteilt wurde. So spielte es sich in David Stimpsons Kopf ab. Und es war noch immer alles allein meine Schuld. Meine schwere Schuld.

»Emma, ich habe dich angefleht, Howard die Rede nach der Taufe nicht halten zu lassen. Er hätte auf dich gehört, aber du hast *geschwiegen.* Das war mehr als nur schlechtes Urteilsvermögen. Das war *grobe Fahrlässigkeit.* Du hast mir den einzigen Mann genommen, den ich je geliebt habe.«

Das Ganze noch einmal von vorn, immer wieder die gleiche Geschichte.

»David, zieh die Nägel aus deinen Händen und steig vom Kreuz. Es war nicht *meine* Aufgabe, Howard zu beschützen, David. Ich war seine *Pressereferentin.*« Meine Wut war längst erkaltet. David versuchte noch immer, die Schuld auf andere abzuwälzen. Tatsache war, daß *er* verärgert davonstürzte, als Howard sich nicht davon abbringen lassen wollte, seine Rede zu halten. Howard wurde ermordet, bevor sie sich hatten versöhnen können.

Ich war es gewesen, die Howard in den Armen hielt, als er starb, ich war es gewesen, die seine letzten Worte hörte. David hatte die einmalige Chance verpaßt, zur Jackie Kennedy der Schwulen zu werden.

»Ich will nur endlich Howards Tagebücher loswerden –«

»Howards Tagebücher?« Die Worte hingen in der Luft, bahnten sich ihren Weg durch die gepackten Kartons. Vergessene Erinnerungen, wie Mäuse, die über Buchseiten huschen. »Du hast Howards Tagebücher?«

»Ja. Und jetzt kannst *du* sie haben. Um sie zur Gala zu bringen.«

Er führte mich in den im viktorianischen Stil eingerichteten Salon, wo Davids Geschmack herrschte. In seinen frühen Tagen hätte der Salon Mary Todd Lincoln mit Stolz erfüllt. Aber jetzt – seiner roten Brokatvorhänge, seiner handgearbeiteten, hauchdünnen Spitzengardinen und goldenen Spiegel beraubt, ohne die goldenen Engel, die auf Zehenspitzen schwebten – wirkte er verloren. Ein verlassenes Bordell, ein Raum, der Howard stets amüsiert hatte.

Und jetzt war der Panoramablick zwei Millionen Dollar wert. Der Nebel hatte sich wie ein pelziger weißer Schal um den Fernsehturm von Twin Peaks gewickelt. Die Lichter schimmerten wie Nadelstiche auf den sanft geschwungenen Hügeln. Die kunterbunten Farben der Häuser verblaßten in der Dämmerung. Alle möglichen Freunde und Familien kamen von der Arbeit nach Hause, um das Abendessen in die Mikrowelle zu stellen.

Ich sah mich um. Dieses Heim gab es längst nicht mehr. Reihenweise Kartons waren gepackt und ordentlich beschriftet.

»Emma, ich möchte, daß Howards letzte Tagebücher im Lesbisch-Schwulen Archiv aufbewahrt werden«, sagte er feierlich.

»Das Lesbisch-Schwule *Howard-Blooming-Gedenkarchiv*«, sagte ich leise. »Du weißt doch, daß sie es nach Howard benannt haben.«

»Was?« David schauderte, und ein trauriger Ausdruck schlich über sein Gesicht. »Ich glaube, ich habe *wirklich* den Anschluß verloren. Wie dem auch sei, ich möchte Howards Tagebücher dem Archiv übergeben. Ich habe es Willie gegenüber erwähnt. Sie sagte mir, daß du heute abend zum Gala-Dinner gehst.«

Die Tagebücher. Die Tagebücher aus Howards letzten beiden Jahren. Ich wußte, daß er diese Tagebücher geführt hatte. David hatte jedoch stets behauptet, sie wären verschollen. Ich hatte ihm die Geschichte von ihrem angeblichen Verschwinden nie geglaubt.

David verließ das Zimmer und kam mit einer altmodischen Schachtel mit verblichenem Blumenmuster zurück. Von Macy's. Wo

David nicht mehr einkaufen ging. Ich betrachtete die Schachtel und fragte mich, welche Geschichte sie wohl jetzt enthielt. War ursprünglich ein Satz Champagnergläser darin gewesen? Ein Geschenk, vielleicht von David Stimpson an Howard Blooming, das an einen glücklichen Moment zu Beginn ihrer Beziehung erinnerte?

Durch die beiden Hälften der Schachtel war ein Kordelgriff gefädelt, der auf dem Deckel lag. David sah mich sehr lange an. Sobald ich die Tagebücher hatte, würde er die letzten Geheimnisse von Howard Blooming los sein, Geheimnisse, die David Stimpson vielleicht noch immer verfolgten, Geheimnisse, die er wahrscheinlich an einen Verlag verkaufen konnte; angesichts des boomenden lesbischwulen Buchmarktes zu jedem beliebigen Preis. Bevor er die Gelegenheit hatte, mit seinem Gewissen zu ringen und zu verlieren, sprach ich.

»Du tust das Richtige«, sagte ich.

»Ja.« David wirkte erleichtert. »Ich habe für dich einen Termin mit Allen Boone gemacht, dem stellvertretenden Leiter des Archivs. Er ist natürlich begeistert.« David sah auf die Schachtel hinunter. »Die letzten Tagebücher. Und Briefe.« Seine Stimme war leise. »Und, äh, persönlicher Kram – Memorabilien. Es ist alles hier drin.«

Ich streckte meine Hände aus und nahm das Paket. Es war gleichmäßig mit zwei Dekaden altem Staub bedeckt. Irgend etwas, vielleicht eine Murmel, rollte über den Boden der Schachtel.

»Irgendwas rollt da drin herum.« David lächelte schwach. »Ich schätze, Howard hat noch ein paar zusätzliche Erinnerungen mit eingepackt. Er ist immer so, so – unordentlich gewesen.«

Howards Image als leicht zerstreuter Chemiker hatte ihm gut gedient. Aber er hatte das Gedächtnis eines Elefanten besessen, wenn es um den politischen Zoo von San Francisco ging. Ich starrte die Schachtel in meinen Händen an. Sie war schwer. Ich mußte mir ein Grinsen verkneifen.

»Oh, und noch was, Emma. Das Wichtigste. Die Tagebücher müssen unter Verschluß bleiben, bis alle, die darin erwähnt sind, gestorben sind. Die Schachtel muß versiegelt werden, Emma. Sechzig Jahre lang. Das war Howards Wunsch. Ich weiß, daß ich dir vertrauen kann. Du wirst doch dafür sorgen, daß das geschieht, *oder*?«

Ich ging mit den beiden Schachteln von Macy's die Treppe runter. Die Sonne war am nebligen Horizont untergegangen. Das scheckige Licht der Dämmerung fiel durch die Bäume und auf die Schachteln. Eine alte Schachtel, die die Chronik einer lesbischwulen Vergangenheit beherbergte, die nicht länger existierte. Eine neue Schachtel für ein glanzvolles lesbischwules Ereignis, das sich damals keiner hätte träumen lassen.

Ich trat auf die Straße. Sie war leer, obwohl ich den Verkehr unterhalb des Gipfels hören konnte. Die Howard-Blooming-Schachtel schlug mir gegen die Hüfte. Ich schüttelte sie. Eine Art Perle oder Knopf rollte hin und her, ein beunruhigendes, unangenehmes Geräusch. Irgend etwas rollte lose in einer Schachtel herum, die sechzig Jahre lang versiegelt werden sollte. In meiner Phantasie überschlugen sich Geschichten und Mutmaßungen. Ich blieb einen Moment stehen, Versuchung und Loyalität zu Howard bekriegten sich in meinem Kopf. Ich könnte die Schachtel öffnen, und niemand würde es je erfahren. Mich in meinen Wagen setzen und bis zu Howards Tod zurückreisen, und darüber hinaus. Die Straße war still wie ein Sarg. Niemand würde es je erfahren. Mein Wagen winkte mir leise zu. Nein, ich würde nicht in die Schachtel hineinschauen.

Ich trat unter dem Baldachin der Eukalyptusbäume heraus, froh aus dem Schatten zu kommen. Die Straße war ruhig, nur ein paar Blätter fegten in einem Windstoß über den Bürgersteig. Die viktorianischen Häuser im Queen Anne, Edwardischen und Italisierenden Stil standen majestätisch die Hügel hinauf, kunterbunte Häuser mit violettfarbenen Usambara-Veilchen in den Blumenkästen. Ich hörte den historischen Applaus von Howards Leuten, unseren Leuten, die geflüsterten Gerüchte über Jeb Flynne, als ich die Schachtel mit Howards Familienleichen festhielt. Ich sah zu den Schlafzimmerfenstern des Hausherrn hinauf, die auf die Bucht hinausblickten. Sie hatten den Sicherheitsbeamten große Sorgen bereitet. Howard hatte dort in seinem Flanellpyjama mit Hahnentrittmuster gern seinen Morgenkaffee getrunken. Ich hatte ihm dort jeden Morgen einen kurzen Bericht gegeben. Ach, Howard.

Bevor er in die Politik ging, hatte Howard seine Zeit damit verbracht, im Haus herumzuwerkeln, in seinem Arbeitszimmer unten im Keller, mit seinen Bunsenbrennern und Reagenzgläsern. Er hatte seinen Beruf als Chemiker geliebt, ihn aber aufgegeben, um Geschichte zu machen und, wie einige sagten, für LSD. Eine der Leichen in seinem Keller war Laurie Leiss, seine Cousine, eine mutmaßliche Terroristin. Aber jede Familie hat schwarze Schafe, dachte ich, mir der Fenster um mich herum sehr bewußt. Fenster, hinter denen andere Menschen neue Geheimnisse schmiedeten. Bruchteile der Geschichte, für manche bedeutsam, zum Verschwinden verdammt.

Der Dunst streckte seine klammen Finger weiter aus. Der erste Abendstern kam durch den Nebel, und mir wurde klar, daß ich Rainbow House zum letzten Mal verließ. Ein offenes Cabriolet versuchte den Hügel zu erklimmen. Die Insassen lachten, ihre Gesichter waren hinter der Windschutzscheibe nur verschwommen zu erkennen. Der Arm des schwarzen Mannes lag um was nach einer weißen Transe aussah, in dem vergeblichen Versuch, ihn oder sie warmzuhalten. Ich blinzelte.

Dann bekam ihr Wagen Probleme mit der Kupplung; das hatte ich schon so oft auf den Hügeln von San Francisco erlebt. Der Motor wurde bei 45 Grad Steigung abgewürgt, sie verloren die Nerven, als sie den steilsten Punkt des Hügels erreichten. Es war besser, unten ordentlich Gas zu geben und den Schwung auszunutzen, um den schlimmsten Teil der Steigung zu schaffen, aber dieses Pärchen blieb in der Mitte des Hügels stecken, und sie hatten nur die Wahl, wieder rückwärts runterzurollen oder die Kupplung schleifen zu lassen, bis sie rauchte.

Der Fahrer entschied sich für letzteres. Die Kupplung heulte unter Protest auf und fing an zu schmoren, während sie lachten. Als sie den Gipfel des Hügels erreichten, konnte ich die Scheinwerfer sehen, das Nummernschild mit den niedrigen Ziffern. Nebel und der Geruch der qualmenden Kupplung. Ein Moment, den ich nie vergessen werde, weil er in einem Würgegriff endete. Urplötzlich legte sich ein Arm wie ein bösartiger Schraubstock um meinen Hals, drohte mir das Genick zu brechen.

Ich bleckte die Zähne und biß in den Ärmel einer dicken Lederjacke, aber die Arme legten sich nur noch enger um meinen Hals. Ich warf meinen Kopf vor und zurück in der Hoffnung, das befriedigende Geräusch zu hören, das entsteht, wenn der Schädel gegen eine Nase kracht, das Nasenbein bricht, ein erfreuliches, krachendes Geräusch, das nicht kam. Meine Finger packten die Griffe der Schachteln fester.

Die Arme drückten mir langsam die Luft ab, und die Welt begann an den Rändern schwarz zu werden. Ich zielte mit meinem Stiefel hinter mich, suchte nach irgendeinem Ausweg aus dem Würgegriff, irgend etwas, das die Lichter vor mir davon abhalten würde, auszugehen. Ich fand einen Oberschenkel, einen Fuß, in dieser Reihenfolge, aber mein Angreifer schien gegen Schmerzen immun zu sein. Der Würgegriff wurde fester. Die beiden Macy's-Schachteln zogen an meinen Handgelenken, als ich mit der Ferse endlich einen Unterleib traf. Es hätte ein direkter Treffer werden können, aber plötzlich war ich in der Unterzahl.

Ein zweiter Angreifer schoß aus der Dunkelheit wie ein schwarzer Pfeil, der auf meinen Kopf gerichtet war.

»Haaaa!« Obszönes, schallendes Gelächter aus dem offenen Cabrio, als es den Gipfel des Hügels erreichte. Mein Handgelenk wurde verdreht, jemand schrie, dann wurde alles dunkel. Das letzte, woran ich mich erinnern konnte, war der harte Abdruck von Beton auf meiner Wange. Jemand hatte den Bürgersteig hochgehoben und nach mir geworfen.

KAPITEL ZWEI
Jambische Pentameter

Schritte rannten in die Dunkelheit davon, und Frances' Kleid baumelte über mir an einem Ast; eine unsichtbare Gestalt schien sich darin zu winden. Ich mußte an *Strange Fruit* von Billie Holiday denken. Im Baum über dem Bürgersteig führte das Kleid zu dem Rhythmus, der mir durch den Schädel krachte, einen kleinen Tanz auf. Wo waren Howards Tagebücher?

Ich suchte den Bürgersteig nach der alten Macy's-Schachtel ab. Dann sah ich sie. Der Deckel war krumm und schief, lag aber immer noch auf. Das achteckige Paket beanspruchte unbekümmert einen Platz auf dem Beton, sein geflochtener Kordelgriff streckte sich meinen Fingern entgegen. Ich konnte gerade noch die Rücklichter des Cabrios mit der qualmenden Kupplung ausmachen, des Cabrios, das den Überfall auf mich beendet haben mußte. Das Ganze hatte nur wenige Sekunden gedauert.

Meine Finger krochen über den Bürgersteig, fanden den Kordelgriff, packten zu und zogen die Schachtel zu mir heran. Howards Tagebücher. Ich wiegte sie in meinen Armen und faßte mir an den Hinterkopf. Dort befand sich eine große schmerzende Beule. Aber Howards Tagebücher waren in Sicherheit.

Ich rief mir die Arme meines Angreifers ins Gedächtnis, meine Reaktionen, die nichts ausgerichtet hatten. Hätte ich mich umdrehen, auf die Augen zielen können, hätte ich ihn überwältigt. Aber nicht alle beide. Wenn das Cabrio nicht gewesen wäre – jemand hatte gerufen, war weggefahren – Überfall interruptus? Ich suchte nach meiner Brieftasche und fand sie unversehrt. Sie hatten sich nicht so viel Mühe gemacht, nur um ein Kleid zu stehlen.

Oder auch nicht zu stehlen. Ich wußte, daß es eine Gang gab, die im Castro arbeitete, und dies war ihre Handschrift. Sie hatte sich darauf spezialisiert, Frauen auf offener Straße zu überfallen, und in letzter Zeit waren die Räuber brutaler geworden.

Ich ging zu meinem Wagen, ließ den Motor an und konzentrierte mich auf die Straße, versuchte wieder klar zu werden. Ich hatte Howards Tagebücher noch. Ich legte Frances' Kleid zusammen. Wie durch ein Wunder war keine einzige Paillette abgerissen. Ich legte es in das Bett aus Seidenpapier zurück, kurbelte das Seitenfenster hinunter und nahm einen tiefen Atemzug vom tröstlichen, heimatlichen Duft Nordkaliforniens. Eukalyptus und Abgase.

Zehn Minuten später hielt ich vor unserem Heim in der *Mission*, einem Flachdachhaus im Italisierenden Stil. Das viktorianische Doppelhaus war der Arbeiterklasse-Cousin von Howards und Davids Queen Anne. Die beiden Schachteln auf dem Schoß, stemmte ich die Autotür auf und kroch aus dem Plastiksitz, als wäre ich hundert. Ich griff mir mit der Hand an den Hinterkopf und machte Dinge, die meine Kopfschmerzen verschlimmerten, aber ich konnte nicht damit aufhören. Ein Gesicht tauchte aus der Dunkelheit auf.

Es gab Momente, in denen ich unsere Hauspartnerin und Nachbarin von oben, Laura Deleuse, nicht sehen wollte. Dies war so ein Moment. Sie zog an ihrer Zigarette und musterte mich. »Du siehst nicht besonders gut aus, Emma.«

»Ach, wirklich?«

Laura war Polizistin und ich private Ermittlerin – das ließ uns nicht allzuviel Gesprächsstoff. Aber einmal, als wir beide in der Stimmung waren, die ganze Welt zur Hölle zu schicken, hatten wir ein paar Bierchen zusammen getrunken. Doch heute abend war es nicht die Welt, die Laura zur Hölle schicken wollte. Sondern mich. Laura blinzelte durch den Rauch ihrer Zigarette und schwieg.

»Na, sag schon, Laura, was willst du?«

Keine Antwort.

Dann: »Kannst du es dir nicht denken?«

»Ich bin zu müde, um zu raten. Ich möchte mich jetzt einfach nur für meine verdammte Verabredung umziehen, Laura.« Ich versuchte, mit den beiden Schachteln in meinen Händen an ihr vorbei zu kommen.

»Dann solltest du dir lieber die Haare waschen. Dein Nacken ist voller Blut.« Laura fuchtelte mit der orangenen Glut vor meinem

Gesicht herum, drehte sich dann um und stapfte die Vordertreppe hinauf, ein langsamer Schritt nach dem anderen, als ob jedes Bein seine eigene Entscheidung treffen müßte. Jedes Bein für sich entscheiden müßte, ob es den müden Rumpf von Laura Deleuse vom San Francisco Police Department in ihre Höhle tragen sollte. Staatsdiener, emsig wie die Bienen beim Dienen und Beschützen. Mir kamen beinahe die Tränen vor Rührung. »Im Prinzip ist mir ja egal, was du tust, Emma«, sagte sie, als sie oben angekommen war. Ich wußte, daß ich bald erfahren würde, wo das Problem lag. Sehr bald. »Ich wünschte nur, du würdest es nicht in *meinem* Hinterhof tun. Du weißt doch, daß sich die Gesetze geändert haben. Außerdem treibt sich das FBI in der Stadt herum.« Sie schloß die Tür mit Nachdruck, verschloß und verriegelte sie und legte die Kette vor.

Schon gut, schon gut. *Darum* ging es also. Es ging um *den Garten.* Laura war sauer wegen des Gartens. Ich fuhr mit einer Hand über mein Haar und den Nacken hinunter. Da war ein kleiner klebriger Blutfleck. Danke für die Warnung, Laura. Das FBI. Es wurde erzählt, daß dir das FBI den Wagen wegnahm, wenn sie einen Joint im Handschuhfach fanden. Es wurde erzählt, daß dir das FBI dein Haus wegnahm, wenn du Dope im Garten anbautest. Aber in San Francisco hatten schon immer andere Gesetze gegolten, also würde das FBI vielleicht erst eine Vorladung schicken. Vielleicht sollte ich die Pflanzen runterschneiden.

Ich blickte zur viktorianischen Stirnseite unseres Hauses hoch, gestrichen in der Farbe blauer Hortensien, die verschnörkelten Kanten weiß abgesetzt. Als ich die Haustür öffnete, sah ich das kobaltblaue Licht von Frances' Schreibtischlampe, ein Flackern aus ihrem Arbeitszimmer.

Ich hörte das leise Summen des Kühlschranks und Frances' hastiges Schreiben. Das große Wohnzimmer war dunkel. Wir hatten ein paar Wände rausgebrochen, um es zu vergrößern; der Raum erstreckte sich vor mir, voller Bücher und mit rotgemusterten Kelim-Teppichen ausgelegt. Ich betätigte den Lichtschalter. Eine Kette von Halogenlampen beleuchtete die Buchrücken und die sensationellen Siebdrucke an den Wänden. Auf einer Seite standen zwei zueinander passende Ledersofas mit Chromrahmen. Früher hatte Frances schwarzes Leder am Leib getragen. Heute saß sie drauf.

Fluffy, die Katze, putzte sich auf dem Kuhfell. Sie unterbrach ihr Lecken und starrte mich intensiv an, zwei gelbe, anklagende Augen, die sich plötzlich auf die Schachteln senkten.

Fluffy folgte mir träge in die Küche, wo ich beide Schachteln auf den Fußboden stellte. Sie beschnüffelte die Kanten der älteren Schachtel. Ihre dreieckige Nase schreckte ein, zwei Mal wie vor Empörung zurück. Nach weiterer Untersuchung beschloß sie, daß die ältere Schachtel ihre Freundin war, und rieb sich an ihr, entfernte mit dem Wischen ihres Fells den Staub und legte hellere Farben von Stiefmütterchen frei.

»Wo bist du gewesen, Liebling?« kam es aus dem Arbeitszimmer.

»Sekunde ...« Ich ging ins Badezimmer und wischte mir den Blutfleck aus dem Nacken. Ich schüttelte den Kopf, versuchte den Geschmack des Ärmels dieser Lederjacke in meinem Mund loszuwerden, den widerlichen Geschmack von altem Leder, schweißsalzig und stinkend vor Aggression. Ich musterte mich eingehend im Spiegel. Frances würde wahrscheinlich nicht merken, daß ich überfallen worden war, und ich würde es ihr auch nicht erzählen, entschied ich. Es gab keinen Grund, den Abend zu verderben. Frances war eifrig mit Schreiben beschäftigt.

Ich ging zum Werkzeugschrank und suchte eine Rolle silberfarbenes Klebeband heraus. Ich nahm die Schachtel in Augenschein. Der Deckel war verbogen, die Ecken nach außen gedrückt, das Papier an den Kanten eingerissen. Die Perle oder der Knopf rollte noch immer darin herum. Ich nahm das Klebeband zur Hand.

Mit den Nägeln knibbelte ich den Anfang los, die gummierte Oberfläche klebte mir an den Fingern fest. Ich zog, und das Band löste sich quietschend von der Rolle. Ich hielt es über die Schachtel. Sehr klebrig. Wenn es erstmal auf den verblichenen Blumen landete, würde es sich nicht wieder ablösen lassen. Große Geheimnisse. Große Sache. Ich klebte das Band über den Deckel der Schachtel, wo es sich an dem alten Papier festkrallte. Ich fuhr mit den Fingern über das Klebeband, zollte dem Spalt zwischen Schachtel und

Deckel besondere Aufmerksamkeit. Immer drum herum, bis die Rolle vollständig aufgebraucht war. Howards Tagebücher waren zur Mumie geworden. Mission erfüllt. Ich hatte über meine eigene Neugier gesiegt.

Ich sah die Post durch. Die Stromrechnung, eine Postkarte von den Jungferninseln. Ich drehte sie um. Für Frances. Ich drehte sie wieder auf die Vorderseite und betrachtete den warmen Sand, die Wellen des Ozeans, im Moment des Knipsens erstarrt. Frances und ich brauchten dringend Urlaub. Ganz unten lag ein dickerer Umschlag, an uns beide adressiert. Ich riß ihn auf.

»Nur noch eine Minute, Liebling«, rief Frances aus ihrem Arbeitszimmer. Sie übertönte das Geräusch ihres kritzelnden Stiftes, ihre Stimme klang abwesend.

›*Bürgerrechts-Kampagnen-Fonds ... Weltreise des Freundeskreises ... Ihre Lose liegen bei ...*‹ Die Worte umkreisten einen gold-geprägten Globus. ›*Kommen Sie an Bord, auf eine Reise um die Welt. Genießen Sie Köstlichkeiten von San Franciscos Spitzen-Gastronomen, und probieren Sie die besten Weine Kaliforniens. Packen Sie die Gelegenheit beim Schopf, durch Ihre Spende eine Traumreise zu gewinnen und auf dem heißesten Ereignis des Jahres zur Musik der besten Bands zu tanzen ...*‹

»Wo hast du gesteckt, Liebling?« fragte Frances noch einmal.

»Ich hatte einen Auftrag zu erledigen. Für Willie. David Stimpson hat dem Archiv eine Schenkung gemacht.«

»Das ist schön, Liebes.«

Ich wandte mich wieder der Einladung zur nächsten Gala zu. ›*Abendgarderobe. Internationaler Chic. Ja, ich möchte teilnehmen. Bitte schicken Sie mir ___ Karten à 250 Dollar.*‹

»Was ist das?« Frances stand am Küchentisch, fuhr sich mit den Fingern durch ihre karamelfarbenen, seidenweichen Haare. Ich bewegte mich auf den großen Mund zu, nah genug, um ihre Sommersprossen ins Visier zu nehmen, als sie von mir wegtanzte. »Ich habe Waschbären im Garten gesehen«, sagte sie. »Wir brauchen dringend eine bessere Abdeckung für die Kompostkiste.«

»Ja. Das ist für dich.« Ich hob die Kleiderschachtel von Macy's hoch. Es war schon eine ganze Weile her, daß ich Frances ein Geschenk gemacht hatte. Sie wirkte überrascht, als sie mir die Schachtel aus den Händen nahm.

»Für mich?«

»Es wird Zeit, die Rosen zu beschneiden.« Ich nahm den Deckel ab. »Damit sie nächstes Jahr noch größere und schönere Blüten bekommen.«

Frances Finger fuhren durch das Seidenpapier. Das paillettenbesetzte Material blinzelte und glitzerte. Sie zog das Gewand mit einem Japser heraus, hielt es hoch ans Licht, legte es an ihre Brust und raffte es in der Taille zusammen. Ich betrachtete ihr Gesicht. Das Kleid gefiel ihr, das war nicht zu übersehen. Aber da war noch etwas anderes. Sie biß sich auf die Unterlippe. »Ich habe schlechte Neuigkeiten, Liebling.«

»Was denn?« Ich beherrschte meine Stimme, während mein Blick zur offenen Tür ihres Arbeitszimmers wanderte. Die Schreibtischlampe mit der kalten blauen Kappe beleuchtete ihre Rolodex-Kartei.

»Heute hat mich die Vorstandsvorsitzende der Frauenklinik in Seattle angerufen.« Frances sah auf, vor Aufregung erhitzt. »Die größte Frauenklinik in Seattle wird morgen Zielscheibe einer großen Demonstration der Rechten. Die Fundamentalisten wollen gegen Abtreibung demonstrieren und ...« Sie holte tief Luft. »Sie haben das Leben der dortigen Ärzte bedroht, schriftlich. Letzte Nacht kam ein Arzt nach Hause und fand sein Haus bis auf die Grundmauern niedergebrannt. Seine Familie konnte gerade noch entkommen, Emma. Ich muß hinfahren.«

»Wir haben das seit –« Das Kleid hing wie eine schlaffe Pflanze von meinem Arm. »Wir haben über diese Gala gesprochen – es ist die einzige, zu der ich je gehen wollte!«

»Es tut mir leid, daß ich nach Seattle muß, Emma.«

»Du willst also hinfahren.«

»Ich muß. Der Polizeischutz ist einen Scheißdreck wert. Die Zukunft der reproduktiven Dienste –«

»Reproduktive Dienste«, wiederholte ich dumpf. Ich nahm das Seidenpapier, knüllte es zu einer Kugel und versuchte, aus dreieinhalb

Metern Entfernung den Papierkorb zu treffen. »Bekommst du persönlichen Schutz? Das hört sich wirklich gefährlich an. Soll ich nicht mitkommen? Ich kenne diese Typen, ich kann die Menschenmenge im Auge behalten –«

»Nein, nein, sie werden schon auf mich achten.« Frances blickte nach unten und überprüfte, ob ihre Fingernägel noch alle dran waren. »Ihre Hauptrednerin hat abgesagt«, sagte sie leise.

Das war es also. Die Hauptrednerin hatte abgesagt. Ergo war Frances jetzt ihre Hauptrednerin.

»Laß mich mit dir fahren –«

»Nein, Emma, du mußt auf die Gala. Das ist *deine* Aufgabe.«

Ich sah auf die Schachtel mit Howard Bloomings Tagebüchern hinunter. Es war der Augenblick, um pflichtbewußt und mutig zu sein. Frances würde ihren Job erledigen und ich meinen. Zwei Liebende konnten nicht scheitern. Oder etwa doch? »Wieviel Zeit haben wir noch, bevor dein Flieger geht?«

Frances schenkte sich Kaffee ein. Die Tasse, ein Werbegeschenk eines Pharmavertreters, hatte sie sich aus der Klinik mitgebracht. *Chlamdryl* stand darauf. *Gegen Chlamydia und andere vaginale Infektionen.* »Der Verkehr am Flughafen ist stets ein Alptraum.« Sie nahm einen kleinen Schluck. »Ich muß extra früh los und setze dich bei der Gala ab.«

»Die Gala wird ohne dich keine richtige Gala werden. Außerdem hasse ich diese Dinge. Schau dir das mal an.« Ich winkte mit der Einladung, dicker Karton mit Goldprägung, das Ganze aufgemacht wie ein Reisepaß.

»Oh, großartig! Der Bürgerrechts–«

»Bürgerrechts-Champagner-Fonds.«

»Es ist eine Aids-Benefiz–«

»Es ist nur ein Vorwand, um eine Party zu feiern, Frances.«

»Was ist daran verkehrt?«

»Die Crème de la Crème von San Francisco, immer die ersten, wenn's ums Feiern geht, aber die letzten beim Coming-out.«

»Eine Menge von ihnen leben *offen.* Hör mal, ich muß Leute kennenlernen, die auf der VIP-Liste stehen, Emma. Ich brauche Geld für meine Forschungen. Es gibt Ziele, die ich erreichen will. Wenn du deine Vorurteile mal einen Moment vergessen könntest, würdest du vielleicht einsehen –«

»Was?«

»Nichts, ich weiß nicht...« Frances' Augen drifteten zur Schachtel ab.

»Daß der Zweck die Party heiligt? Egal, du wirst sicher eine andere Gelegenheit haben, das Kleid zu tragen. Und, wo ist mein Smoking?«

Das Schweigen war tödlich. »Ich habe vergessen, dir einen Smoking zu besorgen.« Die Postkarte von den Jungferninseln nahm plötzlich ihre ganze Aufmerksamkeit gefangen.

»Du hast vergessen, mir einen Smoking zu besorgen?« Ich sah zurück zu dem schwarzen paillettenbesetzten Kleid, das jetzt über einem Küchenstuhl lag. Nur ein winziges Ding, ein kleiner Schlauch von Lametta, mehr nicht. Und kein anderes verfluchtes Stück Abendgarderobe im ganzen Haus.

»Ich will dich in dem Kleid sehen!« Frances' haselnußbraune Augen waren vom Sandstrand, von den erstarrten Palmen zurückgekehrt. Ich starrte Frances voller Entsetzen an. Es ging in gespieltes Entsetzen über, wurde eine Möglichkeit, die Entfernung, die zwischen uns wuchs, zu verringern. Ich zog das Kleidungsstück zu mir heran und hielt es mir vor die Brust. Ich zog mich bis auf meinen BH und meine Boxershorts aus, stieg in das elastische Material, und als ob ich mit einer Boa Constrictor kämpfte, fraß mich das Kleid mit Haut und Haaren auf, als ich es über Knie, Oberschenkel, Pobacken, Taille und Brüste zog. Frances lachte und schlug die Beine übereinander.

Das Kleid saß wie angegossen. Frances lachte so sehr, daß sie fast erstickte und den Kaffee aus ihrer *Chlamydia*-Tasse verschüttete.

Die zwölf Zentimeter, die ich länger war als Frances, sorgten dafür, daß der Saum nur knapp auf der züchtigen Seite der Venus saß, soll heißen, des Hügels der Venus. Ich sah aus wie eine Nutte mit unrasierten Beinen und schlechtem Haarschnitt. Das Material sammelte sich in der Spalte zwischen meinen Brüsten, die Schuppen raschelten leise, als sie gegeneinander rieben, wie eine geflüsterte Botschaft aus meinem Dekolleté. Und dann hörte Frances auf zu lachen, zog mir die Schultern zurecht, zupfte ein bißchen am Ausschnitt und trat ein paar Schritte zurück.

»Emma, du siehst einfach wundervoll aus! Schundig! *Ordinär!* Ich will dich nur noch in Pailletten sehen!« Frances war aufgesprungen, küßte mich hart und schnell. Ihre geschwinde Zunge fand ihren Weg zwischen meine Lippen, sie überraschte mich wie immer, ihre Hände wanderten über meinen Körper, entzifferten meine Rippen. Für gewöhnlich wurde ich schon bei weniger naß. Besonders seit unsere Ehe von einer Dürre heimgesucht wurde.

»Hey!« Ich stand da und küßte die Luft. Frances war mit den Worten ›Ich muß meine Unterlagen zusammensuchen und meine Reisetasche packen‹ wieder im Arbeitszimmer verschwunden.

Trotz Frances' Lob für meinen Aufzug würde ich mich keinesfalls den ganzen Abend von Strumpfhose und Pailletten einengen lassen. Vielleicht war ich wegen Frances' Kleid überfallen worden, vielleicht auch wegen Howards Tagebüchern. Es gefiel mir einfach nicht, ohne vernünftige Schuhe und meine Werkzeug-Grundausrüstung einen Auftrag anzugehen.

Ich holte meine wasserdichte schwarze Kanvastasche hervor und packte meine extraleichten schwarzen Baumwollhosen hinein. Ein Paar Tennisschuhe, ein Jahrzehnt alt, die Sohlen glatt, das Profil abgelaufen. Einen enganliegenden schwarzen Rollkragenpullover, dessen Kragen ich bis zu meinen Augen hochziehen konnte. Obendrauf legte ich noch eine superhelle Taschenlampe und ein winziges Etui, das verschieden große Schraubenzieher mit unterschiedlich geformten Köpfen enthielt.

Mit der Hand berührte ich die Beule an meinem Kopf. Ich fügte noch eine Dose CS-Gas hinzu. Ich öffnete die Tasche so weit wie möglich, und Howard Bloomings Schachtel paßte genau zwischen die Kleidungsstücke und das CS-Gas.

»Nur noch eine Sekunde, Liebling.« Was machte Frances nur?

Mein Blick fiel auf die *Bay Times*. Die Titelseite zeigte die Leiterin des Archivs, Tracy Port, und den aussichtsreichen Kandidaten für das Senatorenamt, Renquist Falkenberg, wie sie im Japanischen Teegarten joggten und eine Menge Touristen erschreckten. Renquist, der abzunehmen versuchte, war aus der Puste, und Tracy blickte wie gewöhnlich streng geradeaus. Eine kleinere Überschrift auf der Titelseite behauptete: ›Schwules Deckengemälde wird zum Himmel des Archivs. Interview mit Larry Boznian, postmoderner Maler der Extraklasse.‹ Bevor ich noch zur Seite mit den Arbeitsskizzen des Deckengemäldes, wohl das interessanteste Highlight des Abends, weiterblättern konnte, erschien Frances in ihren Reiseklamotten.

»Komm, Schatz, wir müssen los.« Frances' frisch gebürstetes Haar verlieh ihrem Kopf einen elektrostatischen Heiligenschein. Ich wollte nichts lieber tun, als ihren Lippenstift ruinieren. Und das tat ich auch. Frances hatte vielleicht den Stil gewechselt, aber ihre Küsse waren immer noch die gleichen, wie Wellen von Jambischen Pentametern, erst *dies* und dann *dies* und dann ...

»Apropos.« Frances wandt sich aus der Umarmung. »Ich möchte, daß du etwas für mich zur Gala mitnimmst. Eine Schenkung an das Archiv.«

Genau was ich brauchte. Noch etwas, worauf ich aufpassen mußte.

»Tracy hat mich heute abend angerufen und mich gebeten, dem Archiv meine Labornotizen über *Lesbo-Parthenogenese* zu stiften.«

Frances' Forschungsbericht. Auf den ich so stolz war. *Lesbo-Parthenogenese* – das Verschmelzen von zwei Eizellen, um einen weiblichen Fötus zu zeugen – war in Wirklichkeit noch sehr, sehr weit entfernt. Aber Frances hatte begrenzten Erfolg mit weiblicher Parthenogenese bei Fröschen gehabt. Es gab ein paar aufregende Durchbrüche, aber sie hatte ihre Experimente nie an die große Glocke gehängt; nur ein kleiner Teil der lesbischen Community wußte über ihre Arbeit Bescheid, obwohl Frances' Vorhaben, die VIPs zu umwerben, einen drastischen Wechsel in ihrer Einstellung signalisierte.

»Ich stehe mit dem Archiv immer noch in Verhandlung darüber, inwieweit die Unterlagen zugänglich sein sollen«, fuhr Frances fort.

»Der Vorstand braucht eine Ewigkeit, um mit Richtlinien rüberzukommen.« Frances reichte mir einen braunen Umschlag, der einen kleinen Stapel Notizbücher enthielt. Winzige Karos und perfekte kleine Druckbuchstaben. Jahrelange Arbeit. Ich steckte die Notizen vorsichtig in die Tasche. Sie drehte mir den Rücken zu, um den Autoschlüssel von einem Haken an der Wand zu nehmen. »Übrigens, Laura meinte, daß das Unkraut im Garten langsam überhandnimmt.«

»Ja, sie hat mich auf der Treppe angeknurrt. Komm, Süße, die Gummiadler warten schon!« Ich konnte unangenehmen Themen genauso leicht aus dem Weg gehen wie Frances. Ich betrachtete noch einmal die Gesichtszüge meiner Geliebten. Geschäftig. Brillant. Eifrig. Leidenschaftlich und engagiert. Ich wollte sie noch einmal küssen, Magenta von ihren kostbaren Lippen saugen, meine Zunge zwischen ihre Zähne gleiten lassen, sie küssen und abheben lassen. Frances war jedoch in Eile wegen ihres Fliegers. Sie hob ein letztes Mal ihre Kaffeetasse, um sich ein letztes Mal mit Koffein zu pushen. *Chlamdryl. Gegen Chlamydia und andere vaginale Infektionen.* Wir gingen schweigend zum Wagen hinunter, bepackt mit unseren verschiedenen Lasten.

»Geht's dir gut?« fragte Frances, als sie am Bordstein des frisch fertiggestellten Gebäudes hielt.

»Ja«, log ich.

Ein Hauch von liberaler Schuld hing in der Luft, ein störender Wind, der den Tenor des Abends ausmachen würde. Die Frauen würden Lippenstift tragen. Keiner der Männer würde ein Kleid tragen. Ich seufzte. Die lesbischen und schwulen Promis waren wie immer geschlechtlich klar zu bestimmen.

»Was zum Henker ist das denn?« murmelte ich, als ich an dem Gebäude hochsah und mich an die wütenden Briefe von Frauen in der *Bay Times* erinnerte, die sich über die Gestaltung beschwerten. Jede der ionischen Säulen sah tatsächlich wie der Querschnitt eines Penis aus und war in einer anderen Farbe des Regenbogens angestrahlt. Über den Säulen räkelte sich ein anmutiges Bildnis von Sappho, ein architektonisches Zugeständnis an die Lesbischen Racheengel.

»Da wären wir, Süße.« Frances strich mit den Fingerspitzen über die Knubbel auf dem Lenkrad. »Es tut mir wirklich sehr leid, daß ich nicht dabeisein kann«, sagte sie.

»Ja.« Ich sah den Menschen zu, wie sie in Abendgarderobe die Treppe hinauftrippelten.

»Ich muß los.« Frances legte die Arme um mich und zog mich dicht zu sich heran. »Ich liebe dich, Emma.«

»Wann landet dein Flugzeug? Hast du mir eine Telefonnummer dagelassen?«

»Nur für den Notfall«, sagte sie, eine unterschwellige Warnung. Frances war beruflich unterwegs. Sie würde nicht wollen, daß ich anrief. »Ich komme am Dienstag zurück.«

Ich beugte mich langsam vor und pflanzte einen langen Kuß auf ihre Lippenstift-Lippen, dann kletterte ich mühsam aus dem Wagen. Die sperrige Kanvastasche, die ein Eigenleben zu führen schien, schlug mir gegen die Hüfte. Das elastische Minikleid kroch peinlich weit nach oben, als ich meine Beine aus dem Wagen zu setzen versuchte und jeder Zentimeter meiner Oberschenkel zur Schau gestellt wurde.

»Das ist ja wohl die Krönung, Emma.«

Das Schicksal hatte die ideale Augenzeugin für diese Erniedrigung bereitgestellt. Tracy Port. Ich hielt mich an meiner Tasche und den Papieren fest, betete, daß ich nichts fallen ließ, versuchte mich aufrecht hinzustellen. Ich wollte mich um keinen Preis in diesem Kleid vor Tracy Port bücken. Mein Blick wanderte Tracys Steinwaden hinauf, diese wundervollen Muskelstränge und kräftigen Knie. Was würde Tracy wohl zu einem solchen Anlaß tragen?

Das gleiche Kleid. Sie wußte das Kleid wesentlich besser zu tragen als ich, und ihrem Gesichtsausdruck nach zu urteilen, war ihr das auch vollkommen klar. Tracy drehte sich um, musterte mich von oben bis unten, registrierte die unrasierten Beine, die wenig passenden Schuhe, die wenig schickliche Art, wie das Kleid an meiner volleren, größeren Figur klebte. »Hallo Frances!« sagte Tracy und drehte sich dann zu ihr um, um mir vorzuführen, wie man es richtig machte.

Sie beugte sich zu Frances hinunter, um sie zu begrüßen. Das Kleid rutschte bei ihr nicht nach oben, schien einfach nur Tracys Pobacken zu umarmen und brachte ihre Waden über den schlanken Fesseln noch besser zur Geltung. An einem schmalen Gürtel, der ihre Taille umschloß, funkelte ein Plastikpager. Meine Pailletten verwandelten sich in ein härenes Hemd, als Frances' Blick über die geschmeidige Oberfläche der Archivleiterin glitt. Frances schien es nicht länger eilig zu haben, zum Flughafen zu kommen.

»Große Göttin, Tracy, du hast mein Kleid an«, sagte Frances. »Oder vielmehr das Kleid, das Emma jetzt trägt. Ich habe vergessen, Emmas Smoking abzuholen ...« Tracy drehte sich kurz um, um mich noch einmal anzusehen. Sie kicherten. »Das ist also dein großer Abend, Tracy«, plapperte sie. »Herzlichen Glückwunsch!« Sie warfen sich Luftküsse durch das offene Wagenfenster zu.

»Kommst du heute abend nicht, Frances, Liebes?«

»Es tut mir *wahnsinnig* leid, daß ich nicht dabeisein kann, aber ich habe Emma meine Unterlagen gegeben.«

»Ich habe eine Verabredung mit Allen Boone«, sagte ich zu Tracys Rücken.

»Geh einfach zur Seite des Gebäudes, Emma.« Ohne sich umzudrehen, deutete Tracy auf eine dunkle Ecke, weit weg vom Haupteingang. Eine gedämpfte Notbeleuchtung markierte eine graue Tür, die in die Seite des Gebäudes eingelassen war. »Zum Lieferanteneingang«, rief sie über ihre Schulter, als ob sie es noch unterstreichen wollte. Die Kanten der Schachtel stießen mir durch die Tasche hindurch in die Seite. Ich spürte die Kopfschmerzen kommen, die mich heute abend begleiten würden. Ich mußte die Pakete loswerden. Ich mußte Frances loslassen.

»Tschüs, Frances«, rief ich. Sie blickte mich über Tracys Schulter hinweg an und lächelte. Ich machte mich auf die Suche nach Allen Boones Büro.

KAPITEL DREI
Genre

Magazine bewahren die Geheimnisse, die in der Gegenwart zerstört werden können. Als ich den Bürgersteig entlang auf die graue Metalltür zuging, konnte ich nicht umhin, mich wie Sir Howard Carter* zu fühlen, der Dinge exhumierte, die besser begraben bleiben sollten, und Dinge begrub, die besser enthüllt werden sollten. Das Archiv würde Briefe, Tagebücher, Fotos, Manuskripte und unzählige flüchtige Momentaufnahmen beherbergen, die für die Forscher nicht so leicht vergänglich waren. Sich ändernde Einstellungen, Momente von Gefahr, Leidenschaft, Politik, Freundschaft und Liebe – alle hinter der Tür verborgen, vor der ich stand. Einer Tür mit der Aufschrift: PERSONALEINGANG. NUR KLEINANLIEFERUNGEN. ZUGANG ZUR LADERAMPE HINTER DEM GEBÄUDE VOM PARKPLATZ.

Ich drückte die Klingel und wartete. Ich wurde durch einen Summer eingelassen und blickte in einen mit Linoleum ausgelegten Korridor. Mit der Neonbeleuchtung hätte es sich ebensogut um das Kellergeschoß eines Krankenhauses oder einer Schule handeln können. Es gab keine Fenster, nur ein paar ungekennzeichnete Türen, von denen sich am Ende des Korridors eine öffnete. Ein kleiner rundlicher Mann Anfang vierzig wischte sich mit einem Taschentuch die Stirn ab. Sein gebügeltes Hemd rutschte aus einem pinkfarbenen Kummerbund, und ein Pager baumelte gefährlich an seinem Gürtel. »Oh! Da bist du ja!« Ein schnelles breites Grinsen, eingerahmt von einem getrimmten roten Spitzbart, der unter seinem Kinn leicht ergraute. Er hatte eine Glatze, vermutlich rasiert; kurze Beine trugen einen gut entwickelten Torso. Die buschigen roten Augenbrauen kamen mir irgendwie bekannt vor. Die kobaltblauen Augen leuchteten auf, als ich die völlig in Klebeband gewickelte Schachtel aus der schwarzen Kanvastasche zog. »Emma Victor! Würdest du einen

---

* Engl. Archäologe (1873-1939), der in Ägypten mehrere Königsgräber entdeckte, u.a. 1922 das von Tut-ench-Amun. A.d.Ü.

kleinen Moment warten?« Er hob eine Hand und verschwand hinter einer anonymen Tür. Kurze Zeit später war er wieder da.

»Emma, Emma!« sagte er wie zu einer alten Freundin.

»Richtig.« Ich schüttelte Allens Hand. Seine Handfläche war feucht-warm, nicht gerade ideal, um mit Papier zu arbeiten. Auf seiner gestärkten Manschette glitzerte ein goldenes Gliederarmband. »Ich nehme an, du wartest auf das hier.« Ich hielt ihm die Schachtel hin. Stiefmütterchen unter Klebeband. »Von David Stimpson.«

»Howard Bloomings letzte Tagebücher und Aufzeichnungen.« Allens Mund verzog sich zu einem eigenartigen, V-förmigen Grinsen. Die blauen Augen strahlten. »In *unserem* Archiv!« Er nahm die Schachtel in die Arme und betrachtete sie liebevoll.

»Allen, was für Sicherheitsvorkehrungen habt ihr hier?«

»Sicherheitsvorkehrungen?« Allen legte den Kopf auf die Seite, auf seiner Glatze spiegelte sich eine Neonröhre. »Wie du siehst, ist das Magazin noch nicht ganz fertig.« Sein Lächeln war zittrig. »Tatsächlich ist ein großer Teil des Archivs überhaupt noch nicht fertig! Wir versuchen immer noch, Spendengelder aufzutreiben.«

»Aber Allen, ich möchte die Tagebücher sicher verwahrt wissen. Sicherlich –«

»Du hast mich anscheinend nicht richtig verstanden. Es gibt einen Schrank, in dem wir einige Gegenstände eingeschlossen haben, aber der befindet sich oben. Wir sind noch nicht richtig eingerichtet –«

Der Pager an Allens Hüfte summte ungeduldig. Er nahm ihn vom Gürtel und schielte auf die Digitalanzeige. »Verdammt! Ausgerechnet heute abend«, sprudelte es aus ihm heraus. »Alle wollen was von mir! Bin gleich wieder da. Äh, würde es dir etwas ausmachen, eine Minute in meinem Büro zu warten?« Allen deutete mit der Hand auf den dunklen Raum hinter sich. »Ich muß kurz weg.« Er war ein bißchen außer Atem, betrachtete die Schachtel mit Howard Bloomings Tagebüchern. »Dabei fällt mir ein, wir haben einen Tresor. Einen alten Tresor, den uns ein Bankier überlassen hat. Das Geld von *denen* ist jetzt im Computer. Du könntest vielleicht –« Der Pager summte erneut. »Paß auf, ich bin gleich wieder da. Bitte warte – mein Büro – ich habe mich noch nicht richtig eingerichtet –« Er machte eine

Kreisbewegung mit der Hand. Ich drehte mich um und schaute durch die geöffnete Tür in Allens unbeleuchtetes Büro.

»Würdest du bitte drinnen warten? Der Lichtschalter ist rechts –« Sein Pager piepste noch einmal.

Ich ging hinein. Allen schloß die Tür. Der miefige, dunkle Raum war voller Gerüche, die ich nicht genau einordnen konnte. Ich tastete nach dem Lichtschalter. Laut Bauplan mußte der Lichtschalter sich *hier* befinden.

Plötzlich hörte ich Geräusche. Leises Gemurmel. Poltern und Metallgeratter, das nach einem hohen Quietschen aufhörte. Die Stimmen wurden lauter. Ich gab die Suche nach dem Lichtschalter auf und blieb still in der Dunkelheit stehen. Nach einer Weile konnte ich die Fülle der Gerüche einordnen. Marokkanisches Leder, Lederfett und Schimmel. Meine Augen gewöhnten sich langsam an das schummrige Licht der kleinen kegelförmigen Schreibtischlampe, während ich das Kabuff, das dem Historiker zugewiesen war, erkundete. Gespenstische Tempel von Papier auf Pyramiden von Lederkoffern, deren Messingecken blinkten. Hinter den Papierstapeln sorgte ein Fenster aus Glasbausteinen für einen rechteckigen Lichteinfall. Etwas verdeckte die eine Hälfte des Fensters, aber die andere Hälfte ließ Schatten erkennen, die sich hin und her bewegten. Schatten, die von der Laderampe kamen. Die solide Eingangstür links vom Fenster mußte der Vordereingang zu Allens Büro sein.

Die Wände waren ein einziges großes Puzzle aus gerahmten und ungerahmten Bildern, hinter deren Zusammenstellung eine gewisse Logik steckte. An einer Wand hingen Porträts: Lorena Hickock, Eleanor Roosevelt, Walt Whitman, Carson McCullers, Langston Hughes. Klarsichthüllen mit Zeitungsausschnitten waren in einer Systematik angebracht, die allein Allen Boone entziffern konnte.

Ich stieß mich an einer Schreibtischecke. Als ich mich umdrehte, sah ich einen Stapel 33er und 78er Langspielplatten: T.C. Jones, Beverley Shaw live im Club Laurel, über die Rückseite hatte wohl vor dreißig Jahren jemand einen Drink verschüttet. The Village People, Bronski Beat, Meg Christian. Es wurde erzählt, daß sie inzwischen einem Guru diente.

Eine kleine Lichtung in der Mitte des überladenen Schreibtisches war Allens Arbeitsplatz. Ein angelaufener Milchkrug aus Silber als Stifthalter. Eine Rolodex-Kartei. Ein Kaffeebecher mit Navajo-Muster. Ich spähte hinein. Ein beigefarbener Rest mit Kristallen. Allen trank seinen Kaffee mit Milch und Zucker. Ein altmodisches, beiges Telefon. Ich nahm den Hörer ab. Die Leitung war tot. Eine Lupe, eine Pinzette, ein Paar weiße Baumwollhandschuhe, eine Eieruhr und ein elektrischer Anspitzer. Überblickt wurde der Schreibtisch von einer Porträtaufnahme, die ein Trio zeigte: Howard Blooming, Renquist Falkenberg und – wer war das noch gleich mit den langen, dichten roten Haaren? Natürlich. Allen Boone. Plötzlich erinnerte ich mich, Allen auf unzähligen politischen Veranstaltungen gesehen zu haben, wo er riesige Bottiche mit schmelzendem Eis geschleppt hatte, nachdem der gekühlte Champagner alle war. Inzwischen hatte er mehr Ähnlichkeit mit Yul Brunner als mit Jerry Garcia*.

Das Foto steckte in einem geätzten Bronzerahmen, eingepfercht in ein Passepartout aus schwarzem Samt. Allen und Renquist standen rechts und links von Howard, ein Paar ungleicher Buchstützen. Sie neigten sich dem Objektiv entgegen wie Blumen, die sich nach der Sonne recken. Howard hatte dieses strahlende, triumphierende Lächeln. Was ließ ihn so lächeln? Ich streckte meine Hand nach dem Bild aus, änderte dann meine Meinung und zog sie wieder zurück. Ich brauchte Howards Gesicht nicht von nahem zu betrachten.

Auf der anderen Seite des Schreibtisches lag eine längliche Schachtel. Sie war mit einem Aufkleber versehen, auf dem in schwarzem Filzstift ›Servietten‹ stand. Als ich den Deckel abhob, fand ich hunderte von Cocktail-Servietten, dünne Vierecke, alphabetisch sortiert, jede einzelne in einem Zellophanumschlag. Vorsichtig zog ich eine Serviette heraus, die unter ›P‹ einsortiert war. *The Paper Doll*, Union Street. Auf der Innenseite eine Widmung: ›Für Dottie, in Liebe, Carmen‹ und ein Lippenstift-Kußmund. Ein Kuß, der ein halbes Jahrhundert alt war. Irgend jemand hatte auf der Rückseite mit Bleistift das Datum notiert. 1944.

---

* Kürzlich verstorbener Sänger der Grateful Dead. A.d.Ü.

Howard hatte mir erzählt, wie es in San Francisco nach dem Krieg zugegangen war. Mit der Rückkehr der Truppen aus dem Pazifik wurde der Grundstein für das Homodorado gelegt. Allen wußte genau, was er sammeln mußte. Die Serviette hielt den historischen Augenblick fest, als San Franciscos Barbary Coast, das einstige Amüsierviertel am Hafen, zum schwulen Mekka der ganzen Welt wurde. Howard hatte seine berufliche Laufbahn als Chemiker in der Armee begonnen; er hatte sich verliebt, als er auf Hawaii stationiert war. Nach Kriegsende wurden die Truppen aus dem Pazifik abzogen und nach San Francisco verfrachtet. Die große Party nahm ihren Lauf, und das Homodorado war geboren.

Vorsichtig steckte ich die Serviette zurück und schlich mich zur Tür, hinter der die Stimmen inzwischen lauter geworden waren. Allen hatte einen Tresor erwähnt. Ich drückte die Vordertür seines Büros einen Spaltbreit auf. Auf der rechten Seite sah ich eine riesige schwarze Eisenkiste, groß wie ein Schrank, und ich wußte, was die eine Hälfte des Glasbausteinfensters verstellt hatte. Über die sperrige Antiquität hinweg – poliertes schwarzes Email und eine Aufschrift aus goldenen Klebebuchstaben ›Wells Fargo, Inc. San Francisco und Sacramento‹ – konnte ich das obere Ende der Rolltür zur Laderampe sehen.

Auch wenn er nicht viel taugte, so gab der Tresor immerhin eine großartige Dekoration ab. Aber wie sicher ist ein Tresor? Die fünfzehn Zentimeter dicke Tür stand leicht offen und erlaubte mir einen Blick auf die massiven Bolzen und das hell glänzende Kombinationsschloß.

Ein gewöhnlicher Tresor ist lediglich feuersicher und soll Diebe abschrecken. Die Betonung lag auf *abschrecken*. Schließlich gab es Werkzeug. Trotzdem hatte ich den Eindruck, daß er für Howards Papiere der sicherste Ort wäre. Einmal bei der Laderampe deponiert, würde so bald niemand daran denken, ihn wegzuschaffen. Ich griff um die dicke Stahltür herum und zog sie auf. Ich konnte spüren, wie sich die gutgeölten Messingbolzen geräuschlos öffneten. Im Inneren kamen Reihen von funkelnden, durchnumerierten Schließfächern zum Vorschein. An den Schlössern der Schließfächer hingen jeweils zwei fein geschmiedete Schlüssel. Howards Tagebücher würden in eines der größeren Fächer passen.

Das plötzliche Rattern einer Rolltür. Die Stimmen wurden deutlicher und kamen mir bekannt vor. Ich konnte jetzt nicht mehr an dem Tresor hantieren, ohne die Aufmerksamkeit der Menschen zu erregen, die direkt dahinter stritten. Menschen, deren Stimmen sehr vertraut klangen.

»Eine Quittung. Ich will ja nur eine Quittung für meine Manuskripte!«

Das war Helen Thomas, die Hauptrednerin auf der Gala, die Hauptrednerin auf all den vielen, vielen Galas, auf die Frances mich mitgeschleppt hatte. Ich schielte um den Tresor herum. Die bekannte Krimiautorin hatte die Hände in die Hüften gestemmt. Ihre schmale Taille wurde von ihrem schwarzen Seidenkleid zur Geltung gebracht, die bronzefarbenen Paspeln des Ausschnitts hoben ihre ausgeprägten Schlüsselbeine hervor, die ihren Schwanenhals betonten. Ein Geschenk ihrer Mentorin, der Dichterin Berniece Able, bildete den Mittelpunkt ihres dunklen Dekolletés. Ein herzförmiges, bernsteinfarbenes Geschmeide, mit einem zarten Spinnennetz aus Platin verziert. Das Amigreed-Amulett. Wir alle kannten es. Mit ihrem Roman *Großmutters Gift*, in dem Helen die Geschichte des Amuletts nachgezeichnet hatte, war sie schlagartig berühmt geworden. Der dunkelgelbe Schmuck schimmerte gefährlich auf Helens Brust und zeugte von ihrem untrüglichen Sinn für Stil.

In diesem Moment jedoch sah Helen nicht besonders stilvoll aus. Ihr Gesicht war violett angelaufen, und sie bebte förmlich vor Wut. Neben ihr stapelten sich auf einem Handwagen Türme von weißen Kartons.

Vor der grauen Rolltür der Laderampe konnte ich das schwache Funkeln schwarzer Pailletten ausmachen. Das konnte nur Tracy Port sein, die gegenüber der Krimiautorin in Angriffsstellung ging. Tracy seufzte theatralisch. »Schau Helen, ich habe nicht allzuviel Zeit. Ich habe ein wichtiges Gespräch unterbrochen –«

Sie brach ab. Ein wichtiges Gespräch. Meinte sie damit etwa Frances?

»– Gespräch unterbrochen, um dir zu helfen, deine Manuskripte ins Archiv zu bringen. Ich hatte ja keine Ahnung – *keine Ahnung* –, daß du all das hier gemeint hast!«

Von der Seite des Tresors aus konnte ich unschwer die Türme von Manuskriptkartons ausmachen. Wie viele Seiten es wohl waren? Ich schätzte, daß Helen an die siebenundzwanzig Bücher veröffentlicht hatte. In einem Stapel dieser Größenordnung mußten sich mindestens sieben Entwürfe von jedem Buch befinden. Die Wälder müssen aufgeschrien haben, als Helen zu schreiben begann.

»Wir können das unter keinen Umständen alles ins Archiv aufnehmen, Helen. Allein die Stunden, die es braucht, um das alles auf Mikrofiche zu bringen. Die armen Ehrenamtlichen, über die Kameras gebeugt –«

»Willst du damit sagen, daß du meine Manuskripte nicht *haben* willst?« Helens Stimme klang tief und scharf, scharf wie ein Messer. Die Petticoats unter dem Rock ihres schwarzen Kleides schienen an Volumen zuzulegen. Ich zog mich in das dunkle Chaos von Allens Büro zurück.

»Vielleicht könnten wir uns auf die beschränken, die Preise gewonnen haben? Jeweils den ersten und letzten Entwurf?« schlug Tracy vor.

Helen kniff ihre Augen zusammen. »Sie haben *alle* Preise gewonnen, Tracy! Dieses Werk dokumentiert die Entwicklung von siebenundzwanzig Plots, die Entwicklung einer neuen Auffassung von Spannung – von *Gerechtigkeit*! Ich habe *gerungen*, und die Ergebnisse dieses Ringens sind *begrüßt* worden.«

Aber Tracy hatte fünfzehnhundert Gäste zu begrüßen. »Ich habe nicht die Zeit, mit dir zu streiten, Helen. Vielleicht, wenn du die *Plots nicht so oft* ändern würdest.« In Tracys Stimme lag eine Spur Sarkasmus, eine schneidende Spur, die sie sich zu verbergen nicht die geringste Mühe gab.

»Soll das heißen, du lehnst meine Manuskripte ab, Tracy?«

»Genau das soll es heißen, Helen. Manuskripte? Deine Schreiberei hat dich reich gemacht, aber literarisch bedeutend bist du wohl kaum!«

Helens Gesicht wurde wie ein Puzzle neu zusammengesetzt. Eine Augenbraue in die Höhe gezogen, die Lippen verkniffen, das Kinn nach vorn gereckt. »Wenn du mein Werk so verabscheust«, fragte Helen leise, »warum hast du mich dann gebeten, auf deinem großen Ereignis die Festrede zu halten?« Die Frage hing in der Luft. Sie bedurfte keiner Antwort. »Weil ich schwarz bin, deshalb hast du mich hier gebraucht, nicht wahr?« Helens Stimme war beängstigend tonlos. Tracy antwortete nicht. Sie schien auf etwas zu warten. Und dann, wie auf ein Stichwort hin, explodierte Helen.

»All die einschmeichelnden Anrufe!« Die Sehnen in Helens Nacken spannten sich. »Ist dir eigentlich bewußt, daß ich auf einen Sitz in der Jury des BlackOUT-Filmfestivals verzichtet habe, nur um ein bißchen Farbe auf dein blödes Podium zu bringen?«

Das BlackOUT-Filmfestival. Kein Wunder, daß Helen sauer war.

»Ach, komm schon, Helen, findest du nicht, daß du ein bißchen übertreibst?« Ich konnte spüren, wie Tracys Stimme Kraft für einen letzten verbalen Schlag sammelte. »Warum gehst du nicht zurück an deinen Tisch? Zu deinem Schatz, deiner geliebten Lee?«

»Lee?« murmelte Helen. Das Wort begann mit einem überraschten Flüstern und endete in einer furchtbaren, herzzerreißenden Gewißheit.

»Denk mal drüber nach, Helen. Du wirst niemals erfahren, was wirklich auf der Olivia passiert ist.«

»Auf der Olivia? Aber Tracy, ich dachte – ich dachte, du wärst mit *Deborah* zusammen gewesen!«

»Deborah! Sei doch nicht so naiv, Helen. Lee ist der Traum jeder Lesbe. Und auf der Kreuzfahrt gab es kaum ein Wehwehchen für sie zu kurieren, Helen. Wir waren alle viel zu sehr damit beschäftigt, uns *im Pool* zu amüsieren. Und ich sage dir eins: Wenn du glaubst, daß Lee auf dem Festland gut ist, mußt du sie mal in tiefen, tropischen Gewässern ausprobieren. Dann wird sie nämlich erst richtig naß.«

»Tracy.« Helen holte tief Luft, ihr Gesicht ungläubig. »Du weißt wirklich, wie man *haßt*.«

»Ach, Helen, geh zurück an deinen Tisch!« Tracy lachte. »Zurück zu deiner geliebten Lee. Vielleicht schenkt sie dir ein neues Cabrio, wenn du richtig lieb zu ihr bist. In der Zwischenzeit werde ich darüber nachdenken, wie ich den Krempel hier wieder loswerde.« Tracy unterstrich ihren Vorschlag, indem sie mit dem Fuß eine abfällige Geste in Richtung Manuskripte machte.

»Weißt du, Tracy«, Helen Thomas umklammerte das Amulett an ihrem Hals, »du verdienst kaum, am Leben zu sein.«

»Wird das dein neuer Krimi, Helen? Viel Glück beim Austüfteln des Plots!« Tracy lachte. »Aber schreib diesmal erst ein Exposé!« Tracy drehte sich um und stolzierte auf ihren kurzen strammen Beinen davon, auf die Manege der Gala zu.

Allen Boone stand in der Dunkelheit seines Büros, rosa Kummerbund und rosa Gesicht glänzten einträchtig. Satin und Schweiß. Er starrte intensiv auf die Schachtel in meinen Händen, als könnte er durch sie hindurch sehen und alles lesen, was darin geschrieben stand. Helen ging langsam die Treppe hinauf, ein verletzter Ausdruck auf ihrem Gesicht, eine Frau, die in einem Alptraum gefangen war.

»Was ist denn bloß mit Helen los?« fragte Allen.

»Sie ist ein bißchen durcheinander.«

»Hat es etwa wieder ein Mißverständnis gegeben?« fragte er schnell. »Das ist wirklich alles nur die Schuld des Vorstands. Die Zeit, die sie brauchen, um Grundsatzentscheidungen zu treffen! Es gibt *noch immer* keine Richtlinien für die Annahme von Dokumenten. Sie sind so unfähig, daß es uns praktisch unmöglich ist, unsere Arbeit zu machen!« Allen redete wie ein Maschinengewehr, während er die Schachtel mit Howard Bloomings Tagebüchern beäugte. »Arme Tracy. Sie kann allerdings manchmal auch ganz schön schwierig sein!«

»Falls sich dieser Tresor dazu eignet«, ich deutete auf die Schließfächer, »würde ich die Unterlagen gern einschließen.«

Allen blickte die große Antiquität fragend an. »Ich kenne mich überhaupt nicht aus mit diesem alten Ungetüm. Welche Anweisungen hat David dir gegeben?« An Allen vorbei konnte ich durch die Hintertür seines Büros sehen.

»Versiegeln«, sagte ich. »Sechzig Jahre lang.«

»Oh.« Allens Gesicht verdunkelte sich. »Sechzig Jahre«, flüsterte er. Ich konnte ihn beinahe rechnen hören. In sechzig Jahren würden wir alle längst gestorben sein. »Na schön, laß mich einen Moment überlegen. Komm doch rein.« Er winkte mich heran. Sein Schädel glühte, als er einen Schalter in seinem Büro betätigte und der Raum sich erhellte. Von den Wänden starrten uns Gesichter entgegen, die in Bilderrahmen und Schutzhüllen untergebracht waren.

»Wenn wir das andere gestiftete Material ins Archiv aufgenommen haben, dann werde ich *meine* Sammlung übergeben.« Wir betrachteten die Papierpyramiden, die Kartons, Taschen und Fotos. »Das wird ein Haufen Arbeit werden.« Allen seufzte. »Und der Vorstand läßt sich ganz schön Zeit...« Er schien in sich zusammenzusinken. »Aber komm, ich zeige dir mal was. Meinen ganzen Stolz.«

Mit großer Geste deutete er auf einen Schaukasten in der Ecke. »Komm, komm.« Mit einer kreisförmigen Handbewegung zog er mich durch sein Sammelsurium hindurch. An dem goldenen Ring an Allens Hand vorbei schaute ich durch eine Glasplatte in die Vitrine, in der auf grünem Filz vierzig bis fünfzig Schreibstifte lagen.

Drei Reihen glücklicher Soldaten, zur Ruhe gebettet. Unter den Stiften befanden sich winzige handgeschriebene Etiketten, durchnumeriert. Füllfederhalter aus Perlmutt, metallic-blaue Kugelschreiber, eine spiralförmige Schreibfeder aus Glas und mehrere echte Federkiele; ihre Federn hatten den Glanz verloren, waren zerdrückt, die Spitzen abgenutzt. Neben einem schmalen dunkelbraunen Druckbleistift lagen zwei angeknabberte Bleistifte, die mit einem roten Satinband zusammengehalten wurden.

»Das ist meine Schwule-Schreiber-Sammlung.«

Seine Augen funkelten.

»Walt Whitman, bislang meine teuerste Erwerbung, von einer Federkiel-Auktion bei Butterfields.«

»Und die hier?«

»Carla Tomaso hat höchstpersönlich auf diesen Bleistiften gekaut.« Die Metallringe waren verbogen und eingedellt. Ich dachte an all die Farbe, die Tomaso geschluckt haben mußte, während sie damit geschrieben hatte. »Sandra Scoppettones roter Filzstift, kaum benutzt. Und das hier ist der Stift von Foucault. Also, der ist echt.« Der

Kulturphilosoph hatte den gewöhnlichsten aller französischen Kugelschreiber benutzt. Welche *Papeterie* hatte ihm den babyblauen Kuli verkauft? In dem transparenten Korpus waren der Federmechanismus und eine leere Mine zu sehen.

»Ich habe keinen Beleg dafür, ob die Schreibfeder aus Glas wirklich von Henry James stammt, aber es macht Spaß, es zu glauben. Ich habe sie in Italien gekauft. Wahrscheinlich reiner Touri-Nepp. Aber sie ist schön.« Ein spiralförmiger, goldener Korpus aus venezianischem Glas, der in einer transparenten lavendelfarbenen Blase mit abgerundeter Spitze endete. »Das ist Carsons Füllhalter – ich habe einen Brief, der die Echtheit belegt –, und diese rostige Feder soll Lizzie Borden* gehört haben!« Allen stieß mir in die Rippen, ein wenig zu hart. »Wer will denn schon nur die Guten sammeln?«

»Wem gehört dieser Stift?« fragte ich. Ein schwerer blaugrüner Füllfederhalter mit weicher, kugeliger Spitze und Applikationen aus Silber. Ein angemessenes Accessoire für einen Ladies' Lunch. Einen Lesbischen Lunch. Für eine Frau, die ihren Schleier anhebt, den silbernen Pfeilclip von der Brusttasche ihres Tweedjackets abzieht und schreibt –

»*Es war kein Mann, es war keine Frau, es war die See* –«

»Was?«

»Daphne du Maurier.« Er lächelte trocken. »Wenn es je eine Lesbe gegeben hat, die sich selbst gehaßt hat, dann sie. Ich besitze einen Brief. Nichtsdestoweniger war sie Gertrude Lawrence in inniger Liebe verbunden. *Sepia*-Tinte.«

»Und der hier?«

»Lorraine Hansberry«, murmelte er, als er den Kugelschreiber, einen eleganten Silberpfeil, betrachtete. Fein wie eine Nadel, waren in den Korpus feine Streifen ziseliert, und ich versuchte mir die Hand vorzustellen, die ihn gehalten hatte. »Hochintelligent, an Krebs gestorben, viel zu jung... Kugelschreiber, schrieb in Eile, ha, ha, ha! Hier, etwas von einem Garagenflohmarkt, ist jetzt bald zwanzig Jahre her. Janis Joplins Stift.«

---

* Soll 1892 ihre Eltern ermordet haben, wurde freigesprochen. A.d.Ü.

Eine Pfauenfeder, die einen langen Bogen beschrieb und den Kasten in zwei Hälften unterteilte. Das schillernde blaue Auge schimmerte, der Federkiel mündete in einen stinknormalen Stift. Unter den anderen, eher schlichten Schreibutensilien wirkte er wie viel Lärm um Nichts.

»Ich bin mir nicht einmal sicher, ob sie überhaupt in der Sammlung sein sollte.« Allen seufzte. »Aber der Stift macht sich so gut in der Vitrine, außerdem ist das echte San Francisiana. Nach dem, was ich gehört habe, hat sie mit weit mehr Männern als Frauen geschlafen ... eine Lady Gillette ...« Seine Stimme tönte weiter. Ich hätte gern in die Vitrine gegriffen, hätte gern den Perlmutt-Stift von Carson McCullers in der Hand gehalten. Oder Walt Whitmans Schreibgerät. War es möglich, daß in dem Spalt einer goldenen Feder, in den Zellen eines Federkiels immer noch Worte eingeschlossen waren? Die nur einer lebendigen Hand bedurften, um sie herauszuholen?

»Carl Van Vechtens Löschwiege«, fuhr Allen fort. Der Kummerbund rutschte seinen Bauch hinauf, als er sich nach vorne beugte, die Augen über einer dunklen Löschwiege aus Gummi zusammenkniff. Ein zärtlicher Blick, wie eine Mutter, die sich über ihr neugeborenes Baby beugt. »Konnte Carl Van Vechtens *Stift* leider nicht bekommen.« Er seufzte. »Aber ich habe gehört, daß Yale sich eventuell von einem trennen will ... nächste Woche bin ich schlauer.« *Tock, tock, schrab.* Ein merkwürdiges Geräusch wie von vier Spazierstöcken näherte sich Allens Hintertür.

»Omeingott! Omeingott!« Eilig zog mich Allen von der Vitrine weg und schob mich in den Korridor. *Tock, tock, tock, tock, schrab.* Er sah auf die Uhr. »Muß zusehen, daß die Bürotür abgeschlossen ist.« Er schoß zurück in den kleinen Raum, und ich hörte, wie eine Tür geschlossen wurde. Als er zurückkam, rückte er seine Fliege zurecht, zog an den Schwänzen seiner Frackjacke und nahm Haltung an. *Tock, tock, tock, tock, schrab.* Das Geräusch kam immer näher. Ein vertrautes Geräusch, vertraut wie die Gestalt, die es begleitete. Die Person, die die Gehhilfe durch den Korridor schob, war keine geringere als die mit dem Pulitzerpreis ausgezeichnete Dichterin Berniece Able.

»Was zum Teufel muß ich tun, um in dieses total unzugängliche Scheißloch zu kommen?« Bernieces große Zähne kamen zum Vorschein, gelb mit schwarzen Streifen in der Mitte. Die blaßrosa Wangen füllten sich mit Luft und leerten sich wieder, während sie über uns herfiel. Über beiden Schultern hing eine große Kanvastasche. Mit Juwelen besetzte Finger hielten die Gehhilfe umklammert, die ihr gleichermaßen als potentielle Waffe und als Stütze zu dienen schien. Ihr scharfer Blick, umhüllt von schwammigen Gesichtszügen, suchte Allens Augen. »Und es ist *keiner* dagewesen, um mich zu empfangen!« sagte sie vorwurfsvoll.

»Omeingott! Berniece!« Allen war so damit beschäftigt, sich zu entschuldigen und ihr die Lasten abzunehmen, daß er darüber fast Howard Bloomings Tagebücher vergaß. Ich sah, daß ihm die Hände zitterten, als er Berniece die Stoffbeutel abnahm.

Sie ließ sie erleichtert los. An ihren langen, wettergegerbten Fingern funkelten rote Rubine, ein quadratisch geschnittener Saphir und eine Traube kleiner Diamanten. »Du hast Punkt acht Uhr fünfzehn gesagt.«

»Berniece, es tut mir so leid –«

»Gut, Allen, du bist mir jahrelang wegen der Fotoalben hinterhergelaufen. Jahrelang. Hier hast du sie.« Sie lächelte plötzlich, ihre Augen wurden zu kleinen leuchtenden Halbmonden. »Hier hast du sie, mein Lieber«, wiederholte sie schon sanfter.

»Berniece.« Allens Mund klappte auf und zu. »Ich weiß gar nicht, was ich sagen soll.« Allens Stimme war weich wie Flanell, als er sich über ihre Gehhilfe lehnte, um sie herzlich zu umarmen. Berniece vergaß ihre Verärgerung und ließ die Gehhilfe los. Sie ergriff Allens Arm, die wettergegerbten Finger gruben sich in seine Anzugjacke.

»Es ist schon eine ganze Weile her, daß ich durch die Hintertür gehen mußte«, ermahnte Berniece ihn wohlwollend.

»Oh, Berniece, die Fotoalben!« Allen kriegte sich kaum wieder ein. Er zog eines der älteren Fotoalben heraus und setzte sich auf der Stelle auf den Fußboden. Er saß im Schneidersitz und berührte mit den Fingern das weiche schwarze Papier. Ich trat näher heran und kniff die Augen zusammen, um die vergilbten Fotos zu erkennen, die Allen so forschend betrachtete. Jedes Foto war sorgfältig mit schwarzen Fotoecken fixiert. Die Seiten ließen sepiafarbene, von breitkrempigen Hüten umschattete Gesichter wieder aufleben und Ferienreisen, die vor langer Zeit unternommen worden waren. »Ja, ja«, hauchte Allen. »Da ist Djuna Barnes.«

»Ich dachte, sie hätte wie eine Einsiedlerin gelebt?« sagte ich.

Berniece Able sah zum ersten Mal zu mir auf. Sie ließ die Gehhilfe mit einer Hand los, um sich eine Strähne ihres weißen Haares aus dem Gesicht zu streichen. Sie kniff ihre wäßrigen blauen Augen zusammen und verzog mißbilligend den kleinen runden Mund mit der hängenden Unterlippe. »Leg die Bücher beiseite, bevor der Schweiß an deinen Händen noch die Gesichter meiner alten Freundinnen wegätzt«, bellte sie.

»Vielen Dank, Berniece.« Allen verbeugte sich leicht und stand auf. »Ich kann dir gar nicht sagen, wie dankbar wir dir sind. Diese Art von Erwerbung ist genau –«

»Hör auf, dich zu verbeugen und Kratzfüße zu machen. Ich bin froh, sie endlich loszuwerden. Gottverdammte Geisterliste! Alle längst tot. Aber ich habe Lee und Helen. Ich habe mehr Glück als die meisten Dichterinnen, ob mit oder ohne Pulitzerpreis.«

Ach ja, ich erinnerte mich. Hatte Berniece Able nicht Lee Turgo, ihre langjährige Nachbarin und Chiropraktikerin, mit Helen Thomas verkuppelt? Lee Turgo hatte Berniece Able durch Rolfing ihre aufrechte Haltung zurückgegeben, als die alternde Dichterin starke Schmerzen litt und, wie es schien, für immer mit einem Buckel leben mußte. Die Romanze mit Helen war ganz und gar von der Preisträgerin inszeniert worden. Eins ihrer erfolgreichsten Epen; das Paar war nunmehr seit zehn Jahren zusammen.

»Hier!« Berniece zog ein Fotoalbum hervor, dessen Einband, ein psychedelischer Seiden-Quilt, mit knallorangefarbenen kalifornischen Mohnblumen bestickt war. Berniece schien jeden einzelnen Stich mit ihren juwelenbesetzten Fingern zu ertasten, als sie es umdrehte. »Helen hat den Einband für mich gemacht, damals als sie noch meine Studentin war.« Berniece war noch immer voller Stolz. Ich stellte mir Helen als Collegestudentin vor, wie sie Stunden über dieser sentimentalen Handarbeit verbrachte; die Tradition handgearbeiteter Geschenke von Studentinnen an ihre Lehrerinnen hatte eine über tausendjährige Geschichte. Wie geschaffen für das Archiv.

»Hat sie es signiert?« fragte Allen, als Berniece ihm das kostbare Album übergab und zusah, wie er es aufschlug.

»Ich glaube nicht. Aber es gibt eine Inschrift.«

»Oh nein!« flüsterte Allen.

»Was?« verlangte Berniece zu wissen.

»Nichts, Berniece, nichts.«

»Was?« Berniece stampfte mit dem Fuß ihrer Gehhilfe auf.

Allen zuckte die Achseln und deutete auf die Fotos, die zwischen gummiertem Zellophan und Pappe gefangen waren. »Die Gummierung, die Bilder...« murmelte Allen kaum hörbar.

»Ah, da ist Mildred! Hat den Grill an jenem Tag einfach nicht anbekommen«, murmelte Berniece. Sie deutete wahrscheinlich auf ein Foto von Mildred Dickerman, eine Anthropologin von Weltruf, die dreißig Jahre lang Berniece' Geliebte war. »Sie hatte einen scharfen Verstand, trotz ihres Fachgebiets.« Berniece blätterte weiter, glückliche Erinnerungen hinter sich zurücklassend. »Sieh mal hier.« Sie schien erfreut, eine noch lebende Person zwischen den Seiten zu entdecken. »Da ist Tracy Port, dieser *Vampir.*« Berniece pochte mit dem Finger auf eine jüngere Tracy Port mit langer Hippiemähne und einem Minirock, der an eine indische Tagesdecke erinnerte. Ihre mageren Beine – das war noch vor dem Fitneß-Wahn – hatte sie übereinandergeschlagen.

»Berniece, bitte, sie ist meine Chefin.« Allen fühlte sich unbehaglich.

»Ich sage, was ich will!« Berniece zuckte die Achseln. »Und hör auf, wegen der Gummierung rumzujammern! Ich wußte nicht, daß ich Geschichte aufzeichne, als ich die Fotos eingeklebt habe. Ich hatte eine Affäre!«

»Ja, natürlich, Berniece, es tut mir leid.«

»Nimm die Fotoalben und mach damit, was du willst.« Berniece nahm ihre Gehhilfe und setzte alle vier Füße auf einmal auf den Fußboden. Ich fragte mich, ob sie die Gehhilfe wirklich brauchte.

»Und Sie, junge Dame«, Berniece sah mich ernst an, »glauben Sie bloß nicht, daß jede Biographie, die Sie lesen, auch wahr ist. Djuna eine Einsiedlerin?! Es gibt eine Menge frei erfundenen Mist da draußen, der sich als historisch verbriefte Wahrheit ausgibt. Genau der richtige Stoff für dieses Archiv.«

»Berniece, warte mal!« jubelte Allen. »Ich hab's! Emma, Berniece – das ist es. Das wird die Sensation des Abends.« Allen klatschte in die Hände, seine Handflächen machten ein hohles Echo. »Ich werde dafür sorgen, daß ihr beide während des Dinners persönlich eure Schenkungen präsentiert.«

»Allen, ich glaube nicht –« setzte ich an.

»Damit alle wissen, was für Schätze wir bekommen.« Er strahlte. »Es könnte gar nicht besser sein, nicht einmal, wenn Tracy es sich persönlich ausgedacht hätte!« Er zog die Bürotür hinter sich zu. »Heute abend werden reichlich Spenden reinkommen.«

»Muß ich etwas unterschreiben?« fragte Berniece.

»Später, Liebes!«

»Ich glaube wirklich, daß Howards Tagebücher im Tresor eingeschlossen werden sollten –« protestierte ich.

»Zu spät!« sagte Allen und trieb uns, so schnell wie es Bernieces Gehhilfe zuließ, aus dem langen Korridor. Die Kanvastaschen mit den Alben klatschten gegen Allens Hüften. *Tock, tock, tock, tock, schrab*. Berniece' Schmuck funkelte rot, weiß, blau, als sie nach den Metallrohren ihrer Gehhilfe griff. »Ich trage heute Geschichte zusammen«, sagte er. »Ich trage die Geschichte von heute zusammen, heute.« Allen sang wie ein Kind, und das paillettenbesetzte Kleid schnürte mich ein. Die Schachtel, die über und über mit Klebeband bedeckt war, schien an mir festzukleben. Allmählich hatte ich das Gefühl, ich würde sie nie wieder los.

KAPITEL VIER
Appetithäppchen

Wieder über der Erde, wurde Berniece auf der Stelle von ihren Verehrern umringt und mit Komplimenten überhäuft. Während sie vorgab, all die Aufmerksamkeit, die ihr zuteil wurde, zu genießen, ließ sie ihren Blick über die Menschenmenge schweifen. Ich machte mich auf die Suche nach meinem Tisch. Der Kuppelsaal stand voll schneeweißer runder Tische, die mit schwerem Silberbesteck und weithin lesbaren Tischnummern beladen waren. Die Tischnummern ragten aus merkwürdigen Tafelaufsätzen heraus. Ich suchte die Dreiundfünfzig und besah mir die Tafelaufsätze genauer. Paradiesvogelblumen waren schräg in Zementblöcke gesteckt und mit Efeu drapiert. Für mich sah das Ganze stark nach Erdbeben aus.

»Wahnsinn!« Neben mir starrte eine Gruppe von Gästen mit offenen Mündern die Decke an. Über unseren Köpfen flogen gewundene Torsos muskelbepackter Gestalten durch den gegipsten Himmel. Die Körper unterschiedlicher Rassen stellten ihre riesigen Muskeln zur Schau, als sie anscheinend Bücher gen Himmel warfen.

Eine riesige Frau in durchscheinendem Gewand – ihre dunkelbraunen Brüste wurden von einem Isadora-Duncan-Nachthemd kaum verdeckt, ihre Arme strotzten vor Bizeps – versuchte die ausgestreckte Hand eines tuntigen Dichters zu berühren. Gott als massige schwarze Lesbe mit herzförmigem Gesicht, einer Wolke tiefschwarzer Locken und Füßen von der Größe einer Hotellobby.

»Larry Boznians Auffassung von ›Campe‹«, sagte jemand. »Kennst du sein Porträt von Michael Jackson aus rohen Makkaroni?«

»Nein, das war –«

»Ich habe gehört, es hat eine Spende von dreihundert Riesen für diesen, diesen Cartoon gegeben!« behauptete ein violett anlaufendes Gesicht über einem Smoking.

»Guck dir die Seraphim mal genauer an!« Jemand gluckste. Tatsächlich, mehrere Engel trugen die Gesichter hiesiger Berühmtheiten.

»Für fünfhundert konntest du dir einen Platz an der Decke sichern, für die Ewigkeit«, erzählte eine bebrillte Frau im langen Abendkleid. »Eine großartige Idee, auf die Art Spendengelder zu sammeln – hätte ich das Geld bloß investiert. Ich hätte nichts dagegen, dort oben verewigt zu sein und *runterzuschauen*«, sagte sie gedankenverloren. Mir fiel auf, daß sich ein paar andere Mäzene für die Hölle entschieden hatten, wo eine Gänseherde von Literaten in Ledermontur über dem brennenden Höllenfeuer fröhlich Hotdogs briet.

»Hey, Victor!« Das hörte sich gut an. Ich drehte mich schwungvoll um und sah Rose Baynetta, die sich für den Anlaß herausgeputzt hatte und mit ihrem Rollstuhl geradewegs auf mich zukam. Rose war meine Freundin und gelegentlich auch meine Kollegin; sie leitete eine Agentur für Sicherheitsdienste.

»Schön, hier wenigstens eine Fummeltrine zu sehen, Emma.« Rose prustete förmlich, als sie mich in meinem Kleid musterte. »Guck dich mal um! Heute abend haben nur die Lesben Lippenstift aufgelegt. Hier gibt es keine Verwirrung der Geschlechter. Warum wohl! Was ist passiert, ist dein Kleid eingelaufen, oder was?«

»Vielen Dank für das Kompliment, Rose.«

Roses Gesicht, das dank ihrer vielen Sommersprossen immer leicht gebräunt wirkte, wurde von blonden Locken eingerahmt. Rose hatte viel gearbeitet, sich noch mehr gequält und kassierte inzwischen hübsche Summen für ihre Dienste, zu denen Personenschutz, Beschattung und hochtechnisierte Ermittlungsmethoden gehörten. Sie bezahlte ihre Mitarbeitenden gut, und ich hatte mir schon einige der muskulösen Typen ausgeliehen, die Rose beschäftigte. Rose selbst war in letzter Zeit auch oft im Fitneß-Studio gewesen. In einem ärmellosen Seiden-T-Shirt stellte sie ihre Oberarme zur Schau, und mir fiel eine frisch tätowierte ›Rose‹ auf. Nur wenige Menschen wußten, daß ihr ganzer Rücken in einem Korsett steckte. Die meisten sahen lediglich, daß Rose von der Taille abwärts gelähmt war.

»Ich möchte etwas mit dir besprechen, es geht um eine Sicherheitsfrage.«

»In Ordnung. Wir sitzen am gleichen Tisch. Allen hat das arrangiert. Also, er ist ein richtig netter Mensch! Hast du ihn schon kennengelernt, Emma?«

»Ja. Erzähl mir mehr von ihm.«

»Er führt seit einer Ewigkeit eine Art Wochenendehe mit Renquist. Dadurch habe ich an einen Platz am VIP-Tisch ergattert. Allen hat bald Geburtstag. Sehr, sehr schwierig, das passende Geschenk für ihn zu finden.«

»Das glaube ich gern.«

»Ich werde mindestens fünfzehn Flohmärkte abklappern müssen, vielleicht auch fünfzig.«

»Kannst du ihm nicht einfach etwas Praktisches kaufen?«

»Wir sprechen hier von jemand äußerst Exzentrischem, Emma. Dabei fällt mir ein, was soll die Teppichtasche?« Sie deutete auf die ausgebeulte Kanvastasche, vollgestopft mit Howards Tagebüchern, Frances' Laborbericht und den Klamotten zum Wechseln.

»Rose, deswegen möchte ich ja mit dir reden –«

»Hallo, Rose, meine Liebe!« Allen kam auf uns zu, nahm ihre Hand und drückte sie. »Letzte Woche habe ich einen tollen Fund gemacht – das Tagebuch eines gewissen C. Hope Chumball, er war der Sekretär von Charles Laughton und Elsa Lanchester. Ein Fünfzig-Cent-Buch in einem Secondhand-Laden. Noch mehr Papier, dachte ich erst, aber dann habe ich angefangen zu lesen. *Äußerst* unterhaltsam –«

Wir wurden von lautem Getöse unterbrochen, lautem politischen Getöse. Stadtrat Renquist Falkenberg hielt unter Beifall Einzug.

»Hast du schon vom Ausbau der U-Bahn gehört, Emma? Endlich abgesegnet!« triumphierte Rose.

»Wir haben es geschafft! Wir haben es gemeinsam geschafft!« Renquist nahm Umarmungen und Gratulationen entgegen. »Die U-Bahn wird jetzt bis zum Flughafen verlängert. Und ich schwöre euch, daß die Flughafen-Linie bald an einen Hochgeschwindigkeitszug angeschlossen wird, der von San Francisco nach Los Angeles rasen und Kalifornien vom Auto befreien wird! Ha! Ha!«

Renquist bewegte sich mit der Anmut und Leichtigkeit, wie sie nur beleibten Menschen eigen ist, die sich in ihrer Fülle wohlfühlen; er erwiderte den Händedruck vieler Wähler. Die Gratulationen nahmen gar kein Ende. »Integratives Wohnen«, sagte er, »in S-Bahn-Nähe. Hallo, Mathew! Ja, Marin County wird als nächstes angebunden!« Renquist war in Siegerlaune, auf seinem übergroßen Smoking schimmerten mehrere Mojo-Anhänger. »Ja, wir werden uns für den Schutz der Feuchtgebiete einsetzen«, sagte er. Allen und Rose waren in der Menge verschwunden, und Renquist kam auf mich zu.

»Emma«, sagte er leise und drückte mich an sich. Wir waren stets auf der gleichen Seite gewesen, wenn es um Howard Blooming und den öffentlichen Nahverkehr ging.

»Renquist, ich freue mich ja so über den U-Bahn-Ausbau«, sagte ich. Warum machte es so vielen Menschen Spaß, Renquist zu knuddeln, mich eingeschlossen? Ich merkte, daß ich lächelte, als ich Renquists dicken Bauch umarmte. Die silbernen Mojos, die an seinem Hals baumelten, drückten sich in meine Wangen und ließen vorübergehend eine Tätowierung zurück. Die Anbindung des Flughafens an die öffentlichen Verkehrsmittel. Frances würde zwanzig Minuten mehr Zeit haben, wenn sie das nächste Mal los mußte. Renquist gab mich wieder frei, als er meine große Kanvastasche bemerkte.

»Was hast du da, Emma?«

»Eine Schenkung für das Archiv.« Die Tagebücher schienen plötzlich schwerer zu wiegen, als Renquist die Tasche betrachtete.

»Schön! Ich dachte schon, das wäre ein Generation-X-Accessoire!«

»Das sind Howard Bloomings letzte Tagebücher.«

»Was?« Das große Kinn klappte herunter, und seine Augen wurden kugelrund.

Ich öffnete den Reißverschluß der Tasche und ließ ihn kurz die Schachtel sehen.

»Wo hast du sie her?« fragte er leise. Sehr leise.

»Von David Stimpson.«

»Warum ist all das Klebeband –«

»Für sechzig Jahre versiegelt.«

Es gab eine kurze Pause. Auf seinem Gesicht zeigte sich ein Hauch von Erleichterung. »Nun, Howard hat stets gewußt, was er tat, nicht wahr? Würdest du mich jetzt bitte entschuldigen, Emma.« Und Renquist entschwand.

Howard Blooming hatte deutlich gemacht, daß er sich Falkenberg als Nachfolger wünschte. Eine gute Wahl. Nach Howards Tod hatte Falkenberg eifrig Howards politisches Kapital in echtes Kapital für seine Wahlkampfkasse umgemünzt, das Geld kam sogar aus Hollywood. Renquist ermöglichte versteckt lebenden schwulen Filmstars, ihre Schuldgefühle zu lindern, indem sie als anonyme Mäzene die unterschiedlichsten Initiativen unterstützten. Initiativen, die für die Bürgerrechte der Menschen eintraten, die *offen* homosexuell lebten. Renquist war es auch zu verdanken, daß die afro-amerikanische Community in bis dato blütenweiße Initiativen aufgenommen wurde. Die zumeist rein weißen Gruppen waren froh über die Abwechslung, die Renquists dunkles Gesicht brachte. Aber Renquist brachte noch eine Menge mehr mit. Er war die Stimme der Vernunft und glättete die Wogen in allen Streitigkeiten: Als fähiger Friedensstifter fand er selbst in der verfahrensten Situation eine Lösung, mit der sich beide Seiten als Gewinner fühlen konnten.

»Hey, Emma, sieh mal, wer noch an unserem Tisch sitzt!« Rose war wieder an meiner Seite. Als ich aufschaute, erblickte ich Deborah Dunton. Die bekannte Paartherapeutin und Autorin des Bestsellers *Wenn Lesben zu sehr lieben* war im Anmarsch. Deborah Dunton war neunundzwanzig Jahre alt, mittelschwer, mittelgroß und mittelmäßig intelligent. Sie hatte aschblondes Haar, einen Südstaatenakzent, den sie zu verbergen suchte, und eine ständig hochgezogene Augenbraue, die ihr einen ernsten Gesichtsausdruck verleihen sollte. Sie trug stets teure italienische Schuhe. Ich hatte immer auf ihre Füße gesehen, wenn Frances und ich die berühmte Paartherapeutin konsultiert hatten. Letztendlich war es *ihr* Unterbewußtsein gewesen, das uns beide die Therapie abbrechen ließ. Deborah kramte in ihrer Handtasche nach einem Stift und wandte sich dann an Allen Boone.

»Deborah ist so eine verständnisvolle Therapeutin –« zischte Rose sarkastisch.

»Bis du sie verläßt«, vollendete ich den Satz.

»Das war wohl keine angenehme Erfahrung, Emma?«

»Ich habe in ihrer Toys ›R‹ Us-Praxis gewisse Stunden verbracht, die ich am liebsten für immer vergessen möchte.«

»Was hat sie dir denn getan, Emma?«

»Nichts, was ich genau benennen könnte.« Ich beobachtete, wie Deborah den Stift einer ihrer Anhängerinnen entgegennahm, die mit einer Ausgabe ihres Buches aufgetaucht war. »Sie hat sich gern neben mich auf die Couch gesetzt. Sie hat Frances eine Kopie ihres Therapieplans gegeben, damit Frances sie in ihrer freien Zeit anrufen konnte. Sie hat Frances sogar ermutigt, es zu tun. Einmal, als Frances auswärts unterwegs war, hat Dunton mich angerufen, um sich zu erkundigen, ob es mir gutging. Es ging mir gut. Bis sie mich anrief. Es war einer dieser Samstagabende, an denen ich mal wieder die einsame Arztwitwe war.«

»Hast du irgendwas gegen sie in der Hand? Mißbrauch ihrer Vertrauensstellung, Emma?«

»Nein. Nicht, daß ich sie jemals verklagen würde. Aber Dunton hat ihre Grenzen dermaßen schwammig gezogen; zwischen zwei Staaten würde so etwas unweigerlich zum Krieg führen.«

»Und zwischen zwei Lesben zu einer Katastrophe.«

»Oder schlimmer. Ihre ehemaligen Klientinnen sind reihenweise sauer auf sie. Sie scheint jetzt weniger Klientinnen anzunehmen und sich mehr aufs Schreiben zu verlegen«, merkte ich an.

»Ich kann dir sagen, Deborahs Ruf als Beziehungs-Guru wäre letztes Jahr beinahe baden gegangen.«

»Wie das?«

»Auf einer Kreuzfahrt«, sagte Rose. Mir fiel die Unterhaltung zwischen Helen und Tracy Port auf der Laderampe im Keller des Archivs ein.

»Was ist denn passiert«, fragte ich neugierig.

»Nach dem, was ich gehört habe«, sagte Rose, »soll Deborah Tracy monatelang hinterhergelaufen sein. Als Tracy sich für eine der Frauen-Kreuzfahrten auf die Bahamas interessierte, hat Dunton Tickets für sich und Tracy besorgt, als Überraschung zu Tracys Geburtstag. Sie hat getrennte Kabinen gebucht und das Beste gehofft. Das wird getratscht. Als sie an Bord waren, ging es allerdings nach hinten los. Tracy hat sie gemieden. Und es kam noch schlimmer, Tracy hat sich vor aller Augen mit Begeisterung an Lee Turgo rangemacht, die Chiropraktikerin –«

»– und Lebensgefährtin von Helen Thomas«, murmelte ich. Deshalb war Helen vorhin so durcheinander gewesen. Aus dem gleichen Grund hatte Berniece Able Tracy wohl auch als Vampir beschimpft.

»Es ist allgemein bekannt, daß Helen ständig auf Lesereise ist«, sagte Rose. »Übersetzungen bringen weite Reisen mit sich. Lee ist vermutlich noch immer in die Krimi-Königin verliebt, aber Helen war nicht da, um das Bett warm zu halten.«

»Ich kenne das, aber ausgerechnet Tracy Port?«

»Du hast Tracy noch nicht erlebt, wenn sie ihren Charme spielen läßt, Emma. Sie ist dann fast *normal.* Wie dem auch sei, keine weiß, ob Lee Turgo Tracys Avancen nachgegeben hat. Aber Deborah Dunton war total abgemeldet. Und schlimmer noch, stell dir die öffentliche Demütigung vor, Emma. Bei jeder Bridge-Partie, jedem Tauchausflug und jedem Shuffleboard-Wettbewerb, wie ich gehört habe.« Rose trank einen Schluck Weißwein. »Es wurde sogar in der Klatschkolumne der BAR erwähnt. *Wenn Lesben zu wenig lachen.* Danach rutschten die Verkaufszahlen von *Wenn Lesben zu sehr lieben* in den Keller.«

Ich sah zu Deborah Dunton hinüber, die Blickkontakt mit ehemaligen Klientinnen im Saal aufnahm, zwinkerte und winkte. Eine Frau hatte eine gebundene Ausgabe von *Wenn Lesben zu sehr lieben* aus der Handtasche gezogen, und Deborah kritzelte ihr Autogramm auf die Titelseite. »Aber die Verkaufszahlen stiegen wieder.« Rose kam zum Ende der Saga. »*Wenn Lesben zu sehr lieben* wird ein Klassiker bleiben. Lesben werden wohl immer zu sehr lieben, einige zumindest.«

»Was tut sie hier? Hat sie für Tracys Zwecke gespendet?«

»Nach einer großzügigen Spende – ich glaube, Daddys Stiftungsfonds war ihr gerade zugefallen – wurde Deborah zur Vorstandsvorsitzenden des Archivs gewählt. In dieser Position ist sie im wesentlichen Tracys Boß!« Rose stellte ihr leeres Glas auf den Tisch, als sie ihre Geschichte beendete. Sie blickte sich nach einer neuen Flasche um. »Sie knausern ganz schön auf diesen Galas, findest du nicht auch?«

Deborah Dunton als Vorstandsvorsitzende. Und da ist sie auch schon, dachte ich, als mir ihre persönliche Duftnote in die Nase stieg, ihr ›Auf-in-den-Kampf‹-Gardenienparfum.

»Ach, hallo, Emma«, schnurrte Deborah. »La-a-ange nicht gesehen.« Ihr Südstaatenakzent war noch immer hörbar. Glänzende Ebenholzperlen hielten ihre dünne Seidenbluse bis zum Kragen geschlossen. Deborah spielte mit ihnen, als wollte sie sichergehen, daß sie ausreichend bedeckt war. Rose rollte davon. Na, herzlichen Dank. »Wie läuft's denn so?«

»Gut.« Ich versuchte zu raten, auf welchen Platz sich Deborah setzen würde, damit ich mich möglichst weit entfernt von ihr hinsetzen konnte. Aber es gab immer noch zu viele leere Stühle, um es vorauszusagen.

»Wo ist denn Frances heute abend?« Deborahs Tonfall war stets bemüht neutral. Ich suchte den Raum verzweifelt nach Rose ab, nach irgendeiner Frau mit einer gebundenen Ausgabe von *Wenn Lesben zu sehr lieben.* »Wo *ist* Frances, Emma?«

Dieser Tonfall, ständig dieser herablassende Ton voller Andeutungen. Brachten sie ihnen das in der Therapieausbildung bei? Sollte es etwa einfühlsam klingen? Ich suchte nach einer Antwort, die keine weitere Erklärung erforderte. »Sie arbeitet«, sagte ich.

»Und wie«, wagte sich Dunton weiter vor, »läuft es in eurer Beziehung?«

»Gut.«

»Du hast eine Menge unterdrückte Wut in dir, Emma.« Sie wedelte mit ihrem Finger vor meinem Gesicht herum, brachte mich in Versuchung, ihn abzubeißen.

»Nur in bezug auf Therapeutinnen mit schwammigen Grenzen. Soll ich dir etwas zu trinken mitbringen, Deborah?«

Deborah zog ihre dünnen braunen Augenbrauen in die Höhe. »Es scheint, als hättest du noch immer ein paar Dinge aufzuarbeiten –«

Ich wurde durch Carla Riberas Ankunft gerettet.

»Ein Fluch aus der Vergangenheit.« Rose kam zurückgefahren, als wir uns alle umdrehten, um den dramatischen Auftritt ihrer Ex-Freundin zu verfolgen.

»Eben aus Rom zurück!« verkündete Carla, ihre Lippen eine grelle rote Wunde. Die schwarzen seidigen Locken, streng aus der Stirn gekämmt, fielen in Wellen über ihren Rücken wie der wedelnde Schweif eines Hengstes. Carla Ribera war Modefotografin, die Kleider ebenso gut tragen konnte, wie sie sie fotografierte. Carla, knapp einsachtzig groß, ließ sich die Haute-Couture-Kleider auf ihren kräftigen Leib maßschneidern. Das Ergebnis war stets ein Erfolg. Heute trug sie eine exquisit geschnittene dunkelblaue Jacke mit Pelzbesatz über einem Seidenhemd mit Volants an den Manschetten. Der offene Halsausschnitt gab ihr etwas von einer Piratin, perfekt für die Branche, in der sie tätig war. Carla hatte sich vom Hippiemädchen zur Jet-Setterin gewandelt. Unglücklicherweise schloß das den beißenden Rauch einer Gauloise mit ein, die Carla durch den Raum schwenkte. Hinter ihr stand ein kleiner, elegant gekleideter Mann.

»Eben aus Rom zurück!« verkündete Carla noch einmal.

»Wo offenbar keiner was dagegen hat, deinen Secondhand-Rauch einzuatmen, Carla«, sagte Rose gedehnt. »Hast du dir schon einen neuen ›Schrank‹ für deine Kleider und dein Leben gekauft?«

»Ach, Roseanna, vielleicht solltest du dir erstmal eine eigene Identität zulegen, bevor du über die anderer Leute herziehst«, schoß Carla zurück. Die beiden tauschten ein schwaches, aber grimmiges Lächeln aus. Carla hatte Rose aus ihrem Leben entfernt, als ihre Karriere als Modefotografin begann. Carla blies den Rauch aus ihrem großen roten Mund hoch in die Luft, die schwarzen Locken über die Schultern geworfen. Wie hatte diese Frau, immer voll im Trend, jemals einen Bund mit der rustikalen Rose eingehen können?

Ganz einfach. Bevor sie in die Modebranche ging, war Carla Dokumentarfilmerin. Für einen ihrer Filme hatte sie Aktivistinnen, die im Rollstuhl saßen, interviewt. Sie hatte nicht damit gerechnet, daß sie sich in eine von ihnen verlieben könnte. Aber Roseanna Baynetta, für die meisten von uns einfach nur Rose, hatte das Gesicht einer Schönheitskönigin und eine Zunge wie eine Rasierklinge. Sie war Ballettänzerin gewesen, bevor ein Autounfall ihre Karriere abrupt beendete. Die dramatische Geschichte hatte ein paar gute Filmmeter abgegeben. Und auch Roses Hände hatten Carla die eine oder andere Überraschung bereitet.

Roses Vater hatte am Steuer gesessen, als der Unfall passierte. Der Fahrer des anderen Wagens war völlig betrunken gewesen, doch Roses Vater traf eine gewisse Mitschuld, denn er selbst war auch nicht gerade nüchtern gewesen. Nach dem Unfall hatte er Rose von sich weggestoßen, sie in Internate geschickt und mit teuren Geschenken überhäuft. Er war in der Sicherheitsbranche tätig und arbeitete für mehrere große Modehäuser. Aber Rose wollte weder das Geld noch die Kleider. Rose wollte seine Ausrüstung.

Sie brachte ihn dazu, ihr seine veraltete Ausrüstung zu überlassen, und stieg selbst in die Sicherheitsbranche ein. Carla und Rose engagierten sich für die gleiche Sache. Rose ermittelte und deckte auf. Carla hielt die Ergebnisse in ihren Dokumentarfilmen fest. Während ihrer fünfjährigen Beziehung arbeiteten sie bei einer ganzen Reihe von Projekten zusammen.

Aber dann wurde Carla es leid. Wurde es leid, sich um Stipendien zu bewerben, wurde es leid, sich das Geld für ihre Filme zusammenzubetteln, wurde es leid, gegen das übermächtige amerikanische Fernsehkartell anzukämpfen, wurde es leid, ständig in eine Randgruppenschublade gesteckt zu werden. Rose stellte Carla ihrem Vater vor, der ihr einen Job in einem der großen Pariser Modehäuser besorgte. Carlas Bilder bewegten sich nicht länger, und ihre Karriere machte einen großen Sprung nach vorn.

Carla gestaltete alles neu – ihr Haar, ihre Klamotten und ihre sexuellen Vorlieben –, um sich ihrem neuen Leben und den wunderbaren neuen Menschen darin anzupassen. Als Femme, im Bett die

Top, jettete Carla Ribera um die Welt und legte jedes Model in einer Jet-Set-Version von *Wenn Lesben zu wenig lieben* flach. Sie drehte nie wieder einen Dokumentarfilm. Rose mit ihrer übertriebenen Rechtschaffenheit gab vor, sie zu verabscheuen. Rose konnte Carla nicht vergeben. Carla konnte Rose nicht vergeben, daß sie ihr nicht vergeben konnte. Es war ermüdend. Und es war immer noch nicht vorbei.

»Sie liebt mich immer noch«, vertraute Rose mir an.

»All die exotischen Schauplätze und langbeinigen Models, alles nur Theater«, pflichtete ich ihr bei.

»Ähm!« Carla schlug mit einem Löffel an ihr Glas, und die Gespräche verstummten.

»Ich möchte euch allen«, brüllte Carla feierlich, »den Schöpfer des Gemäldes vorstellen, das sich über unseren Köpfen erstreckt. Larry Boznian!«

Der kleine Mann hinter ihr trat in den Vordergrund. Er war um die Fünfzig, hatte ein Bartviereck unter der Lippe und die größten Ohren, die ich je außerhalb des Micky-Maus-Clubs gesehen hatte. Er trug ein rotkariertes Sportjackett. Larry Boznian preßte seine Lippen fest zusammen; es hätte als Lächeln durchgehen können.

»Einfach phantastisch!« gurrte Allen.

»Welch eine Meisterleistung!« gratulierte Renquist ihm.

Larrys Blick huschte über den Boden, als er murmelte: »Nur ein Cartoon.« Sein Arm schnellte seitlich auf ein Tablett mit Drinks zu, die Finger mit den eingerissenen Nägeln ergriffen ein Glas Weißwein und drückten es auf der Stelle an seine Brust.

Carla Ribera kam ihm zu Hilfe. »Ich möchte, daß ihr alle Larry in San Francisco willkommen heißt. Er ist zusammen mit – Larry, wo ist Fresca?«

»Auf'm Klo«, sagte Larry. Seine Stimme überraschte mich. Dieser silbenverschluckende, knappe Akzent, auf'm Klo! Ich sah mir den Maler genauer an. Er sah wirklich nicht wie ein kreativer Typ aus. Alles an ihm war außerordentlich sauber und ordentlich, wie ein gut gepflegter Garten. Der kleine Bart, die Fliege, der Anzug mit den karierten Bügelfaltenhosen. Lediglich seine Hände verrieten seinen Beruf.

Die Fingernägel waren vom Öffnen der Farbdosen eingerissen, die Fingerkuppen vom Mischen der Pigmente fleckig. Als er merkte, daß ich auf seine Hände schaute, versteckte er sie schnell, um kurz darauf wieder nach einem Drink zu greifen. Aber seine Finger wurden von einer anderen, neuen Hand gehalten. Einer Hand, die anscheinend nicht wollte, daß er das Glas anfaßte.

Die Hand war jung, braun, mit kräftigen Fingern. Breite, kurzgeschnittene Fingernägel, muschelrosa. Die bronzefarbenen nackten Oberarme hätten selbst Fabio* vor Neid erblassen lassen. Unter dem verschlissenen T-Shirt war ein grauer Sport-BH zu erkennen. Ihre Brüste bewegten sich, als sie sich vorbeugte. Das T-Shirt flatterte um ihre ausladenden Hüften, die Löcher ließen ein Paar Boxershorts im Paisleymuster erkennen. Die Jeans waren selbstverständlich vorne und hinten mit großen Rissen übersät. Die weißen Stoffleitern bemühten sich redlich, die Hose an den Knien zusammenzuhalten, was sie mit der Hilfe einiger Sicherheitsnadeln auch schafften. Auf dem Kopf trug sie eine Baseballmütze. Verkehrt herum.

An ihrem Halsansatz war ein großes Muttermal, rot wie ein Rubin. Ihr herzförmiges Gesicht mit dem spitzen Kinn und den breiten Wangenknochen spiegelte den entschlossenen Gesichtsausdruck der Göttin des Deckengemäldes wider. Sie war die Göttin. Ich sah an ihr hinunter und fand meine Vermutung bestätigt. Riesige, schmale Füße in schwarzen geschnürten Stiefeln, die bis zu den Waden reichten. Sie war Larry Boznians Modell und vielleicht auch Carla Riberas. Etwas zu propper für die Modebranche, hatte sie trotzdem einen geheimnisvollen Glamour. Genau das Richtige für Carlas Objektiv.

Aufmerksam alles beobachtend, schien sie selbst die hintersten Winkel des Raumes im Blick zu haben, wie eine Sicherheitsbeamtin. Sie konnte nicht so jung sein, wie sie aussah. Sonst wäre sie nicht hier. Sonst hätte sie nicht diesen forschenden Blick. Oder doch? Sie blickte mir einen Moment lang in die Augen, ihr Blick gab nichts

---

* US-amerikanisches Sex-Symbol: Italiener, muskulös, langhaarig, ziert vor allem Kitschromane. A.d.Ü.

preis. Der einzige noch freie Stuhl stand neben meinem. Sie würde sich dort hinsetzen müssen. Ich hielt den Atem an. Das Dinner schien sich allmählich zu bessern. Deborah Dunton saß weit, weit entfernt an der anderen Seite des Tisches.

»Bitte, wenn wir jetzt bitte alle unsere Plätze einnehmen könnten«, strahlte Renquist. »Allen, Deborah –Moment, es fehlen noch Helen Thomas und Lee, Lee Turgo. Da ist Larry, und, ja, entschuldigen Sie bitte, Francesca Alcazon, richtig? Schön, Sie kennenzulernen, Francesca.«

»*Fresca.*« Ihre Stimme klang honigsüß.

»*I address my caress, my caresses to the one who blesses who blesses me* – Ich richte meine Liebkosung, meine Liebkosungen an die eine die beglückt die mich beglückt –« Das war Larry Boznian, und Larry Boznian wurde langsam blau. »Fresca ist die Autorin von *Empirismus der Sprache: Gertrude Stein und der Verzicht syntaktischer Kausalität«*, sagte Larry stolz, »welches mit dem Preis für Neue –«

»Larry, bitte, du machst es zu wichtig«, sagte Fresca.

»Ich besitze ein paar Briefe von Stein an Virgil Thomson, falls Sie sie sehen möchten«, legte Allen sich ins Zeug.

Fresca zog ihre Augenbrauen in die Höhe. »Aus Thomsons Pariser Zeit?«

Allen mußte einen Moment überlegen, er spielte mit den Brotkrümeln vor ihm auf dem Tisch. In seiner Innentasche steckte ein funkelnder Füllfederhalter. Ich stellte mir vor, wie die Tinte in das Futter seiner Anzugjacke auslief, Tintenflecke auf dem rosa Kummerbund hinterließ. Ein Taschenschützer. Aus Silber. Als Geburtstagsgeschenk. Eingravierte Initialen würden es zu einem persönlichen Geschenk machen. Genau das Richtige für einen Archivar. Das mußte ich Rose erzählen, es würde ihr die fünfzig Flohmärkte ersparen. Die Brotkrümel schienen ihm die Antwort eingegeben zu haben. »Nein. Unsere Thomson-Briefe stammen aus den vierziger Jahren, als er wieder nach New York zurückgezogen war«, bekräftigte er.

»Oh.« Die Augenbrauen fielen wieder herunter, die Augen wurden dunkler.

»Fresca ist noch nie an irgend jemandes New Yorker Zeit interessiert gewesen!« spottete Larry. »*Es gibt dort kein dort!*«

»Und das ist Helen Thomas.« Renquists Stimme überstrahlte Larrys blechernes Gejammer. Frescas Augen wurden von Helen Thomas magnetisch angezogen.

»Die Krimiautorin?« fragte Fresca ruhig.

Helen nickte.

»Ich habe *alle* Ihre Bücher gelesen. Ich kann Ihnen gar nicht sagen wie – ich freue mich ja so, Sie kennenzulernen.« Fresca war es nicht peinlich, ein Fan zu sein.

»Ich danke Ihnen.« Helen klimperte mit den Lidern, die langen Wimpern berührten ihre Wangen. Sie gab sich alle Mühe, wie Bambi auszusehen. »Das höre ich immer gern.«

»Und darf ich fragen«, Frescas Blick wanderte zu Helens Dekolleté hinunter, »ob dies das Amigreed-Amulett ist?«

»Ja!« Helen war stets ein bißchen zu begeistert, die Geschichte zu erzählen. »Kennen Sie die Geschichte?«

»Ich habe *Großmutters Gift* auf einem Transatlantik-Flug gelesen.« Fresca wickelte sich auf Schulterhöhe eine Haarsträhne um den Finger. Fünfundzwanzig, dachte ich. Fünfundzwanzig und eine Menge durchgemacht. In dem Kind, das mit seinen Haaren spielte, lag die Weisheit einer alten Frau. »Mir ist nicht mal bewußt geworden, daß ich zwölf Stunden in einem Flugzeug saß!« fuhr Fresca fort. »Eine großartige Geschichte, und wer hätte das Ende erahnen können!«

»*Ich* habe das Buch nicht gelesen«, sagte Larry ohne ersichtlichen Grund.

»Nein, du hast während des Fluges einfach an meiner Schulter geschlafen.« Ein bißchen zu schnell tätschelte Fresca seine Hand, versuchte, einen zynischen Sturm abzuwenden, der sich im Anflug befand. Ein Kellner erschien mit einem harten Drink. Fresca fing seinen Blick auf und schüttelte den Kopf. Der Kellner verschwand wieder. Wer war Fresca? Die Geliebte des Malers, sein Modell oder seine *Krankenschwester*?

»Es wird gesagt, daß das Amulett Gift enthält.« Helen schien unbeeindruckt von Larrys Zynismus. Oder es gefiel ihr einfach, sich zu Fresca hinüberzubeugen. »Können Sie das Wachssiegel erkennen?« Das Amulett auf Helens Handfläche hatte an der Stelle, wo die beiden Kurven des Herzes zusammenliefen, einen silbernen Stöpsel. Der Stöpsel war durch eine dünne Kette an dem Herzen befestigt, um den Rand war noch immer ein winziger Rest Siegelwachs sichtbar. »Der Bernstein ist nicht klar genug, um erkennen zu lassen, ob etwas darinnen ist. Der Legende nach hat das Amulett Rasputin gehört –«

»Dem Geliebten der russischen Zarin«, murmelte Larry.

»Von einem der Fabergé-Brüder gefertigt, wenn ich mich recht entsinne.« Fresca blinzelte. »Und schließlich landete es bei einem der Vorfahren von Berniece Able. War es nicht so?«

»Also, die alte Lady hat Ihnen eine Halskette geschenkt, und Sie haben ein Buch darüber geschrieben.« Larrys bitterer Sarkasmus war zu heftig, um ihn weiter zu ignorieren. Er hatte sich irgendwie einen neuen Drink besorgt. »Sie müssen ein *nettes Leben* führen.«

»Ach, halt den Mund, Larry, und hör endlich damit auf, dein eigenes zu ruinieren.« Fresca nahm dem Mann den Drink weg und goß ihn in den Tafelaufsatz. Wir gaben vor, es nicht gesehen zu haben. Zwischen den beiden mußte ein Altersunterschied von mindestens zwanzig Jahren liegen, aber Fresca benahm sich vor aller Welt wie Larry Boznians *Mutter*. »Helens Krimis sind mehr als Bestseller, Larry«, sagte Fresca. »Helen unterläuft die tradierten Klischees des Genres, in denen verschwiegen wird, was wir politisch –«

»Egal, wer gewählt wird.« Larry, inzwischen volltrunken, war für den ganzen Tisch hörbar. »Die Regierung bleibt doch stets die gleiche. Wer immer gesagt hat, daß Kunst die Politik *läutert* –«

»In vino veritas.« Allen Boone sah Renquist an.

»Ähem, ähem, Ladies und Gentlemen, unser Tisch ist fast vollzählig.« Renquist fuhr mit dem Vorstellen der Gäste fort. »Ich möchte Sie mit Lee Turgo bekanntmachen.«

Lee Turgo, Helens Lebensgefährtin. Lee Turgo. Sie war Mitte Dreißig, einsfünfundsiebzig groß, von mittlerer Statur; das rotbraune Haar fiel ihr jungenhaft in die Stirn. Eine große, stille Frau mit großen Händen, einem großen Herz und großen babyblauen

Schlafzimmeraugen. Na ja. Und doch hatte sie einen gewissen Charme. Ich bemerkte, wie Fresca das Objekt des Wettbewerbs zwischen Helen und Tracy in Augenschein nahm. Ich betrachtete Lees Hände, die breiten Handflächen und die winzigen, perfekt manikürten weißen Fingernägel. Da war etwas Mysteriöses an Lee Turgo. »Lange dicke Finger, vier Kliniken und vierzig Angestellte auf der Lohnliste«, bemerkte Rose von der anderen Seite des Tisches. »Mit sehr, sehr viel Glück«, riet sie Fresca, »kannst du vielleicht irgendwann einen Termin bei ihr bekommen. Es wird gemunkelt, daß du nach ihrer Behandlung nicht mehr die gleiche bist.«

»So etwas könnte ich vertragen.« Fresca seufzte in sich hinein, ihr Blick schweifte hinüber zu dem unglücklichen Maler.

»Helen, Liebling, das bist ja du!« Die polternde Stimme der Preisträgerin tönte über den ganzen Tisch. Bernieces Fotoalbum wurde herumgezeigt. Helen gurrte leise und streichelte Lees Nacken, als die beiden sich über die Fotos beugten. Lee Turgo legte ihren Arm um Helens Taille und beugte sich noch weiter vor; ihr rotbraunes Haar fiel ihr über die Augen. Sie strich es beiseite, um das Foto besser erkennen zu können.

»Stimmt.« Lee Turgo war eine wortkarge Frau und wenig zartfühlend. Sie kratzte sich am Hals, während sie die Bilder betrachtete.

»Das ist bei der Taufe, Liebling.« Helen stieß sie in die Rippen.

»Ja, ich erinnere mich.«

»Das bist du – in Schlaghosen! Und schau dir bloß all die Babys an!«

»Babys auf Armen, in Sportkarren und in Tragegurten. Babys, die gestillt werden, mit der Flasche gefüttert werden, schlafen, schreien, Theater machen, lachen, am Morgen ihres Lebens«, sagte Berniece in Gedanken versunken. »Hey, da bist du, Allen!« Sie fuhr mit dem Finger über die Seite. »Und Renquist!« Carla Ribera kam herüber und beugte sich tief über das Buch. »Hast du nicht damals die Fotos geschossen?« erkundigte sich Berniece.

»Nein, ich –« Carla nahm einen Schluck Wein und blinzelte auf die Fotos.

»Doch das hast du«, beharrte Berniece. »Komm schon, Carla, du hast genauso als Amateurin angefangen wie alle anderen.«

»Entschuldige, aber ich habe deinen Namen nicht mitbekommen.« Frescas seidige Stimme drang in mein Ohr; es klang nicht wie eine Frage.

»Emma Victor.« Ich streckte ihr die Hand entgegen, aber sie schaute mich nur an.

»Was machst du hier?«

»Ich könnte dich das gleiche fragen.«

»Aber ich habe zuerst gefragt.«

»Na schön, ich bin Mäzenin. Zufrieden?« sagte ich. »Und du?«

»Eine Freundin von Larry und Carla. Sie bringen immer gern ungeladene Gäste zu Anlässen mit, die sie für Kommerz halten – mal abgesehen davon, daß ich dort oben an der Decke bin. Das ist *ihre* Art, das Kriegsbeil zu schwingen – das sie sofort begraben, wenn Kratzfüße angesagt sind.«

»Hey, das kann ich verstehen.«

»Es ist das ungesunde Verhältnis zwischen Geld und Kunst«, sagte Fresca. »Der Versuch, dir deine künstlerische Integrität zu bewahren und trotzdem deine Rechnungen bezahlen zu können. Das Werk erschaffen und es verkaufen. Carla ist in die *Modebranche* gegangen. Das war ihr Ausweg aus dem Dilemma.«

Ich sah zu Carla hinüber, die sich für Bernieces Schmuck zu interessieren schien.

»Aber, Emma, du mußt doch ziemlich prominent sein, wenn du am VIP-Tisch sitzt?«

»Freundin einer VIP«, gab ich zu. »Na ja, Möchtegern-VIP.«

»Und was meinst du, Emma, wie sich das Ganze weiterentwickeln wird: die Galas –«

»Die Deckengemälde?« warf ich ein. Fresca zuckte zusammen. »Ich kann es vor mir sehen«, sagte ich. »In ein paar Jahren wird sie ein Käsesandwich in der Hand halten, und sie werden es das Lesbisch-Schwule Scheibletten-Archiv nennen ... Zur Eröffnung wird der Baskin-Robbins-Chor auftreten ... Alles wird kommerziell. Aber ich nicht.«

»Ich hätte nichts dagegen, seßhaft zu werden.« Fresca untersuchte die Monde auf ihren Fingernägeln, die sich über sorgfältig gepflegter Nagelhaut erhoben. Wieder hatte ich diese merkwürdige Vorstellung, als ob sie vollkommen zeitlos wäre. Und erst gestern geboren. Zwanzig Jahre alte Hände mit einer achtzigjährigen Geschichte. »Mir würde es wirklich gut tun, mal etwas länger an einem Ort zu bleiben«, sagte sie. »Einen ganzen Laden voll getrockneter Bohnen, Erbsen zusammenbekommen, eine Speisekammer voll mit Eingemachtem –«

»Was? Das von der Autorin von *Empirismus der Sprache*, was war es noch gleich, *Gertrude Stein und die Entsagung* –«

»*Verzicht*, aber mir gefällt ›Entsagung‹ besser. Gertrude hätte es auch gefallen. Aber bevor ich meinem Leben völlig entsage, würde ich gern noch wissen, was *du* willst. Damit wir quitt sind.«

»Ich will, ich will ...« Ich blickte mich um, sah mir den Trubel um uns herum an. Die Kanvastasche stand zwischen meinen Füßen, das Kleid zwickte, engte mich ein. Ich fühlte mich total unwohl. »Ich will mich umziehen«, sagte ich.

Frescas Lippen kräuselten sich. »Ich wüßte wirklich nicht, warum.«

Blink! Blitz! Surr! Unser Tisch geriet in ein Blitzlichtgewitter. Es war für alle eine gute Gelegenheit, sich fotografieren zu lassen, nur nicht für Fresca Alcazon, der plötzlich einfiel, daß sie dringend Larry auf die Toilette helfen mußte.

»Achtung, Foto!« Die Frau mit der Polaroidkamera im Anschlag war an jedem sichtbaren Körperteil gepierct und tätowiert. Sie trug zerschlissene Strümpfe und hatte sich anscheinend völlig wahllos ein paar Kleidungsstücke über den Kopf gezogen. Ihr milchig-weißes Dekolleté versuchte, sich aus einem Bustier zu befreien, das auch schon bessere Tage gesehen hatte. Es war Gurl Jesus, Kellnerin in der Roten Dora. Und heute abend, wie es schien, Gala-Fotografin.

Gurl glitzerte wie die Blitzlichter, die sie auf die Gäste an unserem Tisch richtete. Sie trug schwarzen Lippenstift, kaute auf einer Papierkugel herum und machte ein Foto nach dem anderen. Frescas und Larrys leere Plätze gaben ihr den Blick auf mich frei.

»Hey, was machst du denn hier? Dich hätte ich hier nun wirklich nicht erwartet.« Gurl blitzte, bevor ich mir die Hand vors Gesicht halten konnte.

»Doras Kaffee ist zwar besser, aber die Bücher und die Dollars sind wohl hier«, sagte ich. »Deswegen bist du doch auch hier, oder etwa nicht?«

»Klar.« *Mampf, blitz, mampf, blitz*. Gurl mußte die Batterie des Blitzaufsatzes wechseln, kramte eine neue aus ihrem Kleid hervor und steckte sie in die Polaroid. »Kommt gut!« sagte sie und drehte sich zu Tracy um. Sie überraschte die Direktorin. *Klick! Klick!* Noch mehr Fotos, von Tracy, die sich hinter Helen stellt, von Renquist, wie er Deborah Dunton umarmt, wie Dunton ihn wegstößt. *Foto, klick, surr*. Von Allen, der sich ernsthaft mit Berniece unterhält, von Berniece, die nicht aufhören kann, das Fotoalbum mit all den Erinnerungen durchzublättern, nicht einmal als sie von Carla Ribera unterbrochen wird, die ihre Nase immer wieder in das Fotoalbum steckt und jede Verantwortung für die Fotos von sich weist. Gurl Jesus' Kamera surrte und piepste.

Blitz! Blitz!

Tracy rang sich ein letztes Grinsen ab. »Ich muß jetzt endlich diese verdammte Zeremonie in Gang bringen, bevor mich der Kellner noch *umbringt*!« Tracy erhob sich. Die hungrigen Dinnergäste blickten in ihre Richtung. Auch Deborah Dunton und Lee Turgo, auf deren Gesichtern sich die unterschiedlichsten Gefühle spiegelten.

»Laß uns demnächst ein Postmortem halten, ja, Emma?« Gurl Jesus schob einen zerschlissenen BH-Träger hoch, der von ihrer Schulter geglitten war: »Die Abzüge sind ab morgen bei Fox Foto in der Achzehnten Straße Ecke Castro zu haben! Sie werden im Fenster ausgestellt!« Sie nahm andere Mäzene ins Visier, wackelte vielsagend mit den Hüften. Weiter hinten lächelten ein paar Gäste und winkten sie heran. Ihre dünnen Beine zuckten bei jedem Schritt und ihre Kampfstiefel krachten über den Marmorfußboden, als sie hinüberging.

Sein Gesicht von kaltem Wasser erfrischt, kehrte Larry Boznian an den Tisch zurück und nahm seinen Platz wieder ein. Fresca

Alcazon strich mit ihren Fingern über meinen Arm – eine überraschende Geste, eine Einladung? Ich betrachtete ihr Profil. Goldbrauner Teint – zum Anbeißen. Ihre Haltung war tadellos, mal abgesehen von dem unsichtbaren Band, das sie ständig in Larrys Richtung zog. Die perfekte Aufpasserin für einen Teil von Carla Riberas Jet-Set-Clique. Vergiß es, Emma. Fresca schlug ihre Beine übereinander und beugte sich vor. Ich sah, wie sich ihre Brüste unter dem abgerissenen T-Shirt bewegten. Irgendwie ließ es mich an die Jungferninseln und an Palmen denken.

Alle blickten zum Podium. Ich dagegen blickte auf das zarte Dreieck, wo Frescas Boxershorts kaum von den Jeans verdeckt wurden. Die Seide zog sich wie ein gemustertes Seehundfell über ihr Schamhaar. Ein langer, langer Sandstrand. Warm und endlos.

»Noch etwas näher«, flüsterte Rose, »und dein Gesicht liegt in ihrem Schoß.«

KAPITEL FÜNF
Die Rede

Mit ihren hochhackigen Schuhen erklomm Tracy vorsichtig das Podium und legte sich ein paar Notizen auf dem Rednerpult zurecht. »*Wenn ich um eure Aufmerksamkeit bitten dürfte*!« Wir blickten zum Podium. Dort stand Tracy in ihrer schwarzen Pailletten-Rüstung, so energisch, so gut informiert, so politisch korrekt. *»Es ist mir ein großes Vergnügen, euch im Lesesaal des Lesbisch-Schwulen Howard-Blooming-Gedenkarchivs in San Francisco begrüßen zu dürfen!«*

Jubel ließ die Dachbalken erzittern. Die gemalte Göttin über uns schien sich emporzuschwingen, ihr hauchdünnes Gewand bauschte sich in den Wellen des Applauses.

»Scheiß San Francisco«, meinte ich Larry Boznian murmeln zu hören. Fresca und Carla tauschten besorgte Blicke.

»Ich möchte euch heute abend alle zu diesem denkwürdigen Ereignis willkommen heißen. Unsere Geschichte – unsere lesbische und schwule Geschichte – ist ignoriert worden, unsere Bücher sind verbrannt, unsere Geschichten umgeschrieben, unsere Zungen zum Schweigen gebracht worden. Aber das ist jetzt vorbei!«

Mehr Applaus. Tracy strahlte, als das Geräusch von dreitausend applaudierenden Händen anschwoll und wieder abschwoll.

»Wir müssen uns zusammenschließen, um gemeinsam für unser Recht auf ein freies Leben zu kämpfen! Diese Bibliothek – diese lesbische und schwule Bibliothek – wird unsere Vergangenheit bewahren – wir mußten hart kämpfen, um diese Vergangenheit freizulegen, und wir werden weiterkämpfen müssen, um diese Vergangenheit zu beschützen!«

»Macht euch auf Revisionismus gefaßt«, flüsterte Rose.

»Als wir dieses Projekt vor fünfzehn Jahren begannen, war es nicht viel mehr als ein Traum.«

»Ja, ein Alptraum für das Personal der öffentlichen Bibliotheken«, zischte Rose. »Unsere Dokumente dürfen nicht in den Händen staatlicher Stellen liegen, statt dessen sollten unsere Unterlagen von einer gemeinnützigen Einrichtung der Community selbst verwaltet werden. Was, wenn eine reaktionäre Wende des politischen Klimas eintritt und unsere historischen Dokumente vernichtet werden?« Rose zuckte die Achseln.

»Die Magnus Hirschfeld Bibliothek am Institut für Sexualforschung in Berlin ist 1933 von den Nazis zerstört worden. Wertvolle Unterlagen sind der Geschichte für immer verlorengegangen! Zwölftausend Bücher und fünfunddreißigtausend Fotografien! So etwas könnte auch hier bei uns passieren!« schaltete Fresca sich ein. Eine Frau, die Bücher liebte.

»Achthundert Förderungsanträge später haben wir an unsere Gemeinde appelliert...« Tracy dröhnte weiter, katalogisierte die vielen bis spät in die Nacht dauernden Sitzungen, die endlose Sponsorensuche, die immensen Opfer von Zeit und Geld, die in die Errichtung des monumentalen Gebäudes flossen, das unsere Geschichte beherbergen würde. *»Und heute abend«*, sagte Tracy, *»kann ich voller Stolz verkünden, daß über neunhundert von euch eintausend Dollar gespendet haben!«*

»Neunhunderttausend!« Ich pfiff durch die Zähne. »Fast eine Million!«

»Mäzeninnen und Mäzene, bitte hebt eure Hände!« rief Tracy in die Menschenmenge. Überall im Saal schossen Hände in die Höhe.

»Und nun möchte ich euch Larry Boznian vorstellen, den Schöpfer des Gemäldes, das sich an der Decke unseres Archivs erstreckt. Er hat für unsere Brüder und Schwestern einen Homo-Himmel im Stil von Michelangelo erschaffen. Auf daß wir uns ewig daran erfreuen!«

Murmel, murmel. Larry Boznian war hier noch so unbekannt! Aber dann, als das Publikum zu den aufsehenerregenden Figuren des Freskos über unseren Köpfen hinaufschaute, wurde gelegentliches Klatschen wiederholt, bis sich der Saal mit donnerndem Applaus füllte.

Larry Boznian stand zu schnell auf und verlor das Gleichgewicht. Seine Hand fand Frescas Schulter, als er nach der Stuhllehne griff, um sich festzuhalten. Sie hielt seinen Arm wie ein Schraubstock umklammert, und er fing sich wieder.

»Prost!« Er hielt sein Glas in die Höhe und toastete der Menge zu. Larry Boznian war ein Genie. Larry Boznian war ein Säufer. »Komm schon, Liebling, steh auf.« Larry zog Fresca von ihrem Stuhl hoch. »Du schuldest der Welt ein *Lächeln*«, sagte er und hob ihr Kinn an. Die Menschenmenge, die in ihr das Modell für die Göttin erkannte, brüllte zustimmend. Mit einem zufriedenen Nicken setzte sich Larry wieder hin. »Du schuldest es der Welt, *sitzen* zu bleiben«, sagte sie, auf seinen betrunkenen Zustand anspielend.

»Was fühlst du in diesem Moment, wo dein Meisterwerk der Öffentlichkeit übergeben wird?« fragte Allen.

»Ich fühle mich wohler, wenn ich auf dem *Rücken* liege.« Larry schlug die Beine übereinander und fiel dabei fast vom Stuhl. Fresca sah Carla an und verdrehte die Augen. Ein hoffnungsloser Fall.

»Und du, Emma, wie wohl fühlst du dich, wenn du auf dem Rücken liegst?« fragte Fresca mich.

»Was?«

»Ja, wir feiern unser schwules und lesbisches Erbe mit Stolz, Brüder und Schwestern, Stolz!« Die Menge brach wieder in Applaus aus, und Tracy ließ ihnen freien Raum, so daß, was immer in der Küche auf uns wartete, sicher völlig verkochte. Der Oberkellner an der Küchentür kaute bereits auf seinen Knöcheln.

»Nach dem Dinner, während des Desserts«, fuhr Tracy fort, *»werden wir Schenkungen für die Bibliothek entgegennehmen. Wir freuen uns, Frances Cohens Forschungsbericht über Lesbo-Parthenogenese zu erhalten, die Memorabilien von Berniece Able und den Nachlaß –«* hier machte sie eine Pause zur Betonung, *»von Howard Blooming!«*

Urplötzlich wurde mir wieder die Bedeutung der klebrigen Schachtel bewußt, die in der Kanvastasche zu meinen Füßen lag. Auf Tracys Ankündigung folgte zunächst schockierte Stille, dann freudig überraschtes Gemurmel. *»Und nun laßt uns die Hauptrednerin des heutigen Abends begrüßen, die bekannte Krimiautorin Helen Thomas!«*

Auf der anderen Seite des Saales erhob sich Helen unter Applaus von ihrem Stuhl, ihr Rock schwang in einem perfekten Kreis, als sie sich umdrehte, um zum Podium zu gehen. Aber Tracy Port nutzte den Moment, um dem hektischen Kellner ein Zeichen zu geben. Helen bestieg gerade das Podium, als die Kellner aus der Küche kamen, eine endlose Reihe von Männern in schwarzen Anzügen, die auf ausgestreckten Armen Tablett über Tablett mit klirrenden Servierplatten balancierten.

Helen stellte sich gerade das Mikro ein und räusperte sich, als Tracy zurück an den Tisch kam, eine Phalanx von gehorsamen Kellnern im Schlepptau, die zum Rhythmus von Tracys Kopfnicken große Servierplatten zwischen die Gäste schoben.

Der Service war nach Familienart, die Atmosphäre war es nicht. Niemand mochte anfangen, die großen Schüsseln weiterzureichen oder anderen aufzufüllen, während Helen ihre Rede hielt. Ich hörte, wie sich Helen laut räusperte. Die große Frau mit der kräftigen Stimme hatte normalerweise keine Probleme, die Aufmerksamkeit einer Menschenmenge auf sich zu ziehen. Aber die ausgehungerten Gäste hatten zu lange auf das Essen gewartet.

»Also, ich sterbe vor Hunger!« Tracy nahm den Deckel von einer der Schüsseln. Sie ließ ihn beinahe fallen, und das laute Geklapper erregte die Aufmerksamkeit mehrerer Tische. Bald waren alle Gäste mit Essen beschäftigt, hoben die Deckel ab und legten Berge von Kartoffelgratin frei, das flugs auf Teller verteilt wurde. Kein Mensch zollte Helen auch nur einen Funken Aufmerksamkeit.

»*Als ich in den Mietskasernen aufwuchs*«, begann sie.

»Wie schade.« Fresca kam mit ihrem Mund dicht an mein Ohr, sie flüsterte, als wir die Kartoffeln beäugten. »In Kalifornien gibt es doch so tolles Essen...«

Lee Turgo kochte vor Wut, als sie mit ansehen mußte, wie sich ihre Geliebte abkämpfte, um die lauten Gäste zu übertönen. Aber es war schwer zu ignorieren, wie das Dinner in der Tischmitte aufgedeckt wurde. »Fisch, Fisch, Fisch«, maulte die Menge, reichte die Platten weiter und schabte mit den Servierlöffeln, Helens Rede war kaum noch zu hören. »Schhh!« zischte Lee Turgo.

»*Ich erinnere mich an meine Großtante ...*« sagte Helen.

Lee Turgo schoß uns allen einen warnenden Blick zu, aber die Situation war schon ziemlich außer Kontrolle.

»Ich bin Vegetarierin!« gestand mir Fresca. Ihr warmer Atem und ihre unablässige Aufmerksamkeit ließen mich meine Loyalität zu Helen beinahe vergessen. »Genau wie Larry! Total vegan!«

Total kaputt, dachte ich, als ich den betrunkenen Maler voller Abscheu betrachtete. *Was* für eine Beziehung verband die beiden eigentlich? Waren sie bi?

»Heute abend stellt keiner allzu große Erwartungen ans Essen«, sagte ich. Ich ertappte mich dabei, daß ich Fresca übers Bein streichelte, und meine Finger sich in den weichen Strängen ihrer zerfetzten Levis verhedderten. »Scht, laß uns *Helen* zuhören!« flüsterte ich, wandte mich wieder dem Podium zu, bemühte mich, Helens Worte zu verstehen. Was sagte sie?

»Der Bücherbus in unserem Viertel ... die Mietskasernen ... Fenster zur Welt ...«

Helen verlor schnell an Geschwindigkeit. Ihre Stimme wurde leiser. Das Gästemeer stöhnte über den Kabeljau. Die Berge von *Gratin Dauphinois* waren bald aufgegessen und wurden von vielbeschäftigten Kellnern nachgefüllt. Barkeeper nahmen von den entmutigten Gästen Bestellungen für Extra-Drinks entgegen. Wie sollte Helen da mithalten?

Sie tat es nicht. Sie gab auf. Sie murmelte, verfiel in einen Sprechgesang, raste wütend durch ihre Rede. Wer konnte es ihr verdenken? Als Helen das Podium verließ, kochte sie vor Wut. Und ging schnurstracks zu Tracy Port.

Das *Gratin Dauphinois* war gerade auf Tracys Teller serviert worden. »Ist das Sahnesauce an den Kartoffeln?« fragte sich Tracy laut, Helens Ankunft ignorierend.

»Du hast ja einen ausgezeichneten Sinn für Timing!« sprudelte es aus Helen hervor, als sie wie ein dunkler, bedrohlicher Schatten feindselig hinter der Direktorin aufragte. Unter dem Tisch faltete Lee Turgo nervös ihre talentierten Hände.

»Wunderbare Rede.« Tracy gabelte einen Krümel in ihren Mund und vermied es, Helen direkt anzusehen.

»Woher solltest *du* das wissen? Woher sollte das *irgend jemand* wissen? Konnte mich überhaupt jemand *hören* da oben?« Die

Gespräche am Tisch verstummten. Helen ließ sich auf den Stuhl neben Lee fallen, die ihre Hand auf Helens legte, aber Helen schüttelte sie ab.

»Es tut mir leid, Helen«, erklärte Tracy beiläufig. »Der Oberkellner hatte Probleme mit dem Koch – der Fisch –«

»Fisch! Glaubst du etwa, diese mit Bohnerwachs bedeckte Flunder ist *genießbar*? Reich mir die Kartoffeln!« Helen riß Tracy die Schüssel mit dem Kartoffelgratin beinahe aus den Händen. Ich fragte mich eine grauenhafte Sekunde lang, ob sie die Schüssel nach Tracy werfen würde. Aber Helen war äußerst bemüht, sich zusammenzunehmen, und konzentrierte sich darauf, Kartoffeln auf ihren Teller zu löffeln. Ihre Hand zitterte heftig.

»Bist du sicher, daß das keine Sahnesauce ist?« Tracy hielt eine Gabel voll Kartoffeln vor sich in die Höhe und sah sie komisch an.

»Nein, da ist keine Sahne dran, Liebes«, tröstete Renquist sie.

»Hast du gehört, was ich gesagt habe, Tracy?« fragte Helen scharf.

»Bitte, Helen«, warnte Lee Turgo.

»Hör mit dem *Bitte Helen* auf!«

Lee biß die Zähne zusammen und sah auf ihren Schoß. Eine Strähne ihres Haares fiel über ihre Augen und machte es unmöglich, ihren Gesichtsausdruck zu erkennen. Arme Helen. Ich konnte sehen, daß sie kurz vorm Heulen war.

»Entschuldigt mich«, murmelte sie und rannte aus dem Saal. Der schwarze Rock bauschte sich hinter ihr, als sie wutschnaubend durch den Saal auf die rollstuhlgerechten Toiletten zulief. Sie war unglaublich gedemütigt worden. Ich zählte bis zehn, dann schwang ich mir meine Kanvastasche über die Schulter und folgte ihr. Ich sah Helen Thomas in einer ruhigen Ecke der Frauentoilette stehen und ihren Lippenstift auffrischen. Ihre Hand zitterte.

»Es ist wirklich lieb von dir, daß du mir nachgekommen bist, Emma«, sagte sie. »Aber mach dir keine Sorgen, ich werd's schon überleben.« Ich sah ihr ins Gesicht. Sie hatte Schwierigkeiten, ihre Lippenkonturen nicht zu verschmieren. Sie setzte den Lippenstift ab und seufzte. »Tracy spielt sich mal wieder auf, als ob sie die Königin wäre, mehr nicht. Es macht ihr Spaß, sich in fremde Beziehungen zu drängen und Streß zu machen. Ihr Flirt mit Lee war ohne Bedeutung. Das weiß ich.« Sie fuhr sich mit einer Fingerspitze über die Oberlippe, korrigierte das Make-up. Ihre Hand war jetzt ruhig. »Denn letzten Endes ist Tracy Port nicht für die Ehe geschaffen, Emma.«

»Wer ist das schon?« Ich sah Helen zu, wie sie den glänzenden bronzefarbenen Lippenstift wieder über ihre Lippen zog. Das schien sie zu beruhigen. Hin und her. Sehr sorgfältig. Alles unter Kontrolle bringen. Der warme metallische Farbton paßte gut zu den Paspeln an ihrem Ausschnitt. Urplötzlich gingen bei mir die Alarmglocken los. Irgend etwas an Helens Ausstattung fehlte. Doch bevor ich darauf eingehen konnte, sagte sie mit Bestimmtheit: »Sei mir nicht böse, Emma, aber ich möchte jetzt einen Augenblick allein sein.«

»Helen –«

»Bitte.« Sie schraubte den Lippenstift wieder ein und machte den Deckel darauf. Ich umarmte sie kurz. Dann ließ ich sie allein. Sie rauchte und schien nachzudenken. Ich hoffte, daß es ihr gut tat. Später würde sie auch nicht viel glücklicher sein.

Als ich an den Tisch zurückkam, war Fresca gerade dabei, Larry Boznian auf seinem Stuhl aufzurichten.

»Vielleicht solltest du Larry lieber in ein Taxi setzen und nach Hause schicken«, schlug ich vor.

»Weißt du was, das ist wahrscheinlich eine gute Idee.« Fresca nahm ihre Hände vom Tischtuch, als könnte das Tischtuch sie davon abhalten, etwas zu tun, was sie tun wollte. »Das ist wahrscheinlich eine sehr gute Idee.«

»Ich könnte dir ein bißchen von San Francisco zeigen –« Die Worte kamen aus meinem Mund, bevor ich wußte, daß ich sie gesagt hatte. In San Francisco wurden abends um elf die Bürgersteige hochgeklappt.

»Es ist einfach so, daß die Künstler hier in San Francisco sein Werk überhaupt nicht unterstützt haben.« Frescas Hände ruhten wieder auf dem Tischtuch, mit den Fingern strickte sie unsichtbare Socken und Pullover. Alles für Larry Boznian. »Larry ist ein

Außenseiter. So sind die Menschen nun mal überall«, sagte Fresca resigniert. »Überall, wo wir hinkommen.«

»Das klingt ziemlich verbittert.«

»Wirklich? Ach Mist, tut mir leid, Emma. Habe ich mich schon wieder beklagt? Ich sollte mich lieber wieder in meine Gertrude Stein vertiefen, das bietet mir als einziges noch eine Perspektive. Und Larry wird schon wieder in Form kommen. Sobald er die ihm zustehende Anerkennung erhält.«

»Ach, San Francisco ist so provinziell!« warf Carla Ribera ein. »Eine schöne Stadt und nett *anzuschauen*, aber was gibt es hier schon groß zu *tun*?«

»Es hat dir einmal gefallen, Carla«, sagte Rose leise. In ihrer Stimme lag kein Groll, nur Traurigkeit. »Du hast mal hier gelebt.«

»Bist du sicher, daß keine Sahne an den Kartoffeln ist?« wiederholte Tracy noch einmal. Irgend etwas in Tracys Stimme ließ uns alle aufblicken. Gabeln stoppten mitten in der Luft. Die Unterhaltung verstummte. »Ich glaube, an den Kartoffeln ist doch –« Bei dem Wort ›Sahne‹ versagten ihr plötzlich die Stimmbänder, sie brachte das Wort nicht mehr heraus.

»Tracy, was ist denn?« Deborah beugte sich zu der Direktorin vor.

»Tracy?« Renquists Stimme wurde eine Oktave höher.

»Tracy!« keuchte Deborah, als sie zusehen mußte, wie Tracy sich vor unseren Augen veränderte. Ihr Gesicht war kreidebleich geworden, zu einer unnatürlichen Wachsmaske erstarrt.

Nach und nach wurde das Silberbesteck auf die Teller niedergelegt. Die Menschen sahen einander und dann die Essensreste auf ihren Tellern an. Was immer mit Tracy passierte, passierte niemand anderem. Aber es war grauenhaft.

»Sie ist total allergisch gegen Milchprodukte!« kreischte Deborah, und zum ersten Mal fiel mir das medizinische Notfallarmband an Tracys Handgelenk auf. Sie knickte plötzlich in der Taille ein, wurde von einem Krampf geschüttelt, nahm eine groteske Fötusposition ein.

»Hat sie eine Spritze dabei?« Ich sprang auf, und die Kanvastasche mit einer Hand festhaltend, öffnete ich Tracys Handtasche mit der anderen. Ich begann, ihre persönliche Habe zu durchwühlen. Menschen mit tödlichen Allergien trugen oft eine Spritze zur subkutanen Injektion und Adrenalin für den Fall einer allergischen Reaktion bei sich. Was für ein Mist, daß Frances nicht hier war. Aber in Tracys Handtasche fanden sich nur ein paar Kleenex, eine Geldbörse, Dramamin, zwei Lippenstifte und ein Pfefferminzbonbon.

»O mein Gott, Tracy!« schrie Deborah, als wir mitansehen mußten, wie sich auf dem Gesicht der Bibliothekarin ein Alptraum abspielte. Tracy hatte die Zähne fest zusammengebissen, dann riß ihr Mund plötzlich auf, brachte ihre Zunge zum Vorschein, eine schwarze Schlange. Sie warf den Kopf zurück und ihr Nacken knickte in einem unmöglichen Winkel ein, wie ein Scharnier. Tracys Hände wurden zu Klauen, mit denen sie ihre eigene Kehle umklammerte; sie gruben sich tief in die Haut ein, als wollte sie sich in einem verzweifelten Kampf um Luft die Luftröhre aufreißen.

Im Saal breitete sich Stimmengewirr aus. Menschen zeigten in unsere Richtung, reckten die Köpfe, machten Gummihälse, um besser sehen zu können. Tischnachbarn fragten ängstlich: »Was ist da los?«

Tracy fiel zu Boden.

»Liebling, bitte nicht, bitte nicht –« Deborah griff Tracys Handgelenke, versuchte ihre Ex-Geliebte daran zu hindern, sich die Fingernägel in den kurzen Hals zu bohren, aus dem merkwürdige, gurgelnde Laute kamen. Tracy versuchte etwas zu sagen. Ihre Augen blickten an Deborah vorbei, suchten den Tisch ab.

Lee Turgo war zur Salzsäule erstarrt, voller Angst, daß Tracy die Arme ausstrecken würde – nach *ihr*! Larry Boznian, plötzlich wieder nüchtern, starrte gebannt auf Tracys leidendes Gesicht. Renquist streckte die Arme aus, und einen Moment lang schienen Tracys Hände zu antworten, bewegten sich auf ihn zu, als ob er sie auffangen könnte. Sie krallte ihre Fingernägel in die Luft. Sie waren blau angelaufen. »Ist eine Ärztin hier? Eine Krankenschwester?« Rose schrie, so laut sie konnte. Die übrigen Gäste legten ihr Besteck auf die Teller. Langsam standen sie auf und kamen zu uns herüber.

Der grauenhafte Marsch der Gaffer setzte sich in Bewegung, auf das Unglück zu.

»Eine Ärztin, ein Arzt – ein Sanitäter? Eine verdammte *Krankenschwester*!« schrie Rose, fuchtelte mit den Armen durch die Luft, ein Morsecode des Todes. »Ein Arzt, eine Krankenschwester –«

»Ich bin Ärztin«, sagte eine kleine Frau, die durch die Menschenmenge auf uns zukam. Sie hatte ihre winzigen Hände gerade an Tracys Hals gelegt, um den Puls zu fühlen, als irgendeine schreckliche Macht vollständig von Tracy Besitz ergriff. Sie war eine Marionette, von unsichtbaren Fäden gehalten, die sie ohne Mitleid durchschüttelten. Die Ärztin trat einen Schritt zurück. »Ruft einen Krankenwagen!«

»Ich halte sie fest!« schrie Deborah.

»Nein, sie hat Krämpfe. Sie könnten ihr die Schulter ausrenken«, ordnete die Ärztin an und beugte sich wieder über Tracys gepeinigten Körper. Wir mußten mitansehen, wie Tracys Gesicht aschfahl wurde und ihre Lippen so blau wie Carla Riberas Jackett. Das Zucken ebbte ab, die Augen traten in die Höhlen zurück und die Laute verklangen.

»Sie ist Allergikerin. Irgend etwas muß im Gebäude sein!« Deborah sah zum Fresko hinauf, als ob die Farbe Schuld wäre. »Tut doch etwas!« kreischte Deborah die Ärztin, uns alle an.

Die Ärztin brach ihre Untersuchung ab, sah in Tracys Gesicht, zog die Augenlider hoch und drückte sie dann zu. »Sie ist tot.«

»Tot?« wiederholte Deborah.

»Tot?« Den Gästen verschlug es den Atem. Tracy war tot?

»Keine Milchprodukte. Ich habe wirklich nicht gewußt, daß da –« Renquist klang geschockt, gleichzeitig aber verteidigend. »Keine Sahne, keine Sahne ...«

»Das war keine allergische Reaktion«, sagte die kleine Ärztin. Dann nahm sie Tracys Teller mit den Kartoffeln vom Tisch und roch vorsichtig daran. »Riecht nach Mandeln«, sagte sie.

»Sie ist nicht gegen *Mandeln* allergisch«, flüsterte Deborah.

Es brauchte einen Moment, bis ich schaltete, aber dann wußte ich, was die Ärztin meinte. Renquist mußte sich keine Sorgen wegen seiner Vorschläge für das Menü machen, und Tracy war auch nicht allergisch gegen Mandeln oder irgendwas im Gebäude. Ob empfindlich oder nicht, gegen Zyankali sind wir nun mal alle allergisch.

Wir standen da, eine stille Wache über die Frau, die das Lesbisch-Schwule Howard-Blooming-Gedenkarchiv geschaffen hatte. Der Abend wurde weit historischer, als wir es uns gewünscht hätten.

In diesem Moment kam Helen aus dem Waschraum zurück. Sie hatte ihre Lippen frisch gebronzt, ihre Haltung zurückgewonnen. Sie bahnte sich einen Weg durch die Smokings, die wie eine Mauer um Tracys leblosen Körper standen. Der weite Rock ihres Kleides warf einen Schatten über Tracys schwarze Pailletten. »Was?« sagte sie leise.

»Mandeln«, sagte die Ärztin. »Zyankali.«

Ich erinnerte mich an mein Gespräch mit Helen im Waschraum und sah, wie ihre Hände zu ihrem Hals hinaufwanderten und die fatale Entdeckung machten. »Nein!« schrie sie. »Was? Oh nein!« Sie lachte beinahe. Aber es gab nichts Amüsantes, worüber sie hätte lachen können. Das Amigreed-Amulett war verschwunden. Leise ließ Helen Thomas Lee Turgos Hand los und verschwand wieder in der Menge.

KAPITEL SECHS
Kartoffeln oder Gratin Dauphinois

Vergiftung durch Zyankali wird auch ›innerer Erstickungstod‹ genannt. Dadurch, daß die roten Blutkörperchen daran gehindert werden, Sauerstoff aufzunehmen, wird das Opfer innerlich stranguliert. Tracy Port, in deren Körper jede einzelne Zelle erstickt war, lag nun reglos zu Füßen der elegant gekleideten Gäste, geschockten Teilnehmern des Ereignisses, das zu einem der strahlendsten Augenblicke in unserer Geschichte werden sollte. Tracys Herz hatte aufgehört zu schlagen, und Deborah Dunton stieß einen Klageschrei aus, der alle bisherigen Urschrei-Therapien in den Schatten stellte.

»Tracy, Tracy.« Renquist Falkenberg kniete neben ihrem leblosen Körper nieder, einer dunklen Gestalt, die nicht länger von Krämpfen geschüttelt wurde. Ein Mensch, den wir kannten – wir konnten nicht glauben, daß sie tot war. Renquist streckte zögernd eine Hand aus, um Tracy zu berühren, und zog sie dann schnell wieder zurück. David Sing, der Inspektor, kam mit energischem, professionellem Schritt näher.

Was für ein Glück, daß ein schwuler Cop anwesend war. Am Tatort des größten Mordes in der lesbischen und schwulen Community, seit Howard Blooming erschossen wurde.

Ich wußte, daß Renquist und David die Situation schnell unter Kontrolle bringen würden. David Sing war schon dabei, den Tatort abzusichern: Er drängte die Smokings zurück, ließ Tracy auf dem Boden liegen wie die böse Hexe des Westens; ein Haus war gerade auf ihr gelandet, und die Ärztin konnte nichts mehr für sie tun.

»Was ist passiert?« fragte David die Ärztin.

»Meiner Meinung nach? Sie ist vergiftet worden«, sagte die Frau. »Mit Zyankali.«

»Okay, machen Sie den Platz frei, treten Sie zurück.«

»Laßt den Officer seine Arbeit tun«, sagte Renquist an diejenigen gewandt, die zu geschockt waren, um vollständig zu begreifen, was passiert war. »Die richtigen Leute sind hier und werden sich um alles kümmern. Sie werden uns sagen, was wir zu tun haben.«

»Es ist jetzt vorbei«, rief David, und drängte die Menschenmenge zurück. Er hatte dem Tisch den Rücken zugewandt. Ich sah mich nach Helen um. Sie stand zusammen mit Lee Turgo in einer Ecke. Ich wußte, wonach sie suchte. Ihr Anhänger war verschwunden. Sie hatte es nicht bemerkt, aber der Anhänger war bereits während unseres Gesprächs in der Toilette nicht mehr dagewesen. Helen war zu erpicht darauf gewesen, allein zu sein, als daß ich sie darauf hätte aufmerksam machen können. Vor mir spielte sich die Szene ab, die ich vorausgeahnt hatte.

Helen konnte den Anhänger nicht finden, auch dann nicht, als sie verzweifelt danach suchte. Sie ließ ihre Finger unter die hauchdünne schwarze Seide gleiten, untersuchte den Spalt zwischen ihren Brüsten, denn es hätte ja – hätte ja – sein können, daß die Kette gerissen und der Anhänger in ihr Dekolleté gerutscht war. Sie war fassungslos.

Ich hatte auf einmal einen sehr schlechten Geschmack im Mund. Helen war hereingelegt worden, da war ich mir sicher.

Ich kniete mich auf den Boden und suchte nach irgend etwas, irgendeinem Indiz, das Helen aus der Patsche helfen würde. Mit der einen Hand drückte ich Howards Memorabilien dicht an meine Brust, mit der anderen drehte ich heruntergefallene Servietten um und kämmte die Krümel durch.

Ich fand keinen Anhänger, aber etwas anderes. Ein braunes Rechteck. Einen Lederklumpen. Eine dicke Brieftasche. Ich hob sie auf, das abgetragene Leder war noch warm, beschrieb die Form eines Hinterns, der jahrelang darauf gesessen hatte. Ich klappte sie auf, und meine Finger erforschten den Inhalt. Eine zusammengefaltete Quittung von Streetlight Records – Klassik-Abteilung. Vier Kreditkarten, drei Kondome, zweihundert Dollar in bar. Die Brieftasche hätte praktisch jedem von den Tausenden schwulen Männern in San Francisco gehören können. Doch der Name auf den Kreditkarten lautete Renquist Falkenberg. Renquists Brieftasche, inklusive der Für-alle-Fälle-Kondome, wäre beinahe einem Polizeibeamten in die Hände gefallen. In der Ferne konnte ich das Jaulen eines Krankenwagens hören und steckte die Brieftasche ein.

David Sing erwartete mich schon, als ich unter dem Tisch herauskam. »Was machst du da, Emma?«

»Ich habe meinen Ohrring verloren.«

»Du hältst dich gefälligst hier raus, verstanden?« Der junge Officer wurde wütend, und ich hatte kein Interesse daran, ihn weiter zu reizen. Ich trat in die Menschentraube zurück, ging nach hinten durch und verließ den Saal. Ich nutzte die Gelegenheit, um mich in der Toilette umzuziehen.

Im kalten Licht des weißgekachelten Raumes tauschte ich das paillettenbesetzte Kleid gegen die weiten Baumwollhosen. Ich zog den Rollkragenpullover über, öffnete den Reißverschluß am Hals. Auf dem Gala-Dinner war es ein bißchen zu heiß geworden. Und ich hatte noch einen heißen Moment vor mir, vielleicht auch zwei, um ein paar wichtige Dinge zu erledigen. Ich verließ die Kabine und ging zurück zum Tatort, um Deborah Dunton mit der toten Tracy Port in den Armen vorzufinden.

Tracys Gesichtsfarbe wurde hellrosa, als rote Blutkörperchen zur Oberfläche ihrer Haut rasten. Ihr Körper rang noch nach Luft, selbst als sie schon tot war.

»Lachscreme«, lallte eine Stimme neben mir. Larry Boznian.

»Was?«

»Nur 'ne Farbe.«

»So fieses Geschwätz habe ich nicht mal von Gerichtsmedizinern gehört«, sagte ich, aber die Worte stießen auf taube Ohren.

Am Schauplatz eines Mordes mußt du mit den merkwürdigsten Reaktionen rechnen. Die überwältigtste Person konnte die schlimmsten Witze reißen, und der Mörder konnte ein Klagelied anstimmen, das selbst den gewieftesten Kommissar überzeugte. Unschuldige Frauen wurden regelmäßig verdächtigt, weil sie nicht genug Gefühl zeigten. Dunton verwischte hier ihre Spuren unter überschwenglichem Wehklagen. Allen strich sich mit einer Hand über den Bart, immer und immer wieder, als könnte er ihn von seinem Gesicht abziehen, wenn er sich nur genügend Mühe gab. Seine Augen waren weit aufgerissen, unfähig, sich von dem schrecklichen Bild abzuwenden.

»Zurück! Zurück!« rief David mit geübter Autorität, fuchtelte mit den Armen, bis die Menschenmenge von dem rosagefärbten Grauen im schwarzen paillettenbesetzten Kleid zurückwich. Irgend jemand schrie. Irgend jemand schluchzte. Ein Blitzlicht flammte auf.

Ich hielt noch immer die schwarze Kanvastasche umklammert, als ich Berniece aufschreien hörte. »Mein Fotoalbum! Mein Fotoalbum!«

Hektisch um ihre Stühle herum suchend, hielten Allen und Berniece nach dem großen bestickten Fotobuch Ausschau, in dem die Bilder hinter Zellophan gefangen lagen. »Das Fotoalbum – du hast es doch in der Hand gehalten, richtig?« Allen zitterte.

Bernieces sprach mit einer Gewißheit und Lautstärke, die dafür sorgten, daß wir uns alle auf der Stelle umdrehten. »*Carla, du hast mein Fotoalbum gestohlen*!« Berniece lehnte sich über die Gehhilfe und deutete auf die Modefotografin in der Teddy-Jacke.

»Das ist doch lächerlich!« Carla kam gerade von der Toilette zurück. Der frische Lippenstift auf ihrem Mund glänzte, als sie die alte Dichterin spöttisch anlächelte. »Was *erzählst* du da, Berniece?« Carla hatte die Hände tief in die Taschen ihrer langschwänzigen Jacke gestopft.

»Ich habe gesagt, daß mein Fotoalbum verschwunden ist, Carla. Als Tracy – und wir alle zugesehen haben –« stotterte Berniece, aber der leere Blick in Carlas Augen verwirrte sie einen Moment lang. »Ich kann mich deutlich daran erinnern, daß du zu meinem Stuhl gekommen bist und – und –«

»Berniece, es tut mir leid, aber ich weiß nicht, wovon du sprichst. Hast du etwas verloren?«

»Carla«, sagte sie bestimmt, »ich bin sicher, daß du es mir weggenommen hast!«

Carla seufzte und verdrehte die Augen. Lee Turgo verkniff den Mund. »Komm, Berniece. Laß uns nach Hause gehen. Wo ist Helen?«

Dann kam der Stadtrat von der Toilette zurück. »Hier ist deine Brieftasche, Renquist.« Ich gab sie ihm.

»Oh, mein Gott, *da* ist sie!« Er sah nicht nach, ob seine Kreditkarten noch vollzählig waren oder ob sonst etwas fehlte, steckte die Brieftasche lediglich schnell in die Innentasche seines Jacketts.

»Nun, wenn der Rest von Ihnen dem Beamten am Ausgang bitte Namen und Adresse geben würde.« David Sing versuchte den Saal zu räumen. »Das gilt auch für dich, Emma. *Beweg dich!*«

In der Ferne war wieder die Sirene eines Krankenwagens zu hören. Während sie näherkam, wurde mir meine Aufgabe klarer. Was immer mit Bernieces Fotoalbum geschehen war oder nicht geschehen war, ich wußte, was ich zu tun hatte. In Kürze würde es hier im Archiv von Bullen nur so wimmeln. Alle und alles würde untersucht werden. Wenn Howard wollte, daß seine Tagebücher sechzig Jahre lang versiegelt blieben, so wollte ich sie mit Sicherheit nicht den Cops in Gewahrsam geben. Der alte Geldschrank im Keller. Der Tresor aus dem neunzehnten Jahrhundert, der von einem schwulen Bankier gestiftet worden war, voller Schließfächer, die nur mit zwei fein geschmiedeten Schlüsseln zugleich geöffnet oder verschlossen werden konnten. Howard hätte das sehr gefallen.

Ich eilte durch den Saal, an den Tischen mit dem lädierten grauen Kabeljau vorbei, der leblos auf den Tabletts lag. Die gebrochenen Fischaugen starrten an Larry Boznians Decke, als ob seine postmoderne Abhandlung irgendeinen Hinweis liefern könnte. Tracy tot! Ich hielt die Kanvastasche fest. Die Korridore aus Beton zogen sich endlos unter meinen Füßen.

Ich rannte die Innentreppe hinunter in den Keller, immer drei Stufen auf einmal. Ich kam zu der Doppeltür, durch die ich in den Eingangsbereich des Magazins gelangen würde. Das Schloß der Doppeltür war leicht zu knacken. Zu viele Angeln und zuviel Spiel, wo die Türen zusammentrafen – mit einer Kreditkarte kein Problem. Immer noch außer Atem betrat ich das Magazin.

Helens gesammelte Manuskripte standen noch immer auf der Laderampe. Ihr Streit mit Tracy kam mir plötzlich in den Sinn. Genau wie Allen, der die Schachtel mit Howards Nachlaß anstarrte. Ich ging zum Safe, dessen fünfzehn Zentimeter dicke Tür offen war, einladend.

Die Schlüssel steckten in den Schließfächerschlössern bereit. Ich mußte mir nur noch eines aussuchen.

Ich betrachtete die Metallschubladen und suchte mir eine aus, die groß genug für das Paket war. Ich öffnete die Kanvastasche und nahm es heraus. Bedauernd sah ich es an. Wie konnte ich Howards Tagebücher sechzig Jahre lang wegschließen? Aber ich mußte es tun.

Ich drehte den einen Schlüssel um und zog. Eine große Metallschublade glitt auf mich zu. Ich warf einen letzten Blick auf die von Klebeband bedeckte Schachtel, nahm einen Kugelschreiber und schrieb meine Initialen quer über die vielen Lagen von Klebeband auf dem Deckel. Jetzt gab es keine Möglichkeit mehr, das Klebeband ab- und wieder drumzuwickeln, ohne daß ich es merken würde.

Ich legte die Schachtel in die Schublade und sah zu, wie sie in das Fach glitt, als ich die Schublade zuschob. Ich drehte den einen Schlüssel herum, um einmal abzuschließen, und drehte dann den anderen Schlüssel in die entgegengesetzte Richtung, um die Prozedur zu vollenden. Dann steckte ich die Schlüssel in meinen BH – das Metall war kalt auf der Haut – und zog den Reißverschluß am Kragen meines Pullis hoch. Mission erfüllt.

Da fiel mir plötzlich Frances' *Lesbo-Parthenogenese*-Bericht ein. Was war damit geschehen? Ein Gefühl des Grauens überkam mich.

Ich hatte die Notizbücher nicht mehr gesehen, seit ich mich zum Dinner hingesetzt hatte. Frances' sorgfältige Beobachtungen auf Karopapier waren verschwunden. Ich kramte mit beiden Händen in der Kanvastasche. Die Tasche war den ganzen Abend über verschlossen gewesen. Die Tasche hatte zwischen meinen Füßen gestanden. Der *Lesbo-Parthenogenese*-Ordner war verschwunden.

Dunton würde sagen, daß es sich dabei um versteckte Aggression handelte. Frances war ohne mich weggegangen und hatte mich mit ihren Aufzeichnungen allein gelassen. Also verlor ich sie. Genau wie Hunderte anderer Menschen wichtige Kunstwerke verloren haben, die ihren Geliebten gehörten. Manuskripte. Gemälde. Zu allen Zeiten haben Liebende die Dinge verloren, die ihnen ihre Geliebten anvertraut hatten. Hemingway und Hadley. Versteckte Aggression? Ob versteckt oder offen, die Notizen waren weg.

Plötzlich hatte ich den Geruch von Nelken und Leder in der Nase. Fresca Alcazon war genau hinter mir, außer Atem.

»Was machst du hier?« fragte sie mich.

»Nur ein bißchen frische Luft schnappen.«

»In einem Magazin?« sagte sie hämisch und zog eine Augenbraue in die Höhe.

»Ich bin Mäzenin, du erinnerst dich?«

»Oh, Emma, ich habe noch nie jemanden so sterben sehen.« Fresca senkte ihren Blick, wieder ganz das Kind. »Genau vor meinen Augen – ich habe dich gesucht. Das Ganze hat mir einen gewaltigen Schrecken eingejagt, weißt du.« Fresca atmete jetzt gleichmäßiger. »Ich kann einfach nicht glauben, daß Tracy tot ist.« Einen Augenblick spiegelte ihr Gesicht Ungläubigkeit, die sofort wieder verschwand. Sie ließ den Kopf hängen, und bevor ich mir dessen bewußt wurde, waren meine Finger in ihren dunkelbraunen Haaren gelandet. Sie lehnte sich an mich, oder zog ich sie zu mir heran? Auf jeden Fall umarmten wir einander.

»Hast du Tracy gekannt?« fragte ich sanft. Ihr Haar duftete süßlich. Die dicken weichen Locken kringelten sich um meine Finger. Behutsam schob sie mich weg. Ich sah ihr ins Gesicht.

»Von dem abgesehen, was Larry mir erzählt hat, habe ich sie überhaupt nicht gekannt«, sprach Fresca gedankenversunken. Mit den Augen suchte sie die Schließfächer ab. »Ich habe eine Originalausgabe von Gertrude Steins *The Making of Americans*. Signiertes Exemplar. Erstausgabe.« Sie lächelte. Ich sah, wie ihre großen Augen einen Moment aufleuchteten. Diese Frau liebte Bücher. »Das Buch ist wirklich sehr schön, und es muß eine Menge wert sein. Larry hat mich zur Gala eingeladen, und ich dachte, ich könnte es dem Archiv schenken. Ich habe mit Tracy gesprochen, habe eine Nachricht für Allen Boone hinterlassen.«

»Eine sehr nette Geste.«

Fresca zuckte die Achseln. »Es schien das Richtige zu sein. Ich reise viel. Was brauche ich da eine Erstausgabe?«

»Du magst Gertrude Stein.«

»Sie ist wundervoll. Einige Leute finden sie schwer zu verstehen, aber das kommt, weil sie nicht auf ihre Worte hören. Sie nehmen sich nicht die Zeit, zu verweilen. Du mußt dich beinahe in eine Trance versetzen, dir Passagen laut vorlesen, um sie zu verstehen.«

»Gut.« Ich hatte noch immer den süßlichen Duft von Frescas Haar an meinen Händen. »Rezitiere etwas für mich. Etwas, das auf die Situation hier paßt.«

Fresca sah mich an. »Nein, wirklich, ich –«

»Na, komm schon.« Howard Bloomings Notizen waren sicher weggeschlossen, die Schlüssel lagen kalt an meinem Herzen. Frances war in Seattle. Ich lächelte Fresca an. »Nicht so schüchtern. Ich möchte Steins Worte hören. Versuch, mich abzulenken. Bring uns auf andere Gedanken.«

»Na schön.« Frescas haselnußbraune Augen ruhten auf dem alten Tresor. Sie schien lediglich Inspiration zu suchen und nicht die Schlüssel zu zählen. Ihr Mund entspannte sich, ihre Augenlider schlossen sich langsam, bedeckten das reine Weiß, das tiefe Schwarz ihrer Augen.

Als die Worte kamen, wußte ich, warum sie nicht zu Larry Boznian paßte. Larry Boznians knapper Akzent und seine winselnde Stimme hatten nichts mit der tiefen, klangvollen Stimme von Fresca Alcazon gemein. Sie berührte eine Sekunde lang das Muttermal an ihrem Halsansatz, steckte eine Hand in die Tasche ihrer zerschlissenen Jeans und fing an zu rezitieren.

»History there – is no disaster – Those who make history –
Cannot be overtaken – As they will make – History which they
do – because it is necessary – That every one will – Begin to
know that – They must know that – History is what it is –
Which it is as they do –«

Sie hielt mitten im Satz inne und sah mich an. Ich wußte, daß wir uns küssen würden. Kein Tresor auf der ganzen Welt, egal wie viele Schlösser oder Kombinationen er auch besaß, konnte mit Fresca konkurrieren. Sie streckte ihre Arme nach mir aus, umarmte mich. Ihre Arme waren lang, ihre Hände selbstsicher. Ich spürte ihre Hände hinter meinem Rücken, ihre Finger falteten sich wie selbstverständlich hinter meiner Taille. Sie zog mich dicht an sich heran, und ich konnte ihren warmen Bauch spüren. Ich würde nicht so leicht von ihr loskommen. Ich fühlte ihren heißen Atem auf meinem Nacken.

»*Not and now, now and not, not and now, by and by not and now, as not, as soon as not, not and now, now as soon now, now as soon, now as soon as soon as now.* – Nicht und nun, nun und nicht, nicht und nun, nach und nach nicht und nun, als nicht, sobald wie nicht, nicht und nun, nun sobald wie nun, nun sobald, nun sobald sobald wie nun.« Fresca zog mich näher heran, ihre Beine waren muskulös, ihr Körper dünn und scharf wie ein Messer.

Ich drehte mich weg.

»Komm.« Ich nahm ihre Hände und zog sie vom Tresor weg. Ich legte meine Hände auf die Metalltür und drückte sie zu. Sie glitt auf geölten Angeln sauber und leise in den Edelstahlrahmen. Ich zog den großen Griff nach oben, hörte, wie die Bolzen an ihren Platz glitten, drehte das Zahlenschloß mit Schwung herum. Ein Roulette, das niemand schlagen konnte. Zumindest nicht ohne eine Menge Werkzeug. Wir verließen das Magazin. Ich hielt eine der Doppeltüren auf und hörte, wie sie hinter uns ins Schloß fiel.

Der Saal oben hatte sich inzwischen in einen offiziellen, mit gelbem Warnband abgezäunten Tatort verwandelt; es wimmelte nur so vor Cops, die Notizen machten und fotografierten. In der Ferne wurde die rosa Blase, zu der Tracys Gesicht geworden war, von Blitzlichtern erhellt. David Sing ging umher und sprach mit seinen Kollegen. Ich suchte den Raum ab und sah Helen Thomas zusammengekauert und verwirrt in einer Ecke sitzen. Berniece Able und Lee Turgo waren gerade dabei, einem Polizisten ihre Personalien zu geben.

»Schau mal da.« Eine laute Stimme übertönte die anderen, die am Tisch versammelt waren. Ich trat näher, Fresca klebte dicht an meiner Seite. »Was ist das?« Das war Renquists Stimme, die sich durch den Lärm schnitt. Er sah entsetzt auf den Tisch, an dem ein Cop stand und Tracys Kartoffeln untersuchte, Proben in kleine Glasröhrchen abfüllte. Aber das war nicht das, was Renquist meinte.

Ein Polizist hatte eine Serviette vom Tisch genommen, und alle drängten sich, um zu sehen, was darunter lag. Dort lagen eine

Bernsteinscherbe und ein Stück Filigranarbeit, so schön wie ein Fabergé-Ei. Die Fäden des silbernen Spinnennetzes waren aufgebrochen, das Bernsteinherz gesplittert wie eine Pfefferminzstange. *Großmutters Gift.*

Mit der Pinzette nahm David Sing ein Stück des Bernsteins auf. Er betrachtete es genau, dann schnüffelte er daran. Er inspizierte die Schüssel mit den Kartoffeln, brachte sein Gesicht dicht an das Gratin heran und blickte dann zurück zu dem Anhänger.

»Wem gehört diese Halskette?« fragte er laut. Es bedurfte keiner Antwort. Wir alle sahen Helen an. Sie schien auf einmal sehr einsam, eine große ängstliche Gestalt ganz in Schwarz.

»Kommen Sie bitte her.« David winkte sie heran. Helen kam mit großen, selbstbewußten Schritten durch den Raum. Aber sie war erschüttert.

»Ist das Ihre Halskette?« fragte David sie.

»Ja.« Helen flüsterte das Wort, als wäre das ganze nur ein böser Traum. »Ich habe gerade bemerkt, daß ich sie verloren habe.«

»Haben Sic gewußt, daß der Anhänger mit einer giftigen Substanz kontaminiert ist?«

»Nun ja, es gibt so eine Art Legende über das Schmuckstück.«

»Ich muß Sie bitten, mit aufs Revier zu kommen, um weitere Fragen zu beantworten«, informierte David sie. Er war jetzt sehr geschäftsmäßig. Ich ging auf die beiden zu.

»Helen, sag nichts!« riet ich ihr. Mit einem wütenden Blick drehte David sich zu mir um. Ein Cop nahm Helens Arm und hielt sie gewaltsam fest.

»*Ich verhafte Sie wegen Mordes an Tracy Port*«, rezitierte der Inspektor der Mordkommission. »*Sie haben das Recht, die Aussage zu verweigern ...*«

Lee Turgo war an meiner Seite. »Emma.« Ihre Hand krampfte sich in meine Schulter. Der rotblonde Pony stand in alle Richtungen ab, als sie sich nervös durchs Haar fuhr. »Emma, ich *muß* mit dir sprechen.«

»*... alles was Sie von jetzt an sagen, kann gegen Sie verwendet werden ...*«

»Du arbeitest doch für Willie Rossini«, sprudelte es aus Lee hervor. »Sag ihr, sag ihr einfach, daß ich dich beauftrage, Helens Unschuld zu beweisen. Irgend etwas, irgend etwas...«

Ich legte meine Hand auf Lees Arm. »Mach dir keine Sorgen. Ich werde Willie sofort benachrichtigen. Ich bin sicher, daß sie Helen vertreten wird.« Ich sah noch einmal zu Helen hinüber. Sie war inzwischen von einem Haufen Polizisten umringt und vollkommen erstarrt. »Mach dir keine Sorgen, Lee. Wir werden sie auf Kaution rausholen, innerhalb von vierundzwanzig Stunden. Sie wird schon morgen früh mit Willie sprechen können.«

»*... wird in einem Gerichtsverfahren gegen Sie verwendet...*«

Die Sheriffs machten untereinander aus, wer ihr die Handschellen anlegen würde. Helens Augen weiteten sich, als zwei Frauen auf sie zukamen und die glänzenden Handschellen über dem zarten Seidentüll an Helens Handgelenk zuschnappen ließen.

Das Ganze war zu glatt. Zu einfach. Und der amouröse Schlamassel auf der Kreuzfahrt war zu publik gewesen, als Motiv viel zu leicht auszubeuten. Ich erinnerte mich an meine Unterhaltung mit Helen in der Toilette, nach dem Fiasko ihrer Rede. Das Amulett war zu diesem Zeitpunkt bereits verschwunden gewesen. Angesichts der vielen Umarmungen und Küßchen, die der Abend verlangt hatte, hätte es jeder zu jeder Zeit von ihrem Hals nehmen können.

Ich sah Carla Ribera dabei zu, wie sie dem betrunkenen Larry Boznian in die Nacht hinaushalf. Fresca Alcazon war verschwunden, vielleicht um sich ein eigenen Leben zu suchen. Rose fuhr ihren Rollstuhl in einen Aufzug am hinteren Ende des Lesesaales. Die Türen glitten leise hinter ihr zu.

Lee Turgo hatte ihre Hände in die Hosentaschen gestopft und starrte auf die Spitzen ihrer eleganten Halbschuhe. Berniece Able stand neben ihr, eine Ikone, jetzt durch und durch besorgt und verwirrt.

Ich werde herausfinden, wer Tracy Port umgebracht hat, dachte ich bei mir. Und ich war ziemlich sicher, daß es nicht Helen Thomas gewesen war.

KAPITEL SIEBEN
Fresca light

Ich traf Rose draußen auf dem Bürgersteig wieder. Sie lehnte aus dem Fenster ihres Lieferwagens. Tracys Tod schien sie nicht sonderlich getroffen zu haben.

»Wer wird die neue Leiterin?« fragte sie, die hellblonden Augenbrauen andeutungsvoll in die Höhe gezogen. »Deborah Dunton? Sie ist die Vorstandsvorsitzende. Die natürliche Nachfolgerin. Ich frage mich, ob sie vielleicht Tracy ermordet hat?«

»Schön wär's, Rose, aber jeder an unserem Tisch könnte der Mörder sein. Oder ein Dutzend anderer Leute, was das betrifft.«

Die gehässigen Laute eines trunkenen Streits wehten durch die Abendluft zu uns herüber. In einiger Entfernung sah ich Fresca Alcazon, Carla Ribera und Larry Boznian zusammenstehen.

»Das Über-Babe fährt auf dich ab, Emma.«

»Nun mach mal halblang, Rose, ich bin verheiratet.«

»Fresca sieht ganz wie eins von Carlas Geschöpfen aus.« Rose langte nach der Zündung, hielt dann inne.

»Für den Lumpenhandel ist sie zu dick«, widersprach ich ihr. »Außerdem habe ich den Eindruck, daß sie ganz gut für sich selbst sorgen kann.«

»So gut wie für Larry Boznian. Und *Hetera-Lesben* sind zur Zeit der letzte Schrei, Emma.«

Die Stimmen wurden wieder lauter, und ich merkte, daß ich gebannt zu dem kleinen Drama auf dem Bürgersteig hinüberblickte. Fresca, die Larry und Carla überragte, stemmte die Hände in die Hüften und verkündete irgend etwas. Von Zeit zu Zeit drehte sie den Kopf in meine Richtung. Ich konnte die Umrisse von Larry Boznians Ohren ausmachen, die wie zwei große Flossen abstanden. Er hatte Schwierigkeiten, die Worte rauszukriegen, und was er herausbekam, war das Zuhören nicht wert. Carla Ribera machte ihm Vorhaltungen, um ihn im nächsten Moment inständig anzuflehen. Plötzlich packte er gewaltsam Frescas Arm. Sie schüttelte ihn noch gewaltsamer wieder ab. Im Licht der Straßenlaternen sah sie sehr stark aus; sie sah wirklich sehr stark aus, als sie Larry Boznian abwehrte. Die betrunkenen, knappen Worte mit dem britischen Akzent wehten zu uns herüber. »Ich will nicht, daß du weggehst und dich in irgendwelchen *Gossen* suhlst.«

Ich hoffte, daß er nicht mich damit meinte.

Aber das tat er. Fresca kam zu uns herüber. Über ihrem zerfetzten T-Shirt trug sie eine sehr teure schwarze Lederjacke. Ausgefallenes Styling, schwere Reißverschlüsse und gelbes Seidenfutter. In der Tat. Lumpen. Etwas Schweres schlug ihr gegen die Hüfte.

»Klasse für dich und beschissen für mich!« Der britische Akzent ließ Larry Boznians bittere Worte noch schlimmer klingen. Carla warf ihre Arme in die Höhe und ließ ihn stehen. Ihre langen schwarzen Locken wippten auf ihrem Rücken, als sie schnellen Schrittes den Hügel zu ihrem Wagen hinaufmarschierte. Larry Boznian war jetzt allein, lief auf und ab und schrie den beiden Frauen in der Dunkelheit hinterher.

»Carlas niedlicher kleiner Zirkus«, murmelte Rose. »Das hat doch keine Zukunft.«

»Da ist etwas an Fresca. Als wäre sie zwanzig und achtzig zugleich.«

»Mach dir doch nichts vor, Emma. Hetera-Lesben – wer braucht die schon, Babe? Denn schließlich«, Rose drehte den Zündschlüssel herum, »fühlen sich viele berufen, aber nur wenige sind auserwählt.« Sie fuhr los.

Ich sah zu, wie Rose die Market Street hinunterfuhr; ihre Rücklichter wurden langsam kleiner, bis sie ganz verschwunden waren. Fresca trat in einen Lichtkegel. Ich konnte sehen, daß sie geweint hatte. Um den Mund herum hatte sie rote Flecke, und sie sah niedergeschlagen aus. Und wütend. Und wunderschön.

»Kann ich dich nach Hause bringen, Emma?« Fresca Alcazon durchbrach meine Vorsichtsmaßnahmen wie eine Einbrecherin.

Die Nacht war kalt und einsam. Es war keine Nacht zum Alleinsein. Fresca entdeckte etwas in meinem Blick, das ich nicht schnell genug verbergen konnte. Als sie sah, daß ihre Chancen stiegen, lächelte sie. Das war kein zum sofortigen Verbrauch bestimmtes Politiker-Lächeln. Es war auch kein Zustimmung heischendes oder schlüpfriges, schöntuerisches Lächeln. Es war ein junges und sogar unschuldiges Lächeln. Es traf mich wie ein Effetball, dem ich nicht ausweichen konnte.

Frescas Transportmittel war eine 500er BMW. Ich hielt mich auf der Nachhausefahrt an ihrem Rücken fest, die Fransen ihrer Jacke strichen über meine Lippen, ein ledriger Zungenkuß. »Hier wohnst du?« Fresca sah zu dem viktorianischen Doppelhaus hoch. Zu den dunklen Fenstern.

»Ja, hier wohne ich. Vielen Dank fürs Mitnehmen.« Zu Hause ist es doch immer noch am schönsten.

»Hättest du etwas dagegen – könnte ich vielleicht kurz dein Telefon benutzen?«

»Klar.« Ich sagte es leicht dahin, aber ich wußte, daß ich hätte ›nein‹ sagen sollen. Wenn ich Fresca Alcazon in einer Nacht wie dieser in mein Haus ließ und angesichts dessen, wie ich derzeit über meine Ehe dachte, würde es an ein Wunder grenzen, wenn ich am nächsten Morgen allein aufwachte. Aber ich nahm Fresca mit hinein und zeigte ihr das Telefon. Dann schlenderte ich nach draußen, setzte mich auf die Treppe und betrachtete den Garten.

Laura hatte recht. Die Hanfpflanzen waren viel zu offensichtlich. Ich konnte sie sogar von der Terrasse aus riechen. Die Stengel des langbeinigen, lilafarbenen Rittersporns bogen sich unter dem Gewicht der Blüten und reichten bis zum Boden. Was für eine Verschwendung. Lila Blütenblätter als Nachtmahl für Schnecken.

Helen wurde wahrscheinlich gerade eingelocht. Irgend jemand würde ihre schönen Finger packen und grob auf ein Polizeistempelkissen pressen. Es war Freitag nacht, und Freitag nachts konnte im Gefängnis ganz schön viel los sein. Ich fragte mich, welche Gesellschaft Helen in ihrer Zelle wohl bekommen würde. Es war noch früh. Vielleicht hatte sie ja Glück.

Ich dachte an die Szene im Magazin der Bibliothek. Diese ganzen Manuskriptseiten. Und Tracy Ports herablassende Art. Wie konnte sich nur irgendeine jemals in sie verlieben?

Ich fragte mich, was die Laboranalyse von Helens Anhänger zu Tage fördern würde. Ich sollte einen von Roses Ermittlern beauftragen, sich alles anzuschauen, was über das Amulett veröffentlicht worden war. Vielleicht hatte ein Gutachter irgend etwas über den Inhalt angedeutet, das Helen helfen konnte. Vielleicht sollte ich *Großmutters Gift* noch einmal lesen. Auf jeden Fall sollte ich den Rittersporn hochbinden. Und das Dope ernten.

Ich sah zum Himmel hinauf, dem gleichen Himmel, der sich über uns allen erstreckte. Über mir, Fresca, Frances. Frances oben in Seattle. Frances, deren Notizen ich verloren hatte. Frances, irgendwo in Seattle, bei all diesen eifrigen, fruchtbaren Lesben. Hoffnungsvoll, alleinstehend. Ein paar würden bestimmt alles daran setzen, die Ärztin ins Bett zu kriegen, die den Frauen die unabhängige Fortpflanzung verschaffen konnte, wenn nicht sogar den Orgasmus ihres einsamen, verregneten Lebens in Seattle.

Einmal hatte Frances davon gesprochen, ›unsere Beziehung zu öffnen‹. Öffnen. Wie das Öffnen einer Dose voller Würmer. Nur würden diese Würmer Schlangenköpfe haben, spitze Fänge, die bis ins Mark verletzen konnten, und gelb blitzende Augen. Frances, die Amazonen-Ärztin, die potentielle Wundertäterin, würde unterwegs eine Menge amouröse Gelegenheiten haben. Ich hatte gesagt, daß ich darüber nachdenken würde. Mehr wurde dazu nicht gesagt. Wir wurden durch einen Telefonanruf unterbrochen und kamen nie wieder auf das Thema zurück.

Ich rüttelte mich wach. Frances und mir ging es glänzend, einfach glänzend. Es war gut, Fresca hier zu haben. Aber nur, weil sie im Mord an Tracy Port eine Verdächtige war, genau wie alle anderen, die beim Gala-Dinner am VIP-Tisch gesessen hatten. An Fresca gab es einiges, das nicht zusammenpaßte. Ich würde ihr ein paar Fragen stellen, das war alles.

Ich setzte mich aufrecht hin und bemühte mich, die lustvollen Gedanken aus meinem Kopf zu vertreiben, bevor ich wieder hineinging. Im Sekretär mit dem Rollfach fand ich einen Pappumschlag, wie sie benutzt werden, um Computerdisketten zu verschicken. Ich nahm ein Etikett und adressierte es an mich selbst. Dann ließ ich eine Hand in meinen BH gleiten und holte einen der inzwischen warmen Schlüssel heraus; der andere blieb an meine Haut gedrückt zurück. Ich verschloß den Umschlag, schob ihn unter ein paar andere Umschläge, die zur Post sollten, und ging zurück in die Küche.

Fresca preßte den Telefonhörer fest ans Ohr. Wie lange wollte sie denn noch telefonieren? Ihre Augen unter der Wolke von dunkelbraunem Haar waren ruhig. Ihre Händen machten komplizierte Muster aus den Fäden ihrer Jeans. Wußte sie eigentlich, wie schön sie war?

Fresca machte ein schmerzvolles Gesicht. »Es tut mir wirklich leid«, sagte sie. »Aber ich kann nichts dagegen tun. Du mußt diesmal allein damit fertig werden, *Cara.*« Sie hängte ein und wählte schnell eine andere Nummer.

Ich rüttelte mich noch einmal wach. Fresca und Frances erschienen jetzt beide an meinem Telefon, in der Balla-Balla-Abteilung meines Kopfes. Ich brauchte Ablenkung. Außerdem mußte ich Laura Deleuse beruhigen. Die Pflanzen hatten ihr Blütepotential erreicht. Wahrscheinlich waren sie schon bestäubt worden, kurz davor, Samen zu entwickeln. Dieser Tage wurde fast überall in der Mission Hanf angepflanzt.

Mit einer Machete in der Hand stieg ich die Hintertreppe hinunter, schnitt die Pflanzen ab und schleifte die dicken Stiele mit den sternförmigen Blättern und den aromatischen Blüten hoch in die Wohnung. Sie hatten noch nicht so viele Samen, wie ich befürchtet hatte. Fresca lauschte noch immer der Person am anderen Ende der Leitung. Sie murmelte etwas. Auf Italienisch.

Froh, mich mit den dunklen, streng duftenden Pflanzen beschäftigen zu können, schnitt ich die größeren Fächerblätter ab und schmiß sie in den Küchenabfall. Dann nahm ich ein paar Einkaufstüten aus braunem Papier, in denen die Blüten trocknen konnten, ohne zu schimmeln, und schob die langen aromatischen Schwerter hinein.

Fresca war soweit gewandert, wie es die Reichweite des schnurlosen Telefons zuließ. Sie war in Frances' Arbeitszimmer. Ich schlich mich von hinten an und stellte mich in den Türrahmen.

Tock, tock, tock. Frescas breite Fingerkuppen klopften auf das gehärtete Plastik des Telefons, als ihre Augen über Frances' Schwarzes Brett huschten. Darauf standen in wissenschaftlichen Hieroglyphen die neuesten Erkenntnisse über Zellteilung. Bestimmt verstand Fresca es nicht – aber sie nickte, vielleicht stimmte sie der Stimme am Telefon stumm zu. Ich sah, wie sie ihre Hand nach Frances' Rolodex-Kartei ausstreckte. Doch bevor sie danach greifen konnte, unterbrach ich sie.

»Kann ich dir helfen?«

Sie sprang so hoch, daß sie locker eine niedrige Hürde hätte nehmen können. Fresca versuchte, ihre Überraschung zu verbergen. Und noch etwas anderes, das ich registrierte, ehe sie ihre Mimik wieder unter Kontrolle hatte. Etwas wie Angst. Sie drückte den Knopf, der die Leitung unterbrach. Mit wem immer sie gesprochen hatte, sie hatte sich nicht von ihm oder ihr verabschiedet.

»Ist das dein Arbeitszimmer?«

»Nein, das ist nicht mein Arbeitszimmer, und das weißt du auch.«

»Hä?«

»Ich bin wohl kaum eine vom wissenschaftlichen Typ.«

»Was für eine bist du dann?«

»Eine, die es nicht leiden kann, wenn Fremde durch ihr Haus strolchen.«

»Bin ich eine Fremde?«

»Ja.«

Sie sah mich schweigend an.

»Was genau führt dich eigentlich nach San Francisco, Fresca?«

»Ich habe dir erzählt, was mich herführt. Ich bin hier, um das Stein-Buch zu stiften. Himmel, Emma! Was soll das werden? Ein Verhör? Ich bin mit zu dir gekommen, weil ich dachte, daß du mich magst. Und jetzt sagst du, daß ich eine Fremde bin, und bellst mich an wie ein Bezirksstaatsanwalt!«

»Ich versuche nur durchzublicken –«

Und dann, nur um diesem Abend mit Mord und Ehechaos die Krone aufzusetzen, fing Fresca laut an zu weinen. Tränen kullerten über ihre butterweichen Wangen. Sie nahm meine Hand und legte sie an ihr Gesicht wie etwas sehr Kostbares. Als wäre ich jemand, den sie kannte. Jemand, der sich um sie kümmern und dafür sorgen würde, daß alles gut würde.

»Hör mal, Emma. Ich brauche einen Platz zum Schlafen. Nur für heute nacht. Bitte – kann ich auf deiner Couch schlafen?«

Ich bekam ein flaues Gefühl im Magen. Wir wußten beide, was als nächstes passieren würde. Ich würde ja sagen.

»Ich brauche nur einen Platz zum Schlafen. Ich brauche dringend einen Platz zum Schlafen.«

»Ich mache dir das Gästezimmer zurecht.«

»Hey, was ist das für ein – *Geruch?*« Sie wich zurück und starrte auf meine Finger. Ich wußte, welches Aroma unter meinen Nägeln klebte: Der potente Pollen meiner Hinterhofernte hatte meine Hände mit einem berauschenden Nach-Ernte-Duft durchtränkt.

»Das ist Gras«, erklärte ich.

»Was?«

»Ich baue es an.«

»Du baust es an?«

»Nur ein paar Pflanzen draußen im Garten. Ich habe sie gerade eben raufgeholt. Die weiblichen Pflanzen schienen kurz davor, Samen zu entwickeln.« Ich hielt inne, als ich den besorgten Blick auf Frescas Gesicht sah. »Du brauchst dir keine Sorgen zu machen«, erklärte ich. »Ich verschenke es, ich rauche es selbst und sorge dafür, daß kranke Freundinnen bekommen, was sie brauchen. Ich habe drei Tüten voll auf der Arbeitsplatte in der Küche stehen. Fünf Monate sorgfältige Pflege. Ich deale nicht. Also mach dir keine Sorgen. Du wirst mir doch jetzt keine Moralpredigt halten, oder?«

»*A year of grass is a year alas. When grass grows that is all that grows but grass is grass and alas and alas is alas.* – Ein Jahr mit Gras ist ach ein Jahr. Wenn Gras wächst ist das alles was wächst doch Gras ist Gras und ach und ach ist ach.«

»Wenn du nicht weiterweißt, zitiere Gertrude Stein.«

»Dope ist was für Doofe, Emma.«

»Komm, ich zeige dir das Gästezimmer«, sagte ich.

Wir hatten unser Gästezimmer mit all den Tag-der-Toten-Souvenirs dekoriert, die wir von unseren alljährlichen Reisen nach Mexiko mitbrachten. Ich ließ Fresca neben dem Bett im Gästezimmer stehen, um ihr ein frisches Handtuch zu holen.

Als ich zurückkam, saß sie murmelnd auf der Bettkante: »*When she shuts her eyes – she sees the green things – among which she has been working – and then as she falls asleep – she sees them a little different. The green things then have black roots – and the black roots – have red stems and then she is exhausted* – Wenn sie die Augen schließt – sieht sie die grünen Dinge – zwischen denen sie gearbeitet hat – und dann als sie einschläft – sieht sie sie ein bißchen anders. Die grünen Dinge haben dann schwarze Wurzeln – und die schwarzen Wurzeln – haben rote Stämme und dann ist sie erschöpft –«

Sie unterbrach sich, als sie mich sah. Ihr Blick war jetzt ruhiger. Sie atmete tief ein und langsam wieder aus. Sie hatte Zeit gebraucht, um sich zu sammeln. Weil sie fürchterlich mitgenommen war. Nun lege ich mich zur Ruhe. Sie sah mich unverwandt an. In ihrem Blick lag eine Frage.

»Hier hast du ein Handtuch«, sagte ich. »Und einen Waschlappen.« Ich hatte sogar ein Stück Seife aufgetrieben, das Frances von einem ihrer Hotelausflüge mitgebracht hatte. Früher hatte Frances die Handtücher sorgfältig zusammengelegt; der Wäscheschrank glich einem farbenfrohen Mondrian. Inzwischen machte sie nicht einmal mehr das Bett.

»Gute Nacht, Fresca.« Ich ging zurück in mein Schlafzimmer und ließ mich auf das eheliche Doppelbett mit der extraharten Matratze fallen. Ich schlief sofort ein, meine Klamotten als einzige Zudecke.

In meinem Traum ging ich nochmal zum Gala-Dinner. Es war ein anderes Dinner, ein besseres Dinner. In meiner Traumfassung kam ich dort nie richtig an. Berniece schrieb Gedichte mit Allens Füllfederhalter, und die Welt war vollkommen in Ordnung.

»Ahhhhh!« Der Schrei einer Todesfee, direkt aus der Hölle und von Furcht getrieben, beendete meinen leicht frustierenden Traum.

Ein Schrei, der die Luft durchschnitt. Ich sprang auf und rannte den Flur hinunter.

Hellwach, kerzengerade, mit offenen Augen, aber nichts erkennend, schrie Fresca Alcazon – diese Frau, diese Fremde – in der Dunkelheit. Als ich Licht machte, riß sie die Hände vor die Augen und begann zu hyperventilieren. Ich machte das Licht wieder aus, schaltete statt dessen das Flurlicht ein und öffnete die Tür. Ich setzte mich neben sie und sprach leise zu ihr. Ihr T-Shirt roch nach Seife und nach Bleichmittel.

»Fresca, alles ist gut.«

Fresca sah sich um.

»Möchtest du das Licht lieber –«

»Nein!« Atemlos gekeucht. Hatte Fresca Asthma? »Nein, es geht mir schon wieder besser. Heh! Heh!«

Ich stand auf und ging zum Schreibtisch, auf dem skelettförmige Kerzen unser Zimmer in einen improvisierten Altarraum verwandelten. Ich zündete ein Streichholz an.

»Larry!« schrie sie und starrte geradewegs in die Streichholzflamme. Sie schien etwas zu sehen, nicht das Zimmer, aber ein Chaos, das sie erneut und augenblicklich in Schrecken versetzte. Ich blies die Kerze aus und schaltete das Deckenlicht ein. Jeder Winkel erstrahlte in unbarmherziger Helligkeit, als ich sagte: »Hey, jetzt mal ganz ruhig.« Ich hielt Fresca an den Schultern fest, schob eine krause Haarsträhne aus ihrem Gesicht, fand ihre Augen und blickte hinein.

»Oh, *du* bist es. Okay.« Sie atmete leiser.

»Ich dachte, du wärst wach. Du wolltest nicht, daß ich Licht anmache –«

»Oh, Mist, ich bin wieder geschlafwandelt, habe im Schlaf geredet, nicht wahr?« Unsicheres Lachen. »Kann ich bitte ein Glas Wasser haben?« Eine Kinderstimme.

»Klar.« Ich ging ins Badezimmer und füllte ihr einen Becher. Als ich zurückkam, hatte Fresca sich beinahe gefangen, und es war ihr peinlich, wie es jeder peinlich wäre, die die Nacht irgendwo verbringt und vor fremden Augen ihren schlimmsten Alptraum durchlebt.

»Was habe ich denn gesagt?«

»Ach, du hast nur Larrys Namen gerufen.«

»Oh, Emma, du bist süß. Danke. Danke, daß du mir bei dir Unterschlupf gewährst und nicht ausgeflippst über mein Ausflippen. Hey, du bist ja noch immer angezogen«, kommentierte sie.

»Ja, ich bin einfach umgefallen.«

»Laß uns etwas dagegen unternehmen.«

Fresca zog meine Hand zu sich heran. Meine Hand tauchte tief in ihre flaumigen Nackenhaare ein.

»Na ja, ich bin ziemlich –« fing ich an.

»Weißt du«, Fresca ignorierte mich. »Mir ist aufgefallen, daß in den schlimmsten Momenten *immer* jemand da ist. Vielleicht nicht der Mensch, den du erwartet hättest. Vielleicht nicht einmal der Mensch, den du gerne bei dir hättest. Aber es ist immer jemand da, und manchmal ...« Fresca zog mich aufs Bett hinunter. Meine glücklichen Lippen fanden den zarten Wangenknochen, den sich weich bewegenden Mund. »... ist es eine freudige Überraschung. Oh, Emma.« Wir küßten uns jetzt richtig. Fresca küßte wie in Zeitlupe, Küsse durchbrochen mit Gefühlen und Fragen und Echos, erfüllt von Verlangen und vielleicht sogar Verzweiflung. Verzweifelter Sex konnte großartig sein.

»Ich muß dich etwas fragen, Fresca.« Die eheliche Wohnung schwebte davon. Es gab nur noch Fresca und mich, und die Skelette – aus Kokosnußschalen geschnitzt, aus Zucker geformt – zwinkerten uns mit ihren glitzernden Augen zu, als unsere Hände ihren Weg fanden. Überraschte Verzückung: muskulöse Oberschenkel, weicher Bauch, lange statuenhafte Füße, lange Arme und eine manchmal sanfte, manchmal fordernde Berührung. »Ich muß dich nach deiner sexuellen Vergangenheit fragen.«

»Okay, Emma.« Frescas Hände näherten sich dem gefährlichen Zentrum meiner Brüste, wo ich einen der Schlüssel für das Tresorschließfach versteckt hatte.

»Es wird total safer Sex sein, Emma; deine Arme sind so schön«, murmelte Fresca und zog an meinen Klamotten. Im Kerzenlicht leuchtete ihr Muttermal wie ein Rubin, pulste mit dem schneller werdenden Schlag ihres Herzen. »Ich schlafe nicht mit Larry, ich spritze nicht –«

Frescas weiche Panther-Haut zeichnete ihre Rippen nach. Der starke Rücken, an dem ich mich auf dem Motorrad festgehalten hatte, bewegte sich unter mir. Sie zog schnell ihr T-Shirt aus, war mir äußerst behilflich. »Tatsächlich, Emma Victor, könnte ich gar nicht safer sein.«

»Wie das?« Meine Hände bahnten sich ihren Weg durch das Sieb aus Denim zu dem weichen Fleisch ihrer Hüften.

»Ich habe es noch nie zuvor gemacht.« Ein lachendes Skelett raste auf einem Motorrad vorüber. Frescas Mund füllte sich mit Speichel, ihre Hände hielten Sicherheitsabstand zu meinen Brüsten. Oh, oh.

Sie legte ihre Hände um meinen Nacken, entdeckte die rauhe Oberfläche einer kleinen Wunde.

»Hast du dich verletzt?« fragte sie atemlos, ein Moment der Sorge.

»Das ist nichts. Ich bin – die Treppe runtergefallen.«

»Und, alles in Ordnung?«

»Ja. Ich meine, sehe ich nicht so aus?«

»Die Treppe runtergefallen.« Fresca gluckste. »Emma.« Ernste Stille. »Lebst du in einer gewalttätigen Beziehung?«

»Nein! Du?«

»Nein. Und keine Fragen mehr.« Ihre Zunge huschte über meine Wange, sie küßte meine Augenlider, kitzelte meine Wimpern mit ihren eigenen, ein Schmetterlingskuß.

Seitensprünge waren genau so, wie ich sie in Erinnerung hatte. Wunderbar. Ich hörte das Glucksen einer Maske, sah das Zwinkern von Augen, die nichts als Löcher waren. Tote Vorfahren, wie Tracy Port, wie Howard Blooming. Ich verlor die Konzentration. Ich trank einen weiteren Fresca-Kuß. Aber ich konnte nicht anders, als über all das nachzudenken, was am heutigen Abend passiert war. Das Gala-Dinner für das Lesbisch-Schwule Gedenkarchiv. Der Abend, an dem Tracy Port vergiftet, Helen verhaftet worden war, und der erste Abend, an dem ich fremdging. Versuch dich zu konzentrieren, Emma.

»You like this best«, murmelte Fresca. *»Lock me in nearly. Unlock me sweetly, I love my baby with a rush rushingly.* – Das wird dir am besten gefallen. Umschließ mich fest. Entlaß mich süß. Ich liebe meine Süße mit einem rasenden Rasen.«

Ich raste. Ein Rasen flinker Finger, Hindernisse, Metallknöpfe mit dünnen, scharfen Kanten. Was von ihrer Levis übriggeblieben war. Sie zog sie aus. Bauch und Oberschenkel sanft wie die kalifornischen Hügel, schöner Flaum, zu einem schnittigen Streifen rasiert. Ich hielt ihre Hüften und tauchte in die kupferfarbenen Canyons ihrer Oberschenkel ab, und als ich suchte und schleckte, wanderten meine Hände zu ihren Beinen hinunter, zu der zarten Stelle in der Kniekehle, wo ich ein besonderes Hallo sagen wollte. Finger, Muskel, Fleisch und etwas, das sich überhaupt nicht wie ein Bein anfühlte. Ich hielt abrupt inne.

Von der sexuellen Vorgeschichte mal abgesehen, verlangte die Etikette, daß ich keine Fragen stellte, aber ich wich leicht zurück und schaute hin. Fresca mußte etwas Grauenhaftes zugestoßen sein. Irgend etwas hatte die untere Hälfte ihrer Wade weggefressen. Ihre Wade war ein einziges Patchwork-Muster, braune Haut, rosa Haut. Ein marmoriertes Chaos, das mich nichts anging. Fresca, plötzlich verunsichert, zog das Bein an. Etwas an dem Bein ließ bei mir eine Alarmglocke schrillen. Aber ich hatte keine Ahnung, warum. Mein nächster Kuß war schuldbewußt. Ich schob sie so sanft ich konnte ein Stück von mir weg. »Nicht jetzt, ja?«

Aber Fresca streckte die Arme nach mir aus wie ein Kind, ein starkes Kind, und zog mich zu sich runter. Ihre Hände waren aus Samt, meine Haut war aus Seide, ihre Haut war aus Satin. »Wir können auch einfach nur kuscheln.« Fresca rollte sich in meine Arme, und mir wurde bewußt, daß ich ihre Hand hielt, die Spitzen ihrer langen, breiten Finger drückte.

»Ich habe dich wirklich gern, Emma. Ich habe dich wirklich sehr, sehr, sehr gern«, murmelte Fresca in resignierter Enttäuschung. »Gott, ich würde wirklich gern hier in San Francisco leben. Einen Garten haben. Das Licht ist magisch, die Luft sauber.«

»San Francisco ist längst nicht mehr das, was es einmal war. Wer nicht nur auf Besuch vorbeikommt, muß sich ganz schön abrackern, um die Hypotheken und Mieten bezahlen zu können, die zu den höchsten der Welt zählen. Produziert wird hier auch nichts mehr. Hier in der Mission stolperst du überall über Eisenbahngleise. Gleise, auf denen die Fracht von den Häfen zu den Fabriken befördert wurde. Doch die Fabriken sind jetzt verschwunden. Statt dessen ziehen sich Hotels und Hochhäuser die Bucht entlang. Vielleicht leben wir hier im Homodorado, aber vom Schlaraffenland sind wir noch weit entfernt. Versteh mich bitte nicht falsch. Ich liebe die Art, wie sie hier Kaffee machen.«

»Wirst du mir morgen früh Kaffee kochen? Einen Moment so tun, als würde ich dieses Leben, diese Wohnung, dieses schöne Sonnenlicht mit dir teilen, dieses wundervolle San Francisco.«

»Boutique City, USA.«

»Du bist so verdammt amerikanisch.« Fresca lächelte ein Mona-Lisa-Lächeln. »Wie kommst du bloß darauf, daß die Welt jemals gut gewesen ist?« Sie gähnte. Keine Plomben. Ihre Zähne waren so ebenmäßig und weiß wie Perlen. »Außerdem«, murmelte sie, »bin ich sehr gut darin, so zu tun als ob.« Ich betrachtete ihre zerzausten, dunkel-honigfarbenen Haare und merkte, daß sie einschlief. Sie roch immer noch nach Nelken und sauberer sonnengetrockneter Baumwolle. Und jetzt schlief sie, überließ mich meinen eigenen Gedanken. Mir ging eine ganze Menge im Kopf herum. Rittersporn und Helen Thomas, in einer Gefängniszelle eingesperrt. Fresca, die genau in dem Moment zum *Klo* rannte, als Gurl Jesus auftauchte, um uns zu fotografieren. Fresca schlief jetzt tief und fest.

Mit dem Fuß angelte ich nach ihren zerrissenen Blue Jeans und zog sie langsam zu mir heran. Ich griff in die Potasche. Dort fand ich eine Brieftasche und klappte sie auf. Vor mir sah ich den Führerschein von Eleanor DeWade, die, wenn ich dem Foto glauben sollte, hier neben mir schlief.

In diesem Augenblick traf mich der Gedanke wie ein Schlag. *Ich.*

War es möglich, daß sich der Giftmörder geirrt hatte? Vielleicht hatte ein als Kellner getarnter Berufskiller die Anweisung erhalten, die Frau im schwarzen paillettenbesetzten Kleid zu töten. Die Frau, die Howard Bloomings Nachlaß bei sich trug. Womöglich war Tracys Tod ein *Irrtum* gewesen. Ach was, Emma, reine Selbstüberschätzung.

Ich stand auf. Fresca schlief auf dem Bauch, diagonal ausgestreckt, als wäre sie es gewohnt, die ganze Zeit ein Bett für sich allein zu haben. Als hätte sie keinerlei Sorgen und Ängste. Sie schnarchte. Na schön.

Ihre Lederjacke lag in einer Ecke auf dem Fußboden. Ich entsann mich, wie ich sie ihr von den Schultern gezogen hatte, wie sie mir geholfen hatte, sie auszuziehen, und sie außer Reichweite geworfen hatte. Ich bückte mich unter die Dachschräge und holte sie mir. Drinnen fand ich, was ich vermutet hatte. Es war mir aufgefallen, als ich mich auf dem Nachhauseweg an Fresca festgehalten hatte.

Ein kleiner Revolver.

Eine 22er, nichts, um sich allzusehr darüber aufzuregen. Mehr als ein Luftgewehr, aber du konntest damit niemanden umbringen. Jedenfalls nicht gleich. Allerdings konntest du jemandem die Kniescheiben zerschießen – vorausgesetzt du konntest gut zielen. Eine nette kleine Knarre, wenn du sie zu bedienen wußtest.

Ich ließ den Zylinder rotieren. Er war leer. Ich schob die ungeladene Waffe tief unters Bett. Dann setzte ich mich auf den Teppich und sah aus dem Fenster, weit weg von Fresca. Hatte Helen Fresca umarmt? Nein, Fresca war ja auf dem *Klo* gewesen, erinnerte ich mich.

Bumm! Bumm! Ich erstarrte. Jemand war auf dem Dach.

Ein leises Geräusch über unseren Köpfen. Verdammt leise. Urplötzlich stürzte der Himmel ein, und Fresca war sofort auf den Beinen. Fresca stand auf dem Bett, vollkommen erstarrt. Sie öffnete den Mund, als wüßte sie, daß ihre letzte Stunde gekommen war. »Leise!« zischte sie mich an, als ob das ihr Haus wäre.

Tapp! Tapp!

Kein Zweifel. Jemand lief auf dem kleinen Seitendach umher. Fresca sprang aus dem Bett und lief in die Küche. Ich hörte, wie Papiertüten aufgerissen wurden, wie die Toilette abgezogen wurde und gurgelte und immer wieder gurgelte.

»Warte!« schrie ich, aber es war schon zu spät. Ich hörte das Rütteln des Griffes, Metall und Porzellan, immer und immer wieder, und ich wußte, was passiert war. Fresca hatte meine letzte Ernte an San Franciscos Kanalisation ausgeteilt.

»Jetzt reg dich wieder ab, ja! Das ist mein Gras! Hör auf!« Ich sah sie in ihre Aufgabe vertieft über die Toilette gebeugt stehen. »Das auf dem Dach kann alles mögliche sein! Es kann meine Katze sein!«

»Oh ja, eine 180 Pfund schwere Katze. Du glaubst doch wohl nicht im Ernst, daß ich hier bleibe und mich hopsnehmen lasse!«

»Die Rohre mit Hanf zu verstopfen wird nicht helfen. Aus dem Zeug werden *Seile* hergestellt, weißt du.« Ich ging zum Badezimmerfenster und lehnte mich hinaus. Der Garten hinter dem Haus war ruhig, nichts Verdächtiges zu sehen. Ich ging zurück ins Schlafzimmer, schielte über den kleinen Giebel hinweg zum oberen Apartment hinauf.

Laura war zu Hause. Ich konnte den dreieckigen Lichtschein erkennen, der über die Dachneigung fiel. Ich ging nach unten und lief einmal um das ganze Haus herum. Mit einer Taschenlampe suchte ich den harten, trockenen Rasen ab, ohne zu wissen, wonach ich überhaupt suchen sollte.

Dann ging ich durch den ausgedünnten Garten zurück nach oben. Fresca wollte gehen. Was so vielversprechend begonnen hatte, war plötzlich schal geworden.

»Vielen Dank, daß du mir mein Gras geklaut hast.«

»Du führst ein aufregendes Leben, Emma.«

»Deins scheint mir auch nicht gerade friedvoll zu sein.« Ich fragte mich, wie sie wohl ohne ihre 22er zurechtkommen würde. Für einen Moment verhakten wir unsere Blicke – Lust, Ärger und Frustration, ein explosives Gemisch, das uns überhaupt nicht weiterbrachte.

»Tut mir leid, Emma. Wenn du gemein sein mußt, um nett zu sein, nehme ich es eben, wie es kommt.«

»Ich dachte, du wärst nicht in einer gewalttätigen Beziehung.«

»Bin ich auch nicht. Aber – laß uns später weiterreden.« Fresca warf sich ihre Lederjacke über, drückte mir einen schnellen Kuß auf und war, ohne ihre Taschen zu kontrollieren, weg.

KAPITEL ACHT
Falsch verbunden

Sonnenaufgang. Der große orangefarbene Ball riß auf, vom scharfen Kamm des Mount Diabolo gespalten wie ein gammeliges Ei. Ich sah der glühenden Kugel zu, wie sie die Dunkelheit zerriß; ihre rosarote Botschaft flüsterte etwas Obzönes. Ich hatte überhaupt nicht geschlafen.

Statt dessen hatte ich den Rest der Nacht mit dem Versuch zugebracht, meine Pflanzen nach Frescas Wegwerf-Orgie zu bergen. Es war mir gelungen, die Blüte von einer Pflanze zu retten. Ich hatte eine neue Ernte vorbereitet.

Cannabissamen lassen sich nicht so leicht zum Keimen bringen. Anfangs hatte ich es damit versucht, sie in feuchter Erde zu ziehen, aber sie hatten mir einen Vogel gezeigt und waren einfach nicht aufgegangen. Dann fiel mir die simple Methode des Sprossenkeimens aus der Grundschule ein: Weich sie tagelang in einem feuchten Papiertuch ein, täusche sie mit einem feuchten Joghurtbecher, den du in den Schrank genau über dem Kühlschrank stellst, wo es warm ist. Das Papiertuch über dem Becher sog die Feuchtigkeit auf wie ein Docht. Heiß und naß, genau wie Fresca Alcazon.

Manchmal ließen sich die eigentlich einjährigen Pflanzen von den sommergleichen Oktobern überlisten, und ich konnte in einem Jahr zwei Ernten einfahren. Der Genuß der Pflanzen machte mich in höchstem Maße sensibel, was zwar nicht zu logischen Schlußfolgerungen führte, aber Flashbacks auslöste und eine Menge intuitives Wissen freisetzte.

Ich ließ den vergangenen Abend Revue passieren. Die Zeit, bevor ich Helen auf die Toilette gefolgt war und das Amulett an ihrem Hals bereits fehlte. Hatte sie es während ihrer Rede getragen? Das würde sich leicht herausfinden lassen. Am Tisch mußte Helen unangenehmerweise zwischen Lee Turgo und Tracy Port sitzen. Renquist Falkenberg hatte alle umarmt und seine Brieftasche verloren. Larry Boznian hatte sich aufgeführt, als wäre er sehr betrunken. Fresca hatte eine 22er bei sich getragen, und ich war früher an dem Abend überfallen worden.

Ich ging ins Badezimmer und zog mich aus. Die Schnüfflerklamotten, in denen ich geschlafen hatte, falls du es schlafen nennen konntest. Der Rollkragenpullover roch muffig, und die Hosen mußten abgebürstet werden. Der BH war leer.

Der zweite Schlüssel war weg.

Ich rannte zu dem Korb, in dem die Post lag. Der selbstadressierte Diskettenumschlag wartete geduldig unter der Stromrechnung. Ich quetschte die Pappe zwischen meinen Fingern. Der andere Schlüssel war immer noch drin.

Ich rannte zurück ins Gästezimmer und suchte den Boden zentimeterweise ab. Aber ich fand nur Frescas 22er und jede Menge Katzenhaare. Ich lief die Treppe in den Garten hinunter, durch das Unkraut und wieder nach oben. Untersuchte jeden Schritt. Jeden Stein. Kein Schlüssel.

Das Telefon klingelte. Willie Rossini war am Apparat. »Hör mal, es tut mir leid, daß ich so früh anrufe, aber ich habe Helen auf Kaution freibekommen. Sie hat auf ›Nicht schuldig‹ plädiert. Würdest du sie bitte abholen, Emma?«

Ich steckte die ausgehende Post in eine Plastiktüte und gab sie auf meinem Weg zum Gericht beim Postamt in der Bryant Street ab. Die Briefe würden ihre Empfänger am Montag erreichen. Im Gerichtsgebäude fand ich Helen völlig aufgelöst vor. Ihr schwarzes Seidenkleid war welk und zerknautscht; sie war gerade dabei, eine Quittung für den braunen Umschlag zu unterschreiben, der ihre persönlichen Dinge enthielt. Sie nickte mir kaum zu.

»Lee wartet zu Hause auf dich.«

»Okay.«

Helen sah aus, wie die meisten Leute nach ihrer ersten Nacht im Gefängnis aussahen. Reduziert auf eine Nummer, eine Reihe von Funktionen, Nahrungstrichter, die eingesperrt werden mußten. Helen glich einem verglühten schwarzen Stern, ihr Gesicht war grau und grimmig.

»Wie ist es dir ergangen?«

»Prima. Ich habe in einer einzigen Nacht mehr Material für meine Dialoge gesammelt, als ich je zu hoffen gewagt hätte.« Helen rang sich ein Lächeln ab. »Zwei Frauen haben die ganze Zeit geheult, drei ständig geschrien, und die Fernseher liefen auf voller Lautstärke, bis das Licht ausging.« Helen hatte dunkelblaue Ränder unter den Augen. »Heute morgen haben sie uns die Gitterstäbe unserer Zellen polieren lassen.« Sie verzog ihren Mund zu einem ironischen Grinsen.

»Mach dir keine Sorgen, Helen. Willie ist zuversichtlich, daß sie dich freibekommt.«

»Aber warum fühle ich mich dann, als würde ich von den Rädern der weißen Justiz zermalmt, Emma? Ich habe bereits Reifenspuren auf meinem Rücken.«

»Willie wird dafür sorgen, daß du nie wieder da rein mußt, Helen.«

»Das will ich auch stark hoffen. Meine Dialoge sind auch so gut genug.«

»Komm, ich bringe dich nach Hause.«

Ich legte meinen Arm um Helen. Halt suchend lehnte sie sich an mich. Im tiefsten Inneren zitterte ihr ganzer Körper.

Das Gefängnis tut den Menschen nichts Gutes. Einige Menschen macht es wütend, einige verrückt, andere treibt es in die Verzweiflung. Trotz des Geplänkels über ihre Dialoge hatte der Knast Helen Thomas völlig verängstigt.

Als wir eintrafen, hatte Lee Turgo Tee gekocht, und Berniece Able ging so schnell und ungeduldig auf und ab, wie es ihre Gehhilfe erlaubte. »Helen hätte das Amulett verkaufen sollen! Statt dessen hat sie ein Buch darüber geschrieben! Ich habe ihr *gesagt*, das würde Unglück bringen.« Bernieces Handknöchel auf den Edelstahlrohren liefen weiß an.

Das Doppelhaus von Lee und Helen stammte aus den späten zwanziger Jahren. Ich sah mich um. Das gemütliche Apartment besaß zwischen Wohnzimmer und Eßzimmer ein Proszenium in Schlüssellochform, eine fröhliche Küche mit selbstgebastelter Frühstücksecke und weitere Annehmlichkeiten, die in jener Zeit für notwendig gehalten wurden, wie eingebaute Telefonnischen und Wäscheschächte.

»Oh, Lee«, rief Helen aus. Lee errötete unter ihrer alpinen Gesichtsfarbe, als Helen auf sie zueilte. Die zwei klebten eine kleine Ewigkeit zusammen, Lee in einem Flanellbademantel, Helen im Abendkleid des gestrigen Abends. Helen schien Kraft aus Lees Umarmung zu ziehen. »Laß mich schnell die Sachen hier ausziehen und eine Dusche nehmen, ja?« Sie tänzelte ins Schlafzimmer. Lee zögerte einen Augenblick und stürmte dann hinter ihr her.

Ich blieb mit Berniece Able allein im Wohnzimmer sitzen. Eine Weile hörten wir dem Ticken der Uhr zu, dann fragte ich sie: »Warum meinen Sie, daß Carla Ihr Fotoalbum gestohlen hat?«

»Ich habe gespürt, wie sie es mir aus den Händen genommen hat.«

Ich lächelte. Genau das, was eine gute Zeugin ausmacht. Absolute Gewißheit.

Berniece fuhr fort: »Seit sie Hausfotografin für diese rachitische Modebranche ist, ist sie skrupellos geworden. Für wen macht sie denn die Berichterstattung? Verwahrloste Lesben unter dreißig!«

Genau das, was eine schlechte Zeugin ausmacht. Viele Motive, um das Schlimmste zu vermuten.

»Willie wird jede Minute hier sein«, sagte ich, und wir saßen schweigend da, bis es an der Tür klingelte.

Willie Rossini war eine große, vornüber gebeugte Frau von sechzig Jahren. Sie trug einen grauen Flanellanzug, eine blaßrosa Seidenbluse und eine gelehrte Trifokalbrille. Sie hatte viele Linsen. Sie hatte viel gesehen. Sie hatte viele Geschichten gehört. Aber Willie Rossini war willens, sich immer noch mehr anzuhören. An einer ihrer beiden Hände, die schockierend jung und anmutig waren, trug sie eine große schwarze Perle in einer modernen Fassung.

Lee kam in Jogginghosen und Sweatshirt aus dem Schlafzimmer. Helen ließ sich auf die Couch plumpsen und zog ihre langen Beine in der dicken schwarzen Strumpfhose dicht an ihren Körper heran. Ihre nassen ebenholzfarbenen Ringellöckchen hinterließen Wasserflecken auf den Schultern ihres T-Shirts. Ich machte alle miteinander bekannt. Es war an der Zeit, die Fakten zu ordnen. Und zu versuchen, Helen aus dem Gefängnis herauszuhalten. Wer in die Mühlen der Justiz gerät, braucht eine Art Eisenbrücke über dem Rücken, damit die Maschinerie darüber hinwegrollen kann. Willie würde diese Brücke aus wackligen Fakten und Fehlern seitens der Ermittlungsbehörden und Justiz konstruieren.

Helen ging die Ereignisse des Abends noch einmal durch. Ich bat sie, mit der Schenkung ihrer Manuskripte an das Archiv zu beginnen. Allen Boone hatte mit ihr vereinbart, sie kurz vor dem Dinner entgegenzunehmen. Wir gingen das Dinner und Helens Rede durch.

Helen steuerte weitere Informationen bei. Sie berichtete über ihren literarischen Hintergrund, die Kurse, die sie an der Universität gegeben hatte, als sie hergezogen war. Unaufgefordert erzählte sie auch, daß sie schon einmal verhaftet worden war, die Anklage aber fallengelassen wurde. Sie war beschuldigt worden, jemanden mit einer tödlichen Waffe angegriffen zu haben – in Wirklichkeit hatte es sich dabei um ein Schweizer Armeemesser gehandelt, mit dem sie sich, wie Helen angab, die Fingernägel gereinigt hatte, als eine psychotische Ex-Freundin auf sie losging.

Willie tastete sich langsam heran und stellte schließlich die schwere Frage: Hatte es irgendwelche Feindseligkeiten zwischen Helen und Tracy gegeben?

»Ich glaube, Tracy war in Lee verliebt«, erklärte Helen ruhig. Ich sah, wie Willies Stift über dem Papier innehielt. Ihr Gesichtsausdruck hatte sich nicht verändert. Es ging nicht darum, daß Helen von der Affäre wußte, es ging um den überaus neutralen Ton, in dem Helen es gesagt hatte. »Auf einer Olivia-Kreuzfahrt.«

»Gut.« Willie sah sie an. »Ich möchte offen mit euch sein. Es handelt sich um eine Mordanklage. Der Stab des Bezirksstaatsanwalts wird vor nichts haltmachen, um sicherzugehen, daß die Klage absolut wasserdicht ist. Sie werden alle Teilnehmerinnen der Kreuzfahrt dazu vernehmen, was auf der Olivia passiert ist. Also, Lee, ich muß dir ein paar direkte Fragen stellen. Möchtest du sie hier in diesem Zimmer beantworten? Oder ist es dir lieber, wenn wir uns unter vier Augen unterhalten?«

Lee sah Helen in die Augen. Sie nahm ihre Hand. »Ich möchte keine Geheimnisse vor Helen haben, falls es das ist, was Sie meinen.«

»Nun gut, Lee.« Willie zögerte unmerklich. »Was ist auf dieser Kreuzfahrt vorgefallen? Denk bitte sehr, sehr genau nach.«

Wir lauschten dem Ticken der Uhr. Lee wählte ihre Worte.

»Ich bin auf dieser Kreuzfahrt kostenlos mitgefahren. Offiziell war ich als Chiropraktikerin engagiert, hatte im Grunde aber nur die drei Masseurinnen und die Shiatsu-Therapeutin anzuleiten. Ab und zu, wenn eine Frau Schmerzen hatte, habe ich die Diagnose gestellt und manchmal eine Behandlung angefangen. Ich hatte nicht viel zu tun. Ich hatte eine Menge Freizeit. Und naja, Tracy Port hat sich ziemlich kraß an mich rangemacht.«

»Kraß?«

»Ja. Sie ist immer ganz dicht an mich rangekommen. Zuerst habe ich gar nicht kapiert, was los war. Ich dachte – ich dachte, sie hat vielleicht Gleichgewichtsstörungen oder so.«

»Was hast du getan?«

»Nichts – anfangs.«

»Nichts?«

»Naja, ich habe einfach gehofft, daß es vorübergeht, wissen Sie.«

»Wann hat das angefangen?«

»Am Anfang. Gleich zu Beginn der Reise.«

»Und dann?«

»Sie schien einfach nur diese Annäherungsversuche in der Öffentlichkeit zu machen. Es war wirklich merkwürdig. Sie ist nie auf mich zugekommen, wenn wir allein waren. Da ist nichts gewesen.«

»Bist du sicher, Lee?« Willie rutschte auf ihrem Stuhl nach vorn. »Jede einzelne Teilnehmerin dieser Kreuzfahrt wird befragt werden. Falls eine von ihnen etwas gesehen hat, von dem du behauptest, es sei nie passiert, wird das für Helen nicht gerade gut aussehen.«

»Lee, Liebling.« Helen lächelte. »Ich war auf dieser endlosen Lesereise. Falls etwas passiert ist, dann ist es halt passiert. Wir sind vor und nach der Kreuzfahrt lange Zeit zusammen gewesen. Was immer du getan hast, ich werde dir deswegen nicht mehr böse sein. Du solltest uns lieber erzählen, was geschehen ist.«

Lee holte tief Luft. »Also gut. Ungefähr nach der Hälfte der Reise, nach einem Schnorchelausflug, bei dem ich zugegebenermaßen einen guten Eindruck von Tracys Schwimmkünsten bekommen habe, eine ganze Unterwasser-, äh, Performance und, tja, an jenem Abend habe ich sie allein an Deck getroffen.«

»Und?«

»Ich habe versucht, sie zu küssen.«

»Was ist passiert?«

»Das war ja das Merkwürdige. Sie wollte gar nichts von mir. Sie wollte überhaupt nichts von mir! Nach all dem Geflirte hat sie einfach nur gelacht und gesagt, ich solle verschwinden. Danach dachte ich nur, Scheiße, die Frau ist schizophren oder was. Ich bin ihr *aus dem Weg gegangen.*« Lee schüttelte den Kopf und fuhr sich mit den Fingern durch die Haare. »Ich hatte es fast schon wieder vergessen.«

»Na gut. Ich danke dir. Sobald ich Gelegenheit hatte, die Sache zu durchdenken, melde ich mich bei dir, Helen, damit wir unser weiteres Vorgehen besprechen können. Vor Donnerstag wirst du nicht zur Anklage vernommen werden. Laß dir bis dahin nichts zuschulden kommen. Bleib zu Hause. Sprich nicht mit der Presse. Auch nicht mit der lesbischen oder schwulen Presse. Mit niemandem. Falls nötig, besorg dir eine neue Telefonnummer. Versuch dich so gut es geht zu entspannen. Es wird erst schlimmer werden, bevor es besser wird.«

»Glaubst du, daß du Helen freibekommst?«

»In diesem Fall gibt es eine Menge Dinge, die zu gut zusammenpassen, und eine Menge Dinge, die überhaupt nicht zusammenpassen.« Willie sah Helen durch ihre Trifokalgläser an. »Helen.« Die Schriftstellerin setzte sich auf, erwiderte den Blick aus sechs blauen Augen. »Hast du es getan?«

»Nein«, sagte Helen. »Ich habe es nicht getan.«

»Seht ihr, Helen ist unschuldig.« Willie stand auf. »Und das ist unser größter Pluspunkt.« Die Anwältin streckte die Hand mit der schwarzen Perle aus und gab allen einen warmen Händedruck. »Als nächstes werde ich unsere Verteidigungsstragegie entwickeln. Ich laß dich wissen, wenn mir etwas Wichtiges einfällt.«

Helen nickte. Lee stand auf, um Willie zur Tür zu bringen, ihr Gesicht ein Durcheinander von Sorgen. Die jungenhafte Stirn bekam ihre erste Falte, die wahrscheinlich nie wieder weggehen würde.

»Komm, Emma«, gestikulierte Willie in meine Richtung. »Bring mich zum Wagen.«

Draußen stieg Willie in ihren Wagen und kurbelte das Seitenfenster herunter. »Also gut, Emma, ich habe den Fall übernommen, genau wie du. Sprich mit so vielen Leuten wie möglich und laß uns möglichst viele Verdächtige finden, die ein Motiv hatten, Tracy Port umzubringen.«

»Ich würde gern ein paar von Rose Baynettas Technik-Profis beauftragen, die Geschichte von Helens Halskette zu recherchieren, die Gutachter zu befragen.«

»Was ist mit Lee Turgo?«

»Darum werde ich mich ebenfalls kümmern.« Im Geiste begann ich mir eine Liste zu machen.

»Ich glaube, du wirst eine Menge über Tracy Port herausfinden, was dich überraschen wird. Wie dem auch sei, ich habe nicht eine Sekunde geglaubt, daß unsere junge Chiropraktikerin dachte, Miss Port leide an Gleichgewichtsstörungen.« Willie ließ den Motor an. »Oh, und noch etwas, Emma. Das anonyme Gebot für Howards Haus. Weißt du, wer dahintersteckt? Renquist Falkenberg.«

Ich fuhr kurz zu Hause vorbei, um mir einen Kaffee zu machen und eine Nachricht auf Roses Anrufbeantworter zu hinterlassen. Rose lag anscheinend immer noch im Bett.

Ich ging in Frances' Arbeitszimmer und suchte nach älteren Ausgaben der *Bay Times*. All diese Personen des öffentlichen Lebens. Urplötzlich hoffte ich, daß es Frances in Seattle gut ging. Mußte sie nicht auch beschützt werden? Ich betrachtete den Schreibtisch, für den Fresca sich interessiert hatte oder vielleicht auch nicht. Da war der Block, auf den Frances die Telefonnummer gekritzelt hatte. Sie hinterließ stets eine Nummer, damit ich sie im Notfall erreichen konnte.

Es war noch zu früh, um anzurufen. Aber trotzdem, Tracy war Frances' Freundin gewesen. Sollte ich Frances nicht jetzt gleich anrufen? Ich nahm das Telefon zur Hand und wählte.

Nachdem das Klingelzeichen geendet hatte, hörte ich eine künstliche Stimme: »*Kein Anschluß unter dieser Nummer. Bitte überprüfen Sie, ob Sie die richtige Nummer gewählt haben und versuchen Sie es noch einmal. Vielen Dank.*« Ich betrachtete die Ziffern, die ordentlich auf dem Block geschrieben standen. In Papier eingraviert. Die falsche Nummer.

Ich zog Jeans an, ein T-Shirt und eine Windjacke gegen die steife Morgenbrise, die von der Bucht hereinkam. Ich würde heute morgen einen langen Spaziergang unternehmen. Zur Roten Dora. Die Rote Dora war rund um die Uhr geöffnet. Dort fanden Raves statt, die im Morgengrauen endeten, und bereits zur Frühstückszeit würde eine neue Party unter einem völlig neuen Motto steigen.

Ich war auf der Suche nach einer kleinen Punkerin, einer Frau, die an all den interessanten Stellen gepierct war und dir liebend gerne zeigte, wo. Eine freischaffende junge Dame, die sich Jesus nannte und ihren Lebensunterhalt mit einer Polaroidkamera verdiente. Eine Frau, die an unserem Tisch gewesen war, aber nicht als Gast. Ich polterte die Treppe runter.

»Ich will es nicht wissen, wenn du eine Affäre hast!« hatte Frances einmal ausgerufen, während wir uns liebten. »Versprich mir nur, daß du es nicht mit einer hier aus der Gegend machst!«

Jetzt wußte ich, warum Frances nicht wissen wollte, ob ich eine Affäre hatte. Weil sie mir nichts von ihrer *eigenen* erzählen wollte.

KAPITEL NEUN
Die Rote Dora und ihr Café Damenbart

Irgendwo steht es sicher geschrieben: Kapitalistenkinder machen ihre Revolte, indem sie eine Mode einführen, die ihre Altvorderen schockiert. Jede Generation meint, endgültig die letzten Tabus gebrochen zu haben, nur um selbst wieder von der nächsten Welle jugendlicher Erscheinungsformen überrollt zu werden. Gewisse Subjekte, die bei der Roten Dora anzutreffen waren, insbesondere die kaum Zwanzigjährigen, hatten herausgefunden, daß im Angesicht der Jahrtausendwende vielfaches Piercing diesen Zweck bestens erfüllte.

Sehr zum Entsetzen etlicher Eltern und Passanten perforierten sie ihre jungen Leiber, ließen Metall und Klunker von jeder Augenbraue, jedem Nasenloch, jedem Ohr baumeln. Sie tätowierten sich Hals, Arme, Handgelenke und Füße. Sie ließen sich Armreife und Ringe in die Haut ritzen – von handwerklichen Genies, deren Kunst zu einem hohen Grad der Verfeinerung gereift war. Es gab keinen Mangel an lebenden Leinwänden, Tätowierungen waren der letzte Schrei auf dem Fell von jungen Lesben in San Francisco.

Albert Camus hat gesagt, daß du spätestens mit fünfundzwanzig für dein Gesicht verantwortlich bist. Die Mädchen der Roten Dora nahmen sich das sehr zu Herzen und legten schon mit achtzehn los. Zwischen ihnen und den Börsenmaklerinnen und Zahnärztinnen auf der Einweihungsgala des Howard-Blooming-Gedenkarchivs lagen Welten. Göttin sei Dank.

Diese jungen Frauen fuhren wild in der Gegend herum mit ihren farbig angesprühten und vermutlich gestohlenen Mountain-Bikes und hingen den ganzen Tag bei der Roten Dora ab, während sie sich mit ihren Lederzungen und komplizierten Herzensangelegenheiten neue Gedichte ausdachten, die sie den »lesbischen Tuck« nannten. In genau so einem Nest hoffte ich die vielfach-gepiercte Fotografin mit der Polaroid-Kamera zu finden, die den Namen Gurl Jesus angenommen hatte.

All dieses Gepierce und die immerwährenden Hautgemälde haben die Frauen der Roten Dora im Rennen um geregelte Arbeit und Bausparverträge disqualifiziert. Sie sind in einem Land aufgewachsen, das von drei republikanischen Regierungen in Folge zugrunde gerichtet worden ist. Folglich schauten diese Mädchen lieber nicht allzu genau in die Zukunft. Für sie war ohnehin kein Platz darin vorgesehen. Sie verweigerten sich dem täglichen Rennen und gingen von Zeit zu Zeit auf die Barrikaden.

Dann gab es da noch die Aktentaschen-Lesben, die gelegentlich im großen Körperabenteuer planschten und bei der Vorstandssitzung eine gepiercte Brustwarze unter dem Kostüm der Macht versteckten. Und diejenigen, die ihre Nasenringe im Morgengrauen herausnahmen, bevor sie ins Büro gingen. Aber das waren nicht die Frauen der Roten Dora.

Denn dort lösten sich alle gültigen Schönheitskonventionen in Luft auf, wurden ersetzt durch befremdlich anmutende Rituale, denen eine tiefere Bedeutung und gewisse Mutwilligkeit zugrunde lagen. Gesichter, verziert mit Silber, Gold und winzigen Diamanten. Doras Mädchen trugen ihren Reichtum auf ihren Gesichtern zur Schau, provokant, direkt vor deiner Nase, statt ihn zu horten in einem Bankschließfach oder Aktienportefeuille. Ich begann, die Frauen der Roten Dora schön zu finden.

Die Rote Dora lag mitten in einem Kriegsgebiet; in der Nachbarschaft wurde gern herumgeballert. Der Weg von den Mietskasernen über die Straße, wo allmonatlich Schießereien aus fahrenden Autos stattfanden, war immer für einen Adrenalinstoß gut. Deshalb vermied ich, an ihnen vorbeizugehen und wechselte zweimal die Straßenseite – einmal mehr, als nötig gewesen wäre – obwohl es für Gangster noch viel zu früh war.

Nichtsdestoweniger war ich darauf eingestellt, mich jederzeit auf den Boden zu werfen. Ich wartete auf Schreie. Weil ich sie schon einmal gehört hatte, auf dieser Straße, an dieser Kreuzung. Ich hatte die Menschen rennen sehen. Pilze nannten die Gangster sie, Leute, die genau zur falschen Zeit auftauchten.

Gelegentlich wurde ein Passant von einer Kugel erwischt, aber die Gangster hielten die Mieten niedrig, niedrig genug für eine Gruppe von Frauen, die so gegen Profit eingestellt waren und so wenig Angst vor Kugeln hatten, wie es für die Frauen der Roten Dora zweifelsohne zutraf.

Ich ging hinein. Dora war damit beschäftigt, Milch aufzuschäumen und Kaffee auszuschenken. Dora war nicht gepierct, zumindest nicht sichtbar, aber sie hatte einen Bart. Keinen klassischen Damenbart, sondern einen dunklen Fleck unter dem Kinn. Unter Protest der Wartenden ging ich auf den Tresen zu; sie standen Schlange und warteten auf ihre Cappuccinos, Milchkaffees, Sandwiches mit Erdnußbutter und Marmelade, Müsli-Riegel, Bagel und Biere. Ihre Kleidung war abgetragen. Dafür blitzten überall auf ihrer Haut kostbare Metalle und Edelsteine, wie Tautropfen an schläfrigen Kindern. Kindern, die in der Gosse schliefen.

»Dora, du erinnerst dich an mich – Emma Victor? Kennst du Gurl Jesus?«

»Worum geht es?«

»Arbeitet sie hier?«

»Kann sein.«

»Laß uns einen Moment nach draußen gehen.«

»Also –« Die Menschen in der Schlange waren ungeduldig. Sie brauchten ihr Koffein.

»Brenda, kannst du dich kurz um die Leute kümmern?«

Eine schlaffe Blonde erhob sich mit Mühe von einem Metallrohr-Stuhl und schlenderte hinter den Tresen. Dora deutete mit einem Ruck ihres Kopfes nach draußen, auf etwas, das wohl der Garten sein sollte.

Ein Hund ohne Marke lehnte gegen eine Reihe gestohlener Fahrräder und ließ seine Ohren spielen.

Dora führte mich zu einem Autositz, der notdürftig mit Klebeband geflickt war. Vorsichtig ließ ich mich auf den Sprungfedern nieder, die vom Kunststoffbezug kaum im Zaum gehalten wurden, und sandte ein leises Gebet gen Himmel, das mich vor einer Pfählung bewahren sollte.

»Also, dieses Jesus-Girl –«

»Sie heißt Gurl. *G-u-r-l.*«

»Egal. Arbeitet hier?«

»Wer will das wissen?«

»Hör mal, Dora, falls Gurl plötzlich die Biege gemacht hat –«

»Das habe ich nicht gesagt.«

»Aber du wunderst dich, warum sie heute nicht zur Arbeit erschienen ist. Der Laden kommt mir heute ein bißchen unterbesetzt vor. Und Brenda sieht so aus, als käme sie kaum mit einem feuchten Schwamm zurecht.«

»Vielleicht ist Gurl ja krank geworden.«

»Du willst es mir nicht sagen, schon gut. Aber deine Freundin mit der Polaroid steckt in Schwierigkeiten.«

»Das ist doch nichts Neues.«

Ich hörte etwas, das ein Auto mit einer Fehlzündung, ein Böller, ein Schuß gewesen sein konnte.

Dora ließ das kalt.

»Wo kann ich sie finden?«

»Emma, worum geht es denn überhaupt?«

»Ich ermittle im Todesfall – im Mordfall – Tracy Port.«

»Diese Schlampe!«

»Na, na! Was hat sie dir denn getan, Dora?«

»Ihr gehört eine Eigentumswohnung im Victoria-Mews-Komplex. Gleich die Straße runter. Das Viertel soll saniert werden. Und sie wollen uns raus haben. Einmal haben sie es mit einer Unterschriftenliste versucht. Aber sie haben kläglich versagt. Wir tun unser Bestes, um eklig zu sein, und direkt vor ihrer Nase.«

»Hat es viele Feindseligkeiten gegeben?«

»Oh ja. Tracy Port, aber es war diese – diese widerliche Freundin von ihr – die Zerstörerin aus den Südstaaten.«

»Du meinst Deborah Dunton?«

»Ja. Sie hat ein Apartment da oben und einen Sitz in jedem Vorstand der Stadt. Leben und leben lassen ist nicht gerade ihr Motto. Sie ist vor drei verschiedene Stadtteilkommissionen gegangen, um gegen unsere Ausschanklizenz Einwände zu erheben. Du weißt ja, die einzigen Partys, die es überhaupt wert sind hinzugehen, sind ihre Zweihundert-Dollar-Wohltätigkeitsveranstaltungen.«

»Sie gehört auch dem Vorstand der Bibliothek an. Dem Vorstand, der Tracy Port eingestellt hat.«

»Und jetzt ist Tracy tot«, sagte Dora nachdenklich. »Wer hat uns denn den Gefallen getan?«

»Ich weiß es nicht. Genau das versuche ich herauszufinden. Gurl Jesus war dort.«

»Sie ist keine Mörderin.«

»Aber Menschen mit Kameras am Tatort eines Verbrechens sind immer von Interesse.«

Dora stieß einen Pfiff aus. »Könnte natürlich sein«, sagte sie langsam.

»Also, wo steckt Gurl Jesus?«

Dora sah mich an, preßte ihre Lippen fest zusammen und schwieg.

»Ich arbeite nicht für die Bullen. Ich arbeite für Helen Thomas und versuche, sie zu entlasten.«

»Und?«

»Vielleicht im Namen abhandengekommener Schwesterlichkeit–«

»Tut mir leid, ich habe keine Ahnung, wo ich die gelassen habe.«

»Und was ist damit, Gurl Jesus' Arsch zu retten?«

»Glaubst du wirklich, sie ist in Gefahr?«

»Ich fange langsam an, das zu glauben. Besonders, weil ihre Freundinnen für meinen Geschmack ein etwas zu großes Geheimnis daraus machen, wo sie ist. Es gibt einen Mörder, der frei herumläuft. Und Gurl Jesus ist mit ihrer Kamera am Tatort gewesen.«

»Hmm.« Dora dachte darüber nach.

»Wo wohnt sie, Dora?«

»Das spielt keine Rolle mehr.«

»Wieso?«

»Sie hat heute morgen angerufen. Sagte, sie würde kündigen.«

»Ziemlich kurzfristig.«

Dora zuckte die Achseln. So etwas wie eine *Kündigungsfrist* schien es bei der Roten Dora nicht zu geben.

»Also, warum? Welchen Grund hat sie dir genannt?«

»Hier gibt es eine Menge Leute, die plötzlich verschwinden. Vielleicht gehört Gurl dazu.«

»Außer daß so etwas am Tag nach einem Mord ein bißchen komisch wirkt.«

»Hier wirkt alles komisch.«

»Du wirst es nicht zum Lachen finden, wenn sie als Leiche wieder auftaucht.«

Dora hatte die Güte, leicht verletzt auszusehen.

»Also, was hat sie gesagt? Hat heute morgen angerufen, gesagt, daß sie kündigt, die Stadt verläßt ...«

»Etwas in der Art. Sagte, sie wäre zufällig auf was Gutes gestoßen, würde die Gegend für eine Weile verlassen. Sie war ziemlich aufgekratzt.«

»Wo kann ich sie also finden?«

Dora schwieg.

»Hatte sie vielleicht noch ein, zwei Dinge zu erledigen, bevor sie abhaut?«

»Mußte ihren Scheck abholen. War vorhin hier.«

»Und wo ist sie dann hin?«

Schweigen.

Und dann ging es mir auf. Was tun die jungen Frauen der Roten Dora, Mädchen, denen eine große Lebensveränderung bevorsteht, Mädchen, die ein bißchen Extrageld in der Tasche haben und auf Reisen gehen wollen, was *tun* die?

»Ist sie im *Gambit,* Dora?«

Dora gab nichts zu. »Das hast du nicht von mir.«

»Sag mir einen Namen, Dora.«

Dora dachte darüber nach. Wir dachten beide darüber nach. Gurl Jesus war am Tatort eines Mordes gewesen. Gurl Jesus hatte eine Kamera. Plötzlich auf was Gutes gestoßen zu sein konnte für eine übermäßig selbstbewußte Zwanzigjährige auch großen Ärger bedeuten.

»Thad«, sagte Dora.

Mehr brauchte sie nicht zu sagen. Binnen Minuten war ich aus der Tür, lief schnell außer Schußweite der Mietskasernen und sah die

Immobilienpreise in die Höhe steigen, als ich den langen Hang ins Castro Village hinunterlief.

Der Müll wich Gardenien. In der Morgensonne blitzten Türknäufe und Briefkästen aus glänzendem Messing. Ah, das Castro, hier gab es den besten Piercing-Palast von ganz San Francisco, das *Gambit.* Dort arbeitete ein gewisser Thad, der Gurl Jesus wahrscheinlich schon mehr als einmal bearbeitet hatte. Piercing war ein sehr persönliches, ritualisiertes Erlebnis, und ich wußte, daß die Leute gern zu ihrem ersten Piercer zurückkehrten.

Obwohl Sonntag war, befand sich eine lange Schlange vor dem Laden. Sich piercen zu lassen war anscheinend das, was man am Sonntag morgens tat, stellte ich fest, als ich nach oben in die Lobby ging.

An den Wänden aufgereiht hingen Poster mit gepiercten Genitalien, die in verschiedene Richtungen gezerrt und gezogen waren wie merkwürdige, fleischige Fallschirme. Ich vermied es, hinzuschauen, und musterte eingehend das Personal, das seinen Kunden und Kundinnen im Namen der Schönheit solche Schmerzen zufügte. Ganz und gar in Schwarz gekleidet, mit Rollkragenpullover und samtenen Slippern, zeigte eine Verkäuferin einem Kunden die neuesten Eichelringe. Unter keinen Umständen würde ich mich in die Schlange einreihen.

Unter dem Personal war nur ein Mann. Sein getrimmter Spitzbart wurde von zwei silbernen Steckern in seiner Unterlippe betont. Seine Augenbrauen waren perforiert, die vielen Ringe über den wasserblauen Augen erinnerten an einen Duschvorhang. Der Piercer war damit beschäftigt, eine Kundin zu beraten.

»Ein Zirkon kann genauso gut aussehen.«

»Bist du sicher?« *Sie* war sich nicht sicher.

»Naja, niemand wird es merken, außer–«

»Mein Freund ist Juwelier.«

»Nun, Süße, was willst du dann hier?«

»Ich muß ihn erst an den Gedanken gewöhnen. Dann werde ich ihn dazu bringen, mir einen Diamanten zu machen.«

»Also, nimmst du den Zirkon?«

»Ja.«

»Gut, unterschreib einfach diese Verzichtserklärung–«

»Entschuldige bitte«, ging ich dazwischen.

Die blauen Augen sahen nicht in meine Richtung, aber die Stimme sagte: »Du mußt warten, bis du an der Reihe bist.«

»Aber ich brauche nur eine Auskunft.«

»Wie ich schon sagte, du mußt warten, bis du an der Reihe bist.«

»Arbeitet hier jemand namens Thad?«

»Er ist beschäftigt.« Die Lippen des Mannes waren wie zusammengeklammert.

»Hat er eine Kundin namens Gurl Jesus?«

»Ich kann die Namen unserer Kunden nicht preisgeben.« Gereizt.

»Und wenn sie sich in großer Gefahr befinden?«

»Ich mache hier nur Körperschmuck, meine Liebe, nichts Tödliches. Ich bin wirklich beschäftigt. Wenn du also bitte warten würdest, *bis du an der Reihe bist.*«

»Kann ich den jetzt eingesetzt bekommen?« Die Frau setzte ihre Ellenbogen ein, um sich vor mich zu drängen. Sie hielt den Zirkon an ihre dunkle Haut, in die Falte zwischen Wange und Nase. Der Zirkon funkelte voller Vorfreude, und sie lächelte.

»Ja, geh einfach in – mal sehen – Kabine Nummer drei.« Er schob sie schnell in die Richtung. »Ich werde Georgia zu dir schicken.«

Die lange Schlange ungeduldiger Kundschaft ignorierend, zischte mich der junge Mann an: *»Wer bist du?«*

»Eine Freundin von Gurl Jesus. Emma Victor. Ich muß -«

»Nun, wir haben wahnsinnig viel zu tun, und ich kann die Namen unserer Kunden nicht preisgeben.«

»Hat Gurl Jesus Thad vielleicht ein anständiges Trinkgeld spendiert, damit sie schnell bedient wird?«

»Ich kann meine Zeit nicht mit dir verplempern. Ich habe reichlich–« Dann kam das, was ich gesagt hatte, bei ihm an. Ich sah, wie sein Gehirn arbeitete, wie er im Geiste meine Brieftasche durchblätterte. Mit einem plötzlichen Bühnenschrei sagte er: *»Wenn ich dir deine Nase piercen soll –«*

»Gut.«

»*Was?*«

»Du erzählst mir von Gurl Jesus«, flüsterte ich.

»Zweihundert Dollar.«

»Einhundert.«

»Hundertfünfzig.«

»Hundert.«

Pause. »Na gut. Hundert.« Wieder sein Bühnenflüstern. »Das sind dann, laß mich sehen, das Piercing, der Stein, und möchtest du auch das Desinfektionsmittel? Wir empfehlen das Desinfektionsmittel. Es ist sehr lindernd. Hilft Entzündungen vorzubeugen.«

»Nur, wenn du mir was über Gurl Jesus erzählst.«

Er nickte mir zu.

»Du wirst mir was über Gurl Jesus erzählen?«

»Ja.«

»Übrigens, keinen Zirkon. Ich will diesen, *diesen* Stecker eingesetzt haben.« Ich deutete auf einen Diamanten, der auf schwarzem Samt glitzerte. »Und alles über Gurl.«

Er nahm eine Rundzange heraus. »Ich muß den Stecker erst zurechtbiegen, so daß das Ende ein bißchen umgebogen ist. So wie diese hier.« Er deutete auf den schwarzen Samtkasten, in dem Edelsteine mit rundgebogenen Steckern glitzerten. »Das gebogene Ende hält ihn in deiner Nase fest, du wirst keinen Verschluß in deiner Nase haben wollen. So werden Nasenstecker immer eingesetzt.« Er hielt den Diamanten hoch, damit ich ihn begutachten konnte, und ich nickte. »Das macht dann einhundertundfünfunddreißig Dollar. Zahlst du bar oder mit Kreditkarte?«

Ich holte meine Plastikkarte raus.

»Hier entlang, Miss.« Seine samtenen Slipper glitten lautlos über den gekachelten Fußboden. »Übrigens, ich bin Thad.«

»Oh, *du* bist Thad.« Aber er war vor einer der vielen Kabinen stehengeblieben, die durch lilafarbene, nicht ganz bis auf den Boden reichende Samtvorhänge abgeteilt waren. Ich ließ einen Vierteldollar fallen und blickte im Bücken schnell unter alle Vorhänge. Nirgends konnte ich die Kampfstiefel oder die zerschlissenen Strümpfe von Gurl Jesus sehen. In einer Kabine standen hochhackige Schuhe und

Bass Wejuns einem Paar Samtslipper gegenüber. In der Kabine nebenan waren nur Slipper und überhaupt keine anderen Füße.

Es wurde Kammermusik gespielt, vielleicht Mozart; die Inneneinrichtung war steril. Das Sterilisationsgerät blubberte vor sich hin, der Untersuchungstisch aus Leder war mit einem breiten Streifen weißen Papiers abgedeckt. Das Ganze sollte vertrauenerweckend wirken. Alles, was ich wollte, war Gurl Jesus' Aufenthaltsort, es war mir ziemlich egal, ob mir die Nase gepierct wurde oder nicht. Aber es war wohl besser, daß ich mich in einer sterilen Umgebung befand.

Alles war weiß. An den weißen Wänden standen weiße Einbauschränke. Ich mußte an all die Leute denken, die sich in diesem Moment in diesem Gebäude piercen ließen. Womit sie wohl Penisse piercten? Thad öffnete einen der Schränke. Mir wurde klar, daß ich nicht wissen wollte, was sich darin befand.

»Wird es diesmal wehtun?« Eine schroffe, aber nervöse Stimme erklang aus der Kabine nebenan.

»Nur an der Spitze.«

An der Spitze. Ich versuchte mir vorzustellen, was in der Kabine neben uns vor sich ging, wo sich gerade jemand hinlegte.

»Also, kannst du mir sagen, ob Gurl Jesus heute morgen hier gewesen ist?« fragte ich ihn leise.

»Autsch! Verdammt, das hat wehgetan!« Ein Schrei von nebenan. Thad ignorierte ihn.

»Ich pierce Gurl Jesus immer, wenn sie kommt«, sagte er. »Außer, wenn wir sehr viel zu tun haben, so wie heute.«

»Weißt du, wo sie jetzt wohnt?«

»Nein. Halt jetzt still.« Er hielt mein Kinn fest, richtete eine Zahnarztlampe auf mein Gesicht und untersuchte die Form meiner Nase, die kleine Hautfalte zwischen Nase und Wange, die Form meiner Nasenlöcher. Da war mit Sicherheit eine Menge Platz. Er stellte die Lampe fest, und ich wurde von dem hellen Licht geblendet.

»Das ist verdammt hell!«

»Um so besser, wenn ich dich piercen soll, meine Liebe.« Dann holte er einen Kugelschreiber heraus und berührte damit meine Nase. Er hielt einen silbernen Handspiegel hoch, damit ich den kleinen blauen Punkt sehen konnte, wo der Diamant verankert werden würde.

»Nein, ein Stück zurück.«

»Da?«

»Ja.«

Thad kam mit etwas auf mich zu, das an Flash Gordons Radargewehr erinnerte. Abgesehen davon, daß dieses Ding zusätzlich ein nadelscharfes Bajonett am Ende hatte. In seiner anderen Hand hielt er etwas, das wie ein Plastikstrohhalm von gut einem Zentimeter Durchmesser aussah.

»Mal langsam. Hier läuft nichts, bevor du mir nicht einen Tip gibst«, sagte ich. Thad hielt inne. Der Diamant wartete geduldig auf einem sterilen Tablett.

»Hast du das gespürt?« von hinter dem Vorhang.

»Nein.«

»Gut, ich mach jetzt noch eins.«

»Okay. Du beeilst dich, ja?«

»Zwei haben wir schon, bleiben noch vier –« hörte ich über den Vorhang hinweg.

»Gurl Jesus muß irgendwo ein Atelier oder so etwas haben.«

»Ja, ich habe davon gehört.«

»Okay, bevor du mir das Ding in die Nase jagst, sagst du mir wo –«

»Nur noch eins«, sagte die Stimme auf der anderen Seite des Vorhangs.

»Gut! Ich muß –«

Und dann erkannte ich die Stimme, die zu dem Körper gehörte, dem da gerade ein, zwei, drei, nein sechsmal an irgendeiner Stelle Löcher gestochen wurden. Aber noch bevor ich von der Liege hochkommen konnte, hatte Thad mir das Silikonröhrchen ins Nasenloch gesteckt und seine Piercingpistole auf meinen Nasenflügel gesetzt.

»Stillhalten!«, befahl er. »Okay, Gurl, du kannst verschwinden«, rief er über den Vorhang hinweg. *»Lauf!«*

Er preßte seine Piercingpistole fester gegen meine Nase. »Halt einfach nur still. Nase und Augen liegen verdammt nah beieinander, weißt du.«

Soweit ich mich erinnern konnte, hatte ich noch nie jemanden mit einem gepiercten Auge gesehen. Und ich fand, ich mußte nicht unbedingt die erste sein.

Also blieb ich sitzen und hörte diejenige, die Gurl sein mußte, von der Liege aufstehen. Sie zog ihre zerlumpten Strümpfe hoch und machte den Reißverschluß ihres Satinkleides zu. Dann folgte das Geräusch von Kampfstiefeln, die zur Hintertür des *Gambit* liefen und eine für San Francisco typische Holztreppe hinunterpolterten. Gurl Jesus auf der Flucht vor Informationen, die ihr vielleicht das Leben retten konnten. Falls ich mit meiner Ahnung richtig lag. Aber damit lag ich auch manchmal falsch, dachte ich. Als nächstes spürte ich einen durchdringenden Schmerz, für den Bruchteil einer Sekunde, einen kurzen Moment des Unbehagens, als ein Diamant dauerhaft in meinen Nasenflügel eingesetzt wurde.

KAPITEL ZEHN
Düsteres Krippenspiel

Sobald Thad die Schönheitswaffe von meinem Gesicht zurückgezogen hatte, schnappte ich sie mir und rannte damit aus der Kabine, an all den lilafarbenen Vorhängen vorbei, hinter denen die übrige Kundschaft gelöchert wurde. An der Rückseite des Gebäudes konnte ich noch immer Gurl Jesus' Boots hören, auf einer offenbar ziemlich wackeligen Holztreppe. Ich folgte dem Geräusch und erreichte eine kleine Terrasse, von der aus man ein Labyrinth von Gärten und Zäunen übersehen konnte. Die Piercingpistole lag schwer in meiner Hand.

Gurl Jesus kletterte über Redwoodpalisaden, trampelte durch Orchideengärten und Beete mit Bartiris, hochgezüchteten Mischhortensien und all den anderen Dingen, die schwule Jungens in San Francisco so anpflanzten. Ich folgte dem zerlumpten Rücken der Fotografin auf ihrem Hindernislauf durch florentinische Vogelbäder, Wasserspeier und dekorative Notre-Dame-Nachbildungen.

Gurl rannte schnell. Das war auch gut so, denn es konnte sich nur noch um Sekunden handeln, bevor wütende Gärtner auftauchen, angesichts des Zustands ihrer Gladiolenbeete ihre Fäuste schütteln und gackern würden wie aufgescheuchte Hennen. Dann zuckten sie gewöhnlich mit den Schultern und arbeiteten ihren Frust im Fitneßstudio ab, indem sie sich riesige Bizepse züchteten. Ach ja, so war sie, die Kultur der weißen Mittelklasse-Schwulen in San Francisco. Ich konnte Gurl Jesus' Bizeps erkennen, als sie gerade über ein Beet mit Bartiris sprang. Eine andere Art von Bizeps, eine andere Art von Kultur.

»Gurl – warte doch!« rief ich. Aber die einzige Antwort war das dumpfe Stampfen von Gurl Jesus' Kampfstiefeln, die durch zartrosa Tulpen torpedierten. Sie nahm einen Steinlöwen im Bocksprung und blieb mit ihrem Strumpf an einer Palisade hängen. Der zerriß und ließ einen kleinen schwarzen Fetzen im Draht zurück, aber Gurl sah nicht einmal auf. Sie ließ sich nicht anmerken, ob sie mich gehört hatte. Genau der Typ von Mädchen, die nie einen Rat annahmen. Jesus.

»Gurl, bleib stehen! Bitte!«

Sie lief einfach weiter.

»Gurl, du hast dich mit finsteren Typen angelegt. Gurl, laß dich nicht ein mit einem –« Aber ich wußte, daß sie nicht auf mich hören würde. Sie verschwand über eine letzte Palisade, und ich kam nie dazu, meinen Satz zu beenden. Ich zielte mit der Piercingpistole auf den Zaun, über den die junge Fotografin gesprungen war, und machte einen Trockenschuß. Sie kam wahrscheinlich irgendwo auf der Achtzehnten Straße heraus. Aber ich würde nicht hinter ihr herjagen.

Ich würde auch nicht die Dinge niedertrampeln, die schwule Jungs anpflanzten. Ich würde mir eine Menge Ärger ersparen und mit Gurl Jesus' Adresse das *Gambit* durch den Haupteingang verlassen. Denn schließlich, dachte ich mir, als ich die Piercingpistole in meiner Hand betrachtete, konnte ich sie mir ganz einfach besorgen – indem ich Thads Eier an die Wand nagelte.

Er war genau hinter mir, dachte wohl, er wäre leise. Ich drehte mich ohne Vorwarnung um und stieß die Pistole schnell zwischen seinen Oberschenkel und seinen Schritt. Dort befand sich eine große Arterie. Er wußte es, und ich wußte es ebenfalls.

»Das wird kein Piercing, Thad. Ich könnte abdrücken, aber auf der anderen Seite würde nichts herauskommen. Es wird bluten. Und es wird wehtun.«

»Schau –«

»Gib mir die Adresse von ihrem Atelier, Thad.«

»Deine Nase! Laß mich einen Blick auf das Piercing werfen –«

»Mit meiner Eitelkeit kommst du nicht weiter. Ich bin sauer, Thad, verdammt sauer.«

»Mir schlottern die Knie«, spottete er.

»Gut«, sagte ich und preßte die Pistole tiefer in seinen Oberschenkel. Das war nicht gerade die Art Körperkontakt, nach der mich an einem Sonntag morgen gelüstete. Der Lauf der Waffe steckte jetzt tief in Thads Schritt, tief im derben Material seiner Arbeitshosen.

Sein Oberschenkel war muskulös, und ich mußte stetigen Druck ausüben, um die Pistole dort zu halten. »Glaub ja nicht, daß ich's nicht tun werde, Thad. Ich weiß, daß du die medizinische Ausrüstung hast, um eine schnelle Naht oder Aderpresse zu machen, wenn ich deine Arterie zum Platzen bringe. Ich weiß, daß es keine bleibenden Schäden verursachen wird. Nur ein kleiner unvorhergesehener Aderlaß, der dich schwächen wird. Eben hast du mir die Pistole an die Nase gesetzt, Thad. Jetzt machen wir es mal umgekehrt. Jetzt bin *ich* dran.«

»Ich habe doch nur einer Freundin geholfen –«

»Ja, sich Ärger einzuhandeln.«

»Was weißt du denn schon.«

»Ich weiß, daß ich gleich die Geduld mit dir verliere. Und es würde mir nichts ausmachen, abzudrücken. Überhaupt nichts. Wirst du mir erzählen, wo sie wohnt, oder sollen wir erst ein paar Löcher machen, zur Übung?« Ich hatte ihn mit dem Rücken zur Wand.

Thad hatte seinen Kopf zurückgelegt und ermöglichte mir einen Blick auf seine Bartstoppeln und weitere Arterien, in die ich die Waffe stechen konnte. Er hatte sein Kinn hoch in die Luft gereckt und leckte sich die Lippen. Verdammt noch mal, ihm machte das auch noch Spaß! Das konnte nur mir passieren. Ein Masochist.

»Sprich mit mir, Thad«, gurrte ich und brachte die Waffe hoch an seinen Hals.

»Nur zu!«

»Hartgesotten, was?«

»Ich habe schon eine Menge Schmerzen ausgehalten.«

»Auch solche, die dich erwarten, wenn ich die Polizei rufe und ihnen erzähle, daß du eine Mordkomplizin deckst?«

»Du hast nichts gegen mich in der Hand.«

»Aber du machst bestimmt interessante Erfahrungen, wenn du dir im Gerichtsgebäude die Beine in den Bauch stehst, Thad. Ich habe gehört, daß Piercings hinter Gittern nicht so gut ankommen. Ich habe von einem gehört, der –«

»Ja, ja, schon gut. Die Geschichte habe ich auch gehört. Du brauchst sie nicht zu wiederholen. Wenn du Gurl Jesus unbedingt finden willst, geh und rede mit ihr. Geh in ihr Atelier. South of Market.«

»Wo?«

»Irgendwo.«

»Wo, Thad?« Ich hielt die Waffe in die Nähe der Halsschlagader. Würde ich abdrücken? Ich war mir nicht sicher. Es war nett, nicht sicher zu sein. Es verlieh meiner Stimme eine gewisse Schärfe.

»Rede.« Ich preßte den Lauf der Waffe in seinen Hals. Seine kurzen schwarzen Bartstoppeln schienen sich aus der Haut zu schieben. Ich konnte seine Vene pulsieren sehen.

»Irgendwo bei diesem Säuferpark.«

»Den Straßennamen, Thad. Die Hausnummer. Du bist auf dem Weg ins Gefängnis, wenn ich sie nicht finde.«

»Sumner Alley. 540.«

»Jetzt hör auf zu zittern, Thad, der nächste Kunde wartet schon.« Ich nahm die Waffe von seinem Hals.

Er blieb einen Moment still stehen. »Nun, das muß ich dir lassen«, murmelte er und massierte sich den Hals. »Ich habe noch nie erlebt, daß eine nach einem Piercing einfach aufsteht und losrennt – so wie ihr beide, du und Gurl Jesus.« Thad zog seine perforierten Augenbrauen bewundernd in die Höhe, er schien es ehrlich zu meinen. Mir fiel das Loch in meiner Nase wieder ein. Ich schielte an meiner Wange hinunter und konnte das Funkeln des Diamanten erkennen, getrübt von etwas Dunklerem, wie Blut. Wovon sprach Thad? Von meiner gepiercten Nase?

»Entschuldige, du hast noch immer ein bißchen Blut an deiner –« Er streckte eine Hand aus, aber ich stieß sie weg. »Normalerweise müssen sich die Leute nach dem Piercing hinlegen, sie sehen Sterne, oder ihnen wird heiß.«

Urplötzlich *war* mir heiß, und Sterne brannten helle weiße Löcher in mein Bild von Thad und der hinteren Terrasse des *Gambit*. Der Boden. Ich könnte zu Boden fallen, dachte ich, doch gerade rechtzeitig wurde mir klar, was für ein blöder Gedanke das war. Alles, was ich tun konnte, war, die Adresse zu wiederholen: »540. Sumner Alley. South of Market. Neben dem Säuferpark.«

Ich gab dem Jungen seine Pistole zurück und rannte zum Vorderausgang des Gebäudes, vorbei an der geduldigen Kundschaft, die darauf wartete, gepierct zu werden. »Nette Nase«, rief jemand, als ich die Treppe runterlief. Ich berührte den winzigen Diamanten und rannte auf die Straße. Ich angelte mir ein Taxi und nannte dem Fahrer die Adresse in der Sumner Alley. Ich würde vor Gurl Jesus dort ankommen, dachte ich zuversichtlich. Ich würde sie schon von ihrem Plan abbringen. Aber wahrscheinlich hätte ich mehr Erfolg damit gehabt, Tracy Port von den Toten zu erwecken.

Das Taxi ließ mich South of Market raus. SoMa ist San Franciscos SoHo, wo du an jeder Ecke einen Cappuccino bekommst und auf einen Schnorrer triffst. Paß auf, wo du hintrittst, die Gegend ist ein einziges Pissoir, seit die Stadtverwaltung beschlossen hat, keine öffentlichen Toiletten mehr zu finanzieren. Verweile nicht mit deinem Blick auf den exotischen Schildern, die über der Straße hängen. Gipskühe, Regenbogen, diskrete Lokale mit italienischen Speisekarten. Dies ist die Kreuzung von Fusel und Pennerglück. Heb deinen Blick nicht vom Asphalt, du könntest auf etwas Ekligem ausrutschen.

Oder du könntest dich hier niederlassen und monatlich mehrere tausend Dollar für eine wichsige Designerhütte zahlen, die gerade groß genug ist, um sich darin umzudrehen. Aber angesagt, verdammt angesagt.

In der Sumner Alley gab es ein paar dieser Designerhütten und eine Reihe uralter Holzgebäude – ehemalige Ladengeschäfte, die in Wohnraum umgewandelt worden waren. Im Säuferpark, die Straße runter, stellte ein großes Wandgemälde mexikanische Revolutionäre dar und beglückte obdachlose Menschen mit dem farbenfrohen Bild einer Revolution, die hier niemals stattfinden würde.

Ein paar vom Pech verfolgte Männer wärmten sich die Hände über einem Ölfaß, in dem ein Morgenfeuer brannte. Auf einem Stück Wellblech lagen die Reste einer Pizza. Die Männer sahen verschlafen aus und rieben sich die Augen. Es war gerade erst halb zehn.

Gurl Jesus' Atelier befand sich im viktorianischen Reihenhaus. Ich stieg eine Holztreppe hoch und wurde von einem Drahtverhau aufgehalten, der den Eingang bewachte. An das Türgitter war eine Metallplatte mit sieben Türklingeln geschweißt. Aus der Rückseite der Platte baumelte ein Fadenspiel von Drähten, das im Türrahmen endete, wo es mit – wie konnte es anderes sein? – Klebeband befestigt war.

Ich besah mir die fehlenden Namen auf den Klingeln. Du mußtest schon wissen, wer hier wohnte, wenn du jemanden besuchen wolltest. Vielleicht brauchtest du sogar eine geheime Losung. Oder eine gepiercte Nase. Durch ein dünnes zweiadriges Kabel stellten die sieben glänzenden Klingelknöpfe die Verbindung zu sieben kargen, aber zähen Leben her. Sieben Klingeln. Und eine davon mit einem Kreuz. Das mußte Gurl Jesus sein.

Ich drückte die Klingel, aber nichts rührte sich. Also war Gurl Jesus noch nicht zu Hause. Jeden Moment, dachte ich. Jeden Moment würde ich sie sehen, mich höflich mit ihr unterhalten und ihr mit etwas Glück das Leben retten. Ich ließ mich auf einem Pfeiler nieder, der in der Nähe stand.

Ich wartete und wartete. Ich dachte an Frances und fragte mich, wo sie steckte und warum sie mir eine falsche Nummer hinterlassen hatte, ob aus Versehen oder mit Absicht. Ich dachte über Fehler im allgemeinen nach, über Fehler, die ich in dieser Beziehung gemacht hatte, und wie ich ein besserer Mensch hätte sein können. Dann ließ ich diese fruchtlose Grübelei bleiben. Ich konnte kein besserer Mensch sein – ich war nunmal die, die ich war. Ich hätte beinahe einen One-Night-Stand mit einer anderen Frau gehabt, mehr nicht. Ich hatte keine Ahnung, ob der Seitensprung wundervoll oder eine große Enttäuschung geworden wäre. Und ich wollte es auch nicht herausfinden. Aber hatte Frances es für sich schon herausgefunden?

Ich wollte nicht darüber nachdenken, wie es gewesen wäre, Frescas Finger in mir zu haben, denn alles, was ich wirklich wollte, war Frances in meiner Nähe. Meine Freundin, die nicht an Dyslexie litt, eine Forscherin, deren Zahlen bisher immer gestimmt haben.

Hätte ich doch bloß besser auf den Forschungsbericht aufgepaßt, Teufel noch mal.

Ich setzte mich auf die kleine Veranda und sah den Pennern zu, wie sie Frühstück machten. Einer der Männer wischte mit seinem Finger den Rand eines Erdnußbutterglases aus. Ein anderer reichte eine zerbrochene Flasche herum, vermutlich Portwein. Von meinem Platz aus konnte ich Heilsarmee-Besteck und angeschlagenes Porzellan mit Silberrand erkennen. Einer der Männer spielte den Gastgeber, schnitt die restliche Pizza in gleiche Teile, legte sie auf einem Stück Schornsteinabdeckung zurecht und hielt es über das Feuer, um sie aufzuwärmen. Die anderen Männer tranken und starrten vor sich hin, warteten auf ihr Frühstück.

Ich musterte die Häuser von oben bis unten; sie standen so dicht zusammengedrängt, daß kein Regentropfen dazwischen fallen und kein Unkraut dazwischen wachsen konnte. Wo Leute wohnten, war die Holzfassade mit Jalousien verblendet, die Lamellen dicht geschlossen. Kein Verkehr. Kein Leben. Es war Samstag morgen. San Francisco schlief heute aus.

Ich sah mir noch einmal die Klingeln an und zählte die Fenster auf der Stirnseite des Gebäudes ab. Die Apartments mußten sich weit in das Gebäude hinein erstrecken, um die Anzahl von Bewohnern unterzubringen, die der Zahl der Türklingeln entsprach. War Gurl Jesus gekommen und gleich wieder gegangen? Oder versteckte sie sich in ihrer Wohnung? Wartete sie auf ein geheimes Signal? Ich drückte zweimal auf ihre Klingel, hielt inne und klingelte noch einmal. Ich setzte mich wieder hin, bis ich das Sitzen leid war. Ich hielt weiter nach Gurl Jesus Ausschau, die jeden Moment in ihren zerrissenen Strümpfen um die Ecke biegen mußte. Die Straße entlang, am Penner-Frühstück vorbei, zur Begrüßung winkend. Sie würde erschrecken, wenn sie mich sah, aber sie würde stehenbleiben. Sie würde stehenbleiben, und sie würde mir zuhören, und sie würde nicht tun, was sie tun wollte.

Aber Gurl Jesus kam nicht diese Straße entlang. Ich wechselte auf die andere Straßenseite und betrachtete ausgiebig die abblätternde Farbe an der Stirnseite ihres Blocks. Auf der rechten Seite war ein weiteres Kreuz über eine Tür geritzt, zu der drei Treppenstufen hinunterführten. Laß die Inquisition an diesem Haus vorübergehen. Gurl Jesus, Feministin der dritten Generation, war keine Heidin. An ihrer Tür hatte sie einen Aufkleber angebracht: ›Ich bin für Abtreibung und ich *randaliere*!‹

Das Apartment im Souterrain. Es war so still in der Sumner Alley. Keine glückliche, zufriedene Stille. Aber wahrscheinlich war das nur meine Phantasie, die sich einmischte. Frances war in Seattle, und ich war beinahe fremdgegangen. Alles meine Schuld, meine schwere Schuld.

In diesem Moment beschloß ich, in Gurl Jesus' Haus einzubrechen. Und das war gut so. Hinterher würde es nicht mehr so ruhig zugehen in der Sumner Alley.

Neben der Tür befand sich ein kleines Milchglasfenster. Es war schmal, aber trotzdem ein wenig breiter als meine Hüften. Ich legte meine Finger unter den Rahmen. Trockene Kittbrösel rieselten auf meine Hände. Falls das Fenster verriegelt war, konnte ich es sicherlich auseinandernehmen.

Ich sah mich um. Die Penner nahmen sich ihre Pizzastücke vom heißen Blech und verbrannten sich dabei fast die Finger. Sie beachteten mich nicht. Sie hatten nicht ein einziges Mal in meine Richtung gesehen.

Mit einem kräftigen Ruck hatte ich das Fenster offen, sprang über die Fensterbank und landete in einer dunklen Höhle, Gurl Jesus' Atelier. Vorsichtig schloß ich das Fenster hinter mir; die verrottete Holzkante traf sanft wie eine Katzenpfote auf die Fensterbank. In diesem Moment wäre ich gern eine Katze gewesen.

Gurl Jesus' Atelier war dunkel wie der Dschungel, feucht und moderig, angefüllt mit Kreaturen und einem Geruch, der mir den kalten Schweiß ausbrechen ließ. Ich betrat den kalten Raum. Nirgends eine Heizung. Ewig kalt.

Der lange schmale Raum glich einem naßkalten Tunnel, an dessen Ende nur wenig Licht zu sehen war. Zwischen mir und dem fernen Licht lag etwas Böses, etwas, das ich nicht finden wollte. Meine Nase rümpfte sich unwillkürlich, und ich mußte meinen Magen in

Schach halten. Mir stellten sich langsam die Nackenhaare auf. Überall standen überquellende Aschenbecher herum, braune Camelstummel, entschlossen ausgedrückt. Kalte Kippen und der Geruch von Kordit. Gurl Jesus hatte den Raum vollgestopft. Von der Dekke hingen kaputte Fahrräder, und die Wände waren mit unzähligen winzigen Polaroidfotos bedeckt, über die Schriftzüge oder Graffiti gesprüht waren. Gurl hatte drei alte Underwood-Schreibmaschinen auf Sperrholz aufgezogen und an die Decke genagelt. Eine Ecke war mit Radkappen verziert, glänzende Schilde von Vehikeln, die Gurl nie gefahren war. Ein Aktenschrank stand offen, zwei Hängeregister ragten heraus. Eine Rolodex-Kartei lag wie ein leeres Riesenrad auf dem Fußboden, jede einzelne Karte herausgerissen. Geschäftskarten von Klienten und Fotostudios waren über den ganzen Betonfußboden verstreut.

Zwei alte Samsonite-Koffer mit herausgerissenem Satinfutter lagen aufgeklappt da und spien die Lieblings-Uraltklamotten aus, die Gurl Jesus und so viele andere jahrelang getragen hatten. Ein Haufen unangetastet gebliebener CDs war zu Plastiktürmen aufgestapelt, und ich sah, daß in allen Ecken teure kleine Bose-Boxen angebracht waren.

In der Mitte des Durcheinanders hatte sich eine Gruppe von düsteren, reglosen Figuren zusammengefunden. Sie standen vornüber gebeugt, als wollten sie den Fahrrädern ausweichen, die beim nächsten Erdbeben auf sie herabstürzen könnten. Ich trat näher. Es waren Tiere – Schafe, ein Kamel – und Männer mit Geschenken. Sie waren aus Gips, genau wie die strohgefüllte Krippe, um die sie sich versammelten.

Gurl hatte irgendwo ein komplettes lebensgroßes Krippenspiel mitgehen lassen. Ich stellte mir vor, wie sie sich in der Weihnachtszeit auf den Rasen einer Kirche schlich. Das Ganze mußte sich mitten in der Nacht abgespielt haben, mit Hilfe eines geliehenen Lasters und ein paar anderen Dora-Lesben. Sie waren bis vor das Kirchenportal gefahren und hatten sich mit der Heiligen Familie in tiefster Nacht aus dem Staub gemacht, um sie anschließend schadenfroh in Gurls Keller-Atelier aufzustellen.

Die drei Weisen aus dem Morgenland hielten ihre Gaben in ausgestreckten Gipshänden. Heroin, Speed, Kokain. Gurl Jesus hatte offenbar ihre eigene Vorstellung von den Gaben und sie auf Päckchen gesprüht, die eigentlich Weihrauch und Myrrhe enthalten sollten.

Eine lebensgroße Jungfrau Maria blickte liebend auf eine Barbiepuppe hinunter, die unbekümmert auf ihrem Arm saß.

An der leeren Krippe kauerte ein Schaf. Irgendwer hatte ihm einen BH auf den Kopf gelegt. Die kleinen spitzen Gipsohren standen zu beiden Seiten aus den kreisrunden Schalen heraus. Bekreuzige dich, dachte ich, als ich erkannte, daß die Hufe des Tieres in einer dunklen, klebrigen Lache standen. Und das war keiner von Gurls üblichen Scherzen.

Außer mir gab es keine Zeugen für den Korditgeruch. Gurls Gipsfamilie starrte mit Gipsaugen auf das hinunter, was nur Blut sein konnte. Mit angehaltenem Atem schlängelte ich mich durch die Skulpturen, vorbei an einem besonders dämlich aussehenden Weisen und einem Kamel, das mit einer Art Kuhglocke um den Hals auf den Hinterbacken am Boden saß.

Da, an den Hufen des Höckertiers zusammengekauert, lag Gurl Jesus. Die junge Fotografin hielt noch immer ihre Polaroidkamera in der Hand. Man hatte ihr gerade ihr letztes Piercing verpaßt. In den Rücken.

Gurl Jesus mußte die eingelaufene Strickjacke im Secondhand gekauft haben, nachdem sie jemand aus Versehen in der Waschmaschine gewaschen hatte. Die enge, verfilzte Jacke klebte an Gurls Rücken, in dessen Mitte es eine kleine Explosion gegeben hatte. Um das Einschußloch herum hatten sich die Maschen aufgelöst; das Garn war vom Schießpulver verkohlt. Der untere Teil der Strickjacke hatte eine Menge Blut aufgesogen. Aber das meiste von Gurl Jesus' Blut war auf den Fußboden getropft.

Die Beine unter dem Kleid sahen aus wie achtlos hingeworfen, eine zerbrochene Puppe in zerrissenen Strümpfen, die Sohlen ihrer Kampfstiefel würden nie wieder den Boden berühren. Gurl lag dem Kamel zugewandt, ein Arm ausgestreckt, als wollte sie hochreichen und seine Schnauze streicheln. Das geblümte Kleid war an den

Seitensäumen mit Sicherheitsnadeln geschlossen, die in bitterer Ironie immer noch hielten.

Ich glaubte nicht, daß es einen Kampf gegeben hatte. Jemand hatte ihr einfach kaltblütig in den Rücken geschossen. Der ausgestreckte Arm, die Kamera in ihrer Hand. Wollte sie gerade ein Foto machen?

Ich ging näher hin, machte dabei einen Bogen um die klebrige Schweinerei auf dem Fußboden – ein Feld für Fußabdrücke.

Ich fühlte nach ihrem Puls. Oh ja, Gurl Jesus war tot. Frisch ermordet. Sie war noch warm. Vielleicht hatte sie noch gelebt, kurz bevor ich gekommen war .

Ein Hinterfenster blickte auf einen Garten mit Müll und Callalilien. Es stand offen. Der Mörder war verschwunden.

Ich sah an ihr hinunter, auf die Beine, die nie wieder davonrennen würden, auf die Wurstfinger, die nie wieder den Auslöser drücken, eine Camel anzünden oder jemanden streicheln würden. Ich brauchte mir ihr Gesicht nicht anzusehen. Ich wollte mir ihr Gesicht nicht ansehen. Das weiche Dekolleté, die Bizepse. Ich beugte mich vor und warf einen Blick auf die Kamera. Eine dieser modischen Polaroids mit Bilderkammer. Ich nahm mein Taschentuch und öffnete sie. Natürlich leer. Ich ließ den Deckel wieder zuschnappen und schob die Kamera zurück in die Hand, auf der sich eine tätowierte Schlange wand, nur um mich nervös zu machen.

Gurl Jesus hatte ihr ganzes Leben am Rand der Gesellschaft gelebt. Nur dort war sie zu Hause. Ein einziges Mal hatte sie diese Tatsache außer Acht gelassen, hatte schnelles Geld machen wollen und prompt vergessen, hinter sich zu sehen. Wo jemand mit einer Waffe stand.

Ich schaute mich in dem dunklen Atelier um. Ich wußte auch ohne Licht zu machen – trotz der verstreuten Rolodex-Kartei, der zerfetzten Samsonite-Futter –, daß die Wohnung nicht geplündert worden war. Nein, Gurl Jesus war zu ihrer eigenen Kreuzigung gegangen. Sie hatte das Foto übergeben, das Geld gezählt, sich umgedreht, und der Foto-Enthusiast hatte ihr eine Kugel in den Rücken gejagt.

Durch *meine* Schuld? Gurl Jesus, warum hast du nicht zugehört? Emma Victor, warum bist du nicht schlauer oder schneller gewesen?

Meine schwere Schuld. Gurl Jesus war tot und ich dem Ziel keinen Schritt näher, Helen Thomas vor dem Gefängnis zu bewahren. Ich sah mich noch einmal in der Wohnung um.

Gurl Jesus' Ablagesystem schien aus alten Aktentaschen und Handtaschen zu bestehen, die an einer Wand entlang gestapelt waren. Die meisten, aber nicht alle, waren ausgekippt worden. Papier und Lumpen, ausgestopfte Tiere und ölfleckige Zierdeckchen lagen über den Fußboden verstreut. Ich stolperte über eine Fahrradkette und ging ins Badezimmer. Jemand hatte auch hier vandaliert – um eine Suche vorzutäuschen, einmal halbherzig mit der Hand durch den Arzneischrank gefegt.

Auf dem Fußboden lag eine zerbrochene Flasche Badeöl, die Jasminduft verströmte, was mich beinahe zum Heulen brachte. Eine Injektionsnadel und eine leere Glasflasche mit ein paar verbliebenen Ephedrin-Kristallen darin lagen ebenfalls auf den Kacheln. Gurl Jesus hatte Speed gespritzt. Eine Amphetamin-Fixerin. Ein Speed-Junkie.

Gurl Jesus war das Opfer, das die Cops gern übersahen. Die Spuren des halbherzigen Vandalismus in der Wohnung würden sie überzeugen. Erst recht, wenn sie das Speed im Badezimmer fanden.

Ich ging zum Waschbecken. Das Kabel eines Tauchsieders war ordentlich aufgewickelt. Es hatte keine Teezeremonie gegeben. Keine Kekse. Nur eine Kugel in den Rücken.

Ich tappte durch die religiöse Gruppe zurück und betrachtete die junge Frau, die davor auf dem Fußboden lag, die braunen Flecken an ihren Fingern, die tätowierte Rose, die ihren Hals hinaufkletterte. Warum bist du nicht stehengeblieben, Gurl Jesus? Es gab so vieles, was ich dir sagen wollte.

Laß dich nicht ein mit denen, die den Tod austeilen, Gurl Jesus. Du kannst mit einem Mörder nicht ins Geschäft kommen. Du kommst nur dem Tod ein bißchen näher. Einen Mörder zu erpressen ist so ziemlich das Dümmste, was du tun kannst. Aber toten Menschen Ratschläge zu erteilen war auch nicht gerade intelligent.

Ich hob den Saum ihres Kleides; meine Augen wanderten die abgetragenen Strümpfe hinauf, die bis zu den Oberschenkeln reichten.

Gurl Jesus hatte sich sechs letzte Male piercen lassen, und zwar durch ihre Schamlippen.

Die reglose Gruppe stand still zusammen. Sie schienen sich über das unglückliche Mädchen zu beugen, besorgte Eltern, eine Gipsfamilie, die nicht wußte, was sie falsch gemacht hatte. Ich stieg mit einem großen Schritt über Gurls Körper, paßte auf, daß ich keine Fußabdrücke hinterließ. Ich ging zum Fenster und wischte alle Fingerabdrücke von der Fensterbank ab. Die Penner sangen jetzt. Hatten sie irgend etwas gesehen? Wenn ja, würden sie es sagen?

Der Mörder mußte sich sehr sicher gefühlt haben mit den Polaroidfotos in der einen und einer Waffe in der anderen Hand. Ich fragte mich, ob er an die Negative gedacht hatte. Von einem Polaroidnegativ konntest du keine Abzüge machen, denn es war lediglich chemisch beschichtetes Übertragungspapier, das nach Gebrauch weggeworfen wurde. Aber du konntest eventuell noch Gesichter darauf ausmachen. Und Momente wiedererkennen. Ich fing an, Gurls Abfall zu durchwühlen.

Schließlich fand ich unter einem ausrangierten T-Shirt und einem Paar Sandalen, an denen jeder einzelne Riemen gerissen war, Stapel von Polaroidnegativen. Das gewellte, chemisch behandelte Papier hielt mich mit verschwommenen, seitenverkehrten Bildern zum Narren, die eine Gala mit Hunderten, beinahe Tausenden von Gesichtern zeigten.

Es war das Archiv-Dinner, nur seitenverkehrt. Ich forschte in den Gesichtern, suchte den Tisch, der unserer gewesen sein könnte. Den Moment, von dem der Mörder nicht wollte, daß ich ihn sah.

Was würde auf dem Foto zu sehen sein? Ich konnte kaum etwas erkennen. Allens Hemd würde grün sein. Und sein Gesicht schwarz. Das von Renquist würde cremig weiß sein, mit schokoladenbraunen Zähnen. Alle hatten Schokozähne. Tausende von Zähnen, die in Kabeljau bissen, der sogar auf den Negativen merkwürdig grau aussah.

Ich würde ewig brauchen, um mir all diese Negative anzusehen. Ich nahm die gewellten Papiere und stopfte sie in eine Plastiktüte. Ich drehte mich um und sagte der glücklosen Frau, die zu Lebzeiten keinen Kick ausgelassen hatte, leise auf Wiedersehen. Ich bekreuzigte mich in einer albernen Geste, von der ich glaubte, daß sie Gurl gefiel. Dann schlüpfte ich aus dem Fenster und war draußen, jenseits der Scheibe, hinter der die grauenvollen Krippenfiguren Gurls Ende zu verstehen versuchten. Ich wischte das Holz ab, den Türknauf und sogar die kleine Klingel, die ich gedrückt hatte. Niemand schaute zu.

Ich ging an den Pennern vorbei und unter der Schnellstraße durch zur Bryant Street. Ich fand eine Telefonzelle, kramte nach ein paar Zehncentstücken und heulte. Es dauerte nur ein paar Minuten.

Als ich den Anruf machte, war ich nur vier Blocks vom Gerichtsgebäude entfernt. Eine Telefonzelle war der einzige Weg, mit der Polizei zu kommunizieren. Sie zeichnen die Anrufe neuerdings auf Band auf. Wenn du schlau bist, legst du etwas über die Muschel.

Die Notrufnummer klingelte und klingelte und klingelte. So wichtig konnte ein Notfall in dieser Stadt nicht sein. Schließlich ging doch noch jemand dran, und ich hörte das Piepen, das ankündete, daß unser Gespräch aufgezeichnet wurde. Ich sprach schnell.

Ich sagte, daß eine junge Frau tot in ihrer Wohnung lag, Sumner Alley 540, eine junge Frau war in den Rücken geschossen worden. Ich sagte, daß sie gut daran tat, schon tot zu sein, denn sie wäre eh verblutet, bis beim Notruf jemand ans Telefon ging.

Mein Pager piepste. Ich rief zurück.

Es war Rose Baynetta. Ich sollte sofort ins Lesbisch-Schwule Howard-Blooming-Gedenkarchiv kommen.

KAPITEL ELF
Konservierung

Das Lesbisch-Schwule Howard-Blooming-Gedenkarchiv, diese verspielte Parodie, hatte bei Tageslicht jeglichen Glanz verloren. Ohne die regenbogenfarbene Beleuchtung, ohne die schmückenden Sterne – die am Himmel und die am Promi-Zenith –, sah unser Archiv aus wie irgendein Mausoleum. Eine kalte, tote Gruft, die allen offenstand, die einen fernen Spiegel hochhalten und Tatsachen und Gefühle längst vergangener Zeiten heraufbeschwören wollten.

Ich wäre lieber nach Hause gegangen, um die Negative zu untersuchen, die in der Plastiktüte an meiner Seite baumelten. Aber da ich vom Tatort eines Mordes kam, schien es mir angebracht, mich an einem öffentlichen Ort zu zeigen, wo meine Anwesenheit registriert würde. Ich betrat den großen Lesesaal, aus dem die Gala-Tische verschwunden waren.

Am Eingang, neben einem lächelnden Wachmann, lag ein Anwesenheitsbuch. Ich trug meinen Namen zusammen mit der Uhrzeit in die Liste ein. Die letzte Person war eine halbe Stunde vor mir hineingegangen, also frisierte ich die Uhrzeit um eine Viertelstunde, sprach ein leises Ave Maria für Gurl Jesus' flippige Seele und ein paar Gebete, daß meine Anwesenheit in der feuchten, dunklen Höhle des Mordes nie herauskommen würde.

»Mit wem sind Sie verabredet?« fragte der Wachmann.

»Mit Rose Baynetta.«

»Tut mir leid, aber...«

»Sie gehört zu den ehrenamtlichen Mitarbeiterinnen.«

»Oh, dann muß ich Ihnen eine Genehmigung ausstellen.«

Ich sah mich im Lesesaal um, wo es so geschäftig zuging wie in der Werkstatt des Weihnachtsmanns. Howard Blooming wäre stolz gewesen. Ich dachte an seine Tagebücher, die sicher verschlossen unten im Magazin lagen. Sicher verschlossen im Schließfach eines Tresors, das nur mit zwei Schlüsseln zugleich geöffnet werden konnte. Und niemand hatte beide.

»Emma! Bist du das?« Allen Boones Stimme tönte durch den Saal. Er sprach zu einer Gruppe von Leuten. Ich ging zwischen den Mahagonitischen durch, und als ich näher kam, konnte ich verstehen, was er sagte. »Baumrinden, Tierhäute, Klebstoffe – in Archivsammlungen findet man eine große Bandbreite von organischen Stoffen.«

Allens Stimme klang nach Lehrer, hatte aber einen nervösen Unterton. Zu seinen Zuhörern gehörten mindestens fünf Geschäftsmänner und eine Geschäftsfrau. Eine gute Gelegenheit, für Spenden zu werben. Vielleicht war ihm diese Aufgabe nach Tracys Ableben zugefallen. Allerdings war er kaum dafür geeignet. Ihm hing das Hemd aus der Hose. Er winkte mich herbei, um mich in seinen Vortrag miteinzuschließen.

»Ehrenamtliche Mitarbeiterinnen und Mitarbeiter – ausgebildete Ehrenamtliche – restaurieren Originalquellen, das heißt Fotos, Drucke, Briefe und Bücher, die verschiedene Aspekte lesbischen und schwulen Lebens dokumentieren. Das ist keine leichte Aufgabe. Infolge des natürlichen Alterungsprozesses brechen Molekularketten zusammen oder depolymerisieren. Es ist unmöglich, den Alterungsprozeß aufzuhalten, aber man kann viel tun, um externe Faktoren zu kontrollieren, die den Zerfall von Papier und anderen Materialien beschleunigen. Ob Temperatur, Luftfeuchtigkeit, Licht, Luftverschmutzung, biologische Wirkstoffe – in diesem Gebäude wurden alle Faktoren berücksichtigt. Ha, ha, ha.« Er klatschte ein bißchen zu enthusiastisch in die Hände. »Wir sind hier alles Ultra-Kontrolltunten.«

Amüsiertes Lächeln. Die Gruppe sah sich im Lesesaal um, dann hoch zur Decke, betrachtete das Gesicht und den Körper von Fresca Alcazon, die über ihren Köpfen schwebte.

»Also gut«, fuhr Allen fort. »Für den Fall, *nur* für den Fall, daß ihr euch nach dieser kleinen Rundreise durch die Glamourwelt des Archivars immer noch freiwillig melden wollt, könnt ihr Connie dort drüben euren Namen geben. Ha, ha, ha.« Connie, eine Motorradlesbe in schwarzem Leder, grinste die Männer in den Anzügen freundlich an. »Und, natürlich Spenden, äh, die Vorstandsvorsitzende

Deborah Dunton –« Er wischte sich über die Stirn. »Umschläge bitte hier drüben auf den Schreibtisch.«

Nachdem er die Gruppe mit Flugblättern versorgt und sicher zum Ausgang geleitet hatte, kam Allen zurück. »Komm, Emma, ich gebe dir eine persönliche Führung. Ha, ha, ha.« Allen nahm meinen Ellenbogen und zog mich weg.

»Aber –«

Mit diebischem Vergnügen blieb Allen hinter dem knochigen Rücken einer alten Frau in fuchsiarotem Jogginganzug stehen, deren weißes Haar zu einem strengen Zopf geflochten war. Mit ihren runzligen Fingern, die Fingernägel magentafarben lackiert, zog sie die Schleife des Leinenbandes einer Fotomappe auf. Die beiden kartonierten Einbandseiten fielen auseinander und gaben Seiten mit vergilbten, von schwarzem Papier eingerahmten Fotos frei.

»Das ist die Sammlung von Marlene Higgins, der lesbischen Journalistin«, flüsterte er. »Der Nachlaßverwalter hat uns ihre gesamten Unterlagen übergeben. Für ihren Einsatz als Rettungswagenfahrerin im Zweiten Weltkrieg hat sie einige Orden erhalten. Später hat sie für den *San Francisco Call* geschrieben. Unglücklicherweise wurden die Orden zusammen mit ihren Papieren aufbewahrt und haben den Dokumenten großen Schaden zugefügt. Genau wie die Klebstoffe.«

»Wieso, was meinst du?«

»Ach, Emma, in Fotoalben finden sich alle erdenklichen Klebstoffe. Die Klebstoffe zerfallen mit der Zeit, verlieren ihre Haftfestigkeit, hinterlassen dauerhafte Flecken auf den Dokumenten und lösen chemische Reaktionen aus. Es heißt«, er beäugte das Album begierig, »es heißt, daß Marlene sehr gut mit *Eleanor* befreundet war«, flüsterte er andeutungsvoll.

»*Eleanor*? Du meinst Eleanor *Roosevelt*?«

»Ja! Und *Lorena.* Das ist ihr Fotoalbum.« Er trat einen Schritt zurück und zeigte auf das Album.

Die alte Frau, deren Haut so dünn war wie das Pergamentpapier zwischen den Fotos, untersuchte das uralte Album.

In einem der Rahmen befand sich ein typisches Urlaubsfoto von

Frauen mittleren Alters in Badeanzügen der vierziger Jahre. Das schwere elastische Material reichte wie ein Hüfthalter bis weit über ihre Oberschenkel. Ihren sorglosen Gesichtern nach zu urteilen, wußten diese lachenden Frauen mittleren Alters sich zu amüsieren. Ferienfotos. Wasser, Sand, Felsen, und Frauen, die ihre Arme um einander gelegt hatten. Vier stämmige Frauen und eine sehr dünne Frau mit glattem Haar und schmalen, entschlossenen Lippen. Ein Foto, das überall, in fast jedem Fotoalbum in den Vereinigten Staaten kleben könnte. Fast jedem.

»Ist das –?«

Allen nickte. »Ja«, zischelte er fröhlich, »das ist *Greta Garbo*! Zusammen mit Mercedes D'Acosta auf ihren Flitterwochen in Silver Lake! Und Marlene Higgins und ihre Freundin Jo Hoffman, die Ölerbin. Ihr Name taucht überall auf. Marlene und Jo kannten all die Filmstars und all die Politiker ihrer Zeit.«

»Und in dem Buch ist wirklich ein Foto von Eleanor Roosevelt?«

»Ich weiß es nicht! Sie läßt mich ja nicht reinschauen.« Allen senkte seine Stimme noch weiter. »Sie kann nicht sehr gut hören, aber ich muß trotzdem vorsichtig sein.« Die Frau saß wie versteinert da, starrte jedes einzelne Foto lange an, nahm die Vergangenheit in sich auf, als wären die Fotos realer als die Gegenwart.

»Na, sag schon, wer ist sie?«

»Das ist Jo! Marlene Higgins' Freundin. Sie will nicht, daß irgend jemand außer ihr selbst das Album anfaßt. Sie überlegt noch, ob sie es versiegeln läßt. Sieh sie dir an, sie ist über neunzig, läuft täglich ihre drei Kilometer und lebt immer noch versteckt. Aber ich kann mich wirklich nicht beschweren, schließlich wird sie uns das Material *stiften*. Sie hat einen Sinn für die Nachwelt, für die Bedeutung unserer Geschichte. Ich meine, wie wäre es auch möglich, in San Francisco zu leben und *keinen* Sinn dafür zu haben.«

»Oh, das ist durchaus möglich. Übrigens Allen, habt ihr eigentlich viele versiegelte Dokumente?«

»Nun, komisch, daß du das fragst. Da liegt schon etwas unten im Tresor, und nicht einmal *wir* wissen, was es ist. Oder wer die Schlüssel hat!« Er zog seine Augenbrauen verschwörerisch in die Höhe.

Ich verzog keine Miene.

»Du hast –« sagte er. »Du hast doch die Howard-Blooming-Tagebücher mit nach Hause genommen, oder, Emma?«

»Sie sind in Sicherheit.«

»Nun, gut. Wir sind alle noch völlig durcheinander, wie du dir denken kannst«, fuhr er fort. »Tracys Tod ist heute morgen das einzige Thema. Und natürlich haben wir auch schon mit der Tracy-Port-Sammlung angefangen.« Er führte mich zu etwas, das offenbar das vorläufige Ehrenmal für Tracy Port darstellte oder zumindest eine Skizze dessen, was es einmal werden sollte. Ich schauderte, als ich den langen, mit Blumen und Botschaften beladenen Tisch und das große Bild von Tracy betrachtete. Unglücklicherweise hatte sie für die Aufnahme einen grellblauen Lidschatten gewählt. Zwei große Liliensträuße hielten zu beiden Seiten des versilberten Rahmens Wache.

Hinter der dünnen Glasscheibe grinste Tracy Port über beide Ohren, gerade so, als hätte ihr niemand ihre Kartoffeln vergiftet oder sich mit einem scheußlichen Make-up an ihr verbrochen. Tracy grinste, wie sie Frances angegrinst hatte. Grinste, als wäre dies noch immer ihr Archiv.

Ich betrachtete das herzförmige Gesicht, das Kinn, das lediglich in einem Fettklecks unter ihrer Unterlippe bestand. Schwaches Kinn. Starke Augen. Skulpturhafte Züge, hart wie die geschliffenen Kanten eines Parfümflakonstöpsels.

Aber irgend etwas an Tracy Port war anders. Bloß was? Vielleicht bildete ich es mir auch nur ein. Schließlich hatte ich nicht die lebendige Tracy vor meinen Augen, sondern das Foto einer Toten mit breitem Grinsen und schlechtem Makeup.

Ich las die Papierzettel, zärtliche Botschaften, die Tracy auf ihrer Reise ins Jenseits begleiten sollten. »Du wirst uns fehlen, Tracy. Harold.« »Für Tracy, in Liebe, Arthur.« »Ich hoffe, sie kriegen das Arschloch, daß dir das angetan hat. In Liebe, Frank.« Die meisten Botschaften waren von Männern. »Tracy, dank deiner Hilfe war Deweys Dezimalklassifikation ein Kinderspiel, Ginger.« Nun, das war mal ein Kommentar.

»Wer ist Ginger?«

»Eine Ehrenamtliche aus der Mikrofiche-Abteilung.«

»Arbeitet sie heute?«

»Nein, wir sind sonntags nicht voll besetzt. Selbst Ehrenamtliche wollen sich mal einen Tag ausruhen, Emma. Wir werden Tracy sehr vermissen. Sie war eine fabelhafte Buch- und Papierkonservatorin. Und das ist heutzutage nun mal sehr selten.«

»Wie meinst du das?«

»Naja, Emma, unser Bildungssystem bringt jedes Jahr Tausende von Rechtsanwälten, Ärzten, Architekten hervor – ich meine *Tausende*, und im Durchschnitt ungefähr *dreißig* neue Gemälde-, Buch- und Papierkonservatoren. Während die *anderen* Akademiker prozessieren, operieren und bauen, gibt es nicht genügend Fachleute, um unseren künstlerisch wertvollen Kulturbesitz zu bewahren! Tracy war kein einfacher Mensch, aber sie wußte mit Sicherheit, wie man Papier konserviert!«

»Wie war das Arbeitsklima?«

»Oh, ha, ha, ha!« Allens Gesicht legte sich in Falten. »Wie ich schon sagte, Tracy war kein einfacher Mensch. Weißt du, sie hat eine Menge Anordnungen durch mich erteilt. ›Tracy findet das und das‹, mußte ich sagen. Sag ihnen, ›das ist Tracys Meinung‹. Was Tracy sagte, war maßgebend.«

»Würdest du sagen, daß sie Spaß daran hatte, Direktorin zu sein?«

»Das Archiv war ihr Leben. Sie erkannte die einzigartigen und außergewöhnlichen Möglichkeiten des Archivs. Andererseits war sie nicht besonders gut in Community-Beziehungen. Sie sagte immer, ›tu nichts, was das Archiv blamieren könnte‹. Sie ist zu den Motorradlesben, die hier ehrenamtlich arbeiten, nicht immer nett gewesen. Gegenüber Connie, der Koordinatorin der Ehrenamtlichen, ist sie sogar ein richtiges *Miststück* gewesen.«

»Würdest du sagen, daß sie sich Feinde gemacht hat?«

»Aber natürlich! In einer Non-Profit-Einrichtung dieser Größe? Mit dem Arbeitspensum, das sie zu bewältigen hatte? Spenden auftreiben, Verwaltung, Archivarbeit. Sie ist nicht immer die *Netteste* gewesen. Ich bin *sicher*, daß sie sich Feinde gemacht hat. Aber sie hat ihre Arbeit gemacht. Und *sie wußte, wie man Papier konserviert.*« Allen schwitzte.

»Emma! Wo hast du denn bloß *gesteckt*?« Wir wurden von Rose Baynetta unterbrochen. »Mädel, du hast dich ja piercen lassen!« sagte sie.

»Ja, ganz spontan«, gab ich zu.

»Also, Allen, das nächste Mal warnst du mich bitte vor, wenn meine Freundinnen mit nagelneuen Diamanten in der Nase auftauchen.« Rose führte mich zum hinteren Teil des Lesesaals, zu einer Reihe von Kabinen, die den Piercingkabinen im *Gambit* beunruhigend ähnlich sahen, außer daß diese hier feste Türen hatten. Dünne Lichtstreifen gingen aus und an, an und aus – ein stetiger, flackernder Rhythmus –, während unzählige Dokumente abfotografiert wurden.

»Und, wie steht's für Helen?« zischte sie.

»Willie hat sich einverstanden erklärt, ihre Verteidigung zu übernehmen. Es gibt eine ganze Menge zu tun. Über einiges davon wollte ich mit dir reden. Wenn du willst, kannst du mir ein bißchen was abnehmen. Damit meine ich Recherche, ein paar Interviews. Hintergrundkram.«

»Hmm, erlesen«, schnaubte Rose. »Aber ich werde gern tun, was ich kann. Du kannst Willie sagen, daß ich die Kosten niedrig halten werde. Helen Thomas ist keine Mörderin.«

»Woher willst du das wissen?«

»Ich weiß es einfach.«

»Hör mal, Rose, ich muß dir was erzählen.«

Ich erzählte Rose, daß ich Gurl Jesus tot gefunden hatte. Sie verzog keine Miene. Ich erzählte ihr von den Leuten, die auf dem Dach meines Hauses herumgelaufen waren. Ich erwähnte Fresca, aber nicht ihre 22er. Einige Dinge waren nicht relevant. Noch nicht. Ich sagte ihr, daß ich vielleicht einen Spezialauftrag für sie hätte.

»Emma, schau mal hier «, sagte Rose leise. »Ich möchte, daß du dir etwas ansiehst.« Sie rollte zum Mikrofiche-Lesegerät und stellte ein Bild scharf. »Ich bin hier, um meine ehrenamtlichen Stunden im Archiv abzuleisten, und stoße dabei zufällig –«

»Zufällig?«

»Der Zufall ist stets mein Freund, Emma. Das weißt du doch.« Sie stemmte sich hoch und brachte sich in ihrem Rolli in eine bequemere Position. »Ich habe hier die *gesammelten* Papiere von Rudolph Sharpe.«

Ich sah mich in der Kabine um.

In der Mitte schwebte eine Umlaufkamera über einer Zeitungskolumne. Nicht-reflektierende Sichtblenden sorgten dafür, etwaige Probleme durch Raumbeleuchtung und Streulicht auszuschalten. Eine Menge Hefter, Bücher und ph-neutrale Archivkartons waren sorgfältig zur Verfilmung aufgereiht. Zweifelsohne die gesammelten Papiere von Rudolph Sharpe. Rose rollte zu der Kamera und stellte die Linse scharf. »Dieses System ist zu hoher Auflösung fähig, wir können alles sehr, sehr stark verkleinern. Wie viele Zeitungsartikel passen auf den Kopf einer Stecknadel, Emma? Laß es uns herausfinden.« Sie griff unter die Linse und reinigte sie mit einem weichen Tuch. »Wir haben die Mikrofiche-Ausrüstung von verschiedenen Firmen bekommen, die dieses System nicht mehr einsetzen. Sie sind auf digitale Speicherung umgestiegen. Wir haben keinen Zugang zu der neuen Technik, aber ehrlich gesagt bevorzuge ich die Mikrofiches. Wenn du sie richtig einstellst, sind sie genauso gut wie die digitale Speicherung. Fünfunddreißig Millimeter, erste Generation, Mikro-Rollfilm auf Silber-Gelatine-Polyesterbasis. So gut wie jeder Scanner, vorausgesetzt, der Film wird richtig gelagert. Rudolph Sharpes Papiere werden so bis in alle Ewigkeit bewahrt. Oder zumindest eine ganze Weile.«

Rudolph Sharpe war einer der ersten offen schwulen Reporter in San Francisco, und in den Vereinigten Staaten. Er trat in Marlene Higgins' Fußstapfen, hatte jedoch schon viel offener gelebt. Er war auch derjenige, der über das Attentat auf Howard Blooming berichtete, und über die anschließende Verhaftung, Verurteilung und das erschütternd geringe Strafmaß für Jeb Flynne. Ich sah, daß oben auf dem Papierstapel vergilbte Zeitungsausschnitte über den Krawall lagen, der ausbrach, als das milde Urteil bekanntgegeben wurde.

Als ich auf die verschiedenen Grauschattierungen des Fotos starrte, wurde ich in jene Nacht des Zorns zurückversetzt. Ich hörte wieder die wütenden Sprechchöre, sah die Feuer und wie die Benzintanks der Streifenwagen wie Böller explodierten. Fensterscheiben ploppten aus den Rahmen der Regierungsgebäude wie Korken aus einer Weinflasche. Die goldverzierten Zuckerbäcker-Bauten im Beaux-Arts-Stil, von denen aus die Stadtregierung, falls du sie so nennen konntest, regierte.

Ich erinnerte mich an die zutiefst verletzte Community. Rudolph Sharpe hatte den Krawall gut getroffen, obwohl seine Bosse anfänglich besorgt waren, sein Bericht könnte parteiisch sein – als ob sie selbst objektiv gewesen wären.

»Neben dem Nachlaß von Howard Blooming muß das eine der wichtigsten Erwerbungen sein. Übrigens, Emma, wo sind die Papiere überhaupt?«

»In Sicherheit. Versiegelt. Und nicht zu fotografieren.«

»Ach, komm schon, Emma. Die Dokumente gehören uns allen.«

»Aber das ist nicht das, was Howard wollte, Rose.«

»Tragisch.« Rose lenkte meine Aufmerksamkeit auf die Kamera. »Ich muß weitermachen, Emma. Das Ganze ist ungeheuer zeitaufwendig. Aber es lohnt sich. Lohnt sich wirklich. Schau.« Sie fuhr die Linse der Kamera nach unten und stellte sie auf den Abschnitt eines Zeitungsartikels ein. »Hast du gewußt, daß Jeb Flynne drei Reisen nach Washington unternommen hat, bevor er Howard erschoß?«

»Und?«

»Und daß er sich auf dem College im Christlichen Studentenbund engagiert hat, bevor er zur Armee ging?«

»Ja und?«

»Es weiß doch jeder, daß der Christliche Studentenbund von der CIA unterwandert war. Die Hälfte der Mitglieder war nur dabei, um die andere Hälfte zu bespitzeln.«

»Das war doch früher, Rose, in den Zeiten der CIA-Spitzel und der ganzen Nixon-Paranoia.«

»Ja, schon klar. Aber sieh dir das mal an, Emma.«

Ich schaute durch die Linse. Ich sah ein Foto von Jeb Flynnes Verhaftung. Das Bild zeigte eine Anzahl weißer Männergesichter, die Flynne in der Halle eines Gerichtsgebäudes in Sacramento County umringten.

»Ja, gut, ich sehe. Eine Menge Kerle, die einen Gefangenen machen.«

»Sieh dir den Typen zwei Schritte hinter Flynne an.«

»Den ohne Schlips?«

»Genau den.«

»Ja, ich sehe ihn.«

»Hier.« Rose griff in ihre große Lederhandtasche und zog einen Hefter heraus, der eine alte *Ramparts*-Ausgabe enthielt. Ich betrachtete das Titelblatt der zusammengefalteten linken Zeitschrift. Ein Leitartikel über Südamerika zeigte ein Foto von CIA-Agenten, die für den Sturz von Salvador Allende in Chile verantwortlich gemacht wurden.

»Siehst du!«

»Was?«

»Es ist der gleiche Typ.«

»Kann sein.«

»Was soll das heißen, *kann sein*?«

»Diese Bullen mittleren Alters sehen für mich alle vollkommen gleich aus. Muß ein ganz bestimmtes Gen sein.«

»Emma, es ist der *gleiche Kerl*.«

»Das sagt mir aber immer noch nichts, Rose. Tut mir leid.«

»Paß mal auf, Emma«, sagte Rose. »In San Francisco läuft ein bißchen mehr als in Armistead Maupins *Stadtgeschichten*, weißt du. Es *gibt* internationale Verschwörungen. Es gibt Menschen, die in den Untergrund gehen. *Hier bei uns.* Maulwürfe! Menschen, die *abtauchen m*üssen. Und Jeb Flynne ist Mitarbeiter der CIA gewesen. Ich bin sicher, daß er das war. Sie haben ihn angeworben, als er am College war. Später hat er für die Armee Sprengungen gemacht. Er ist darauf angesetzt worden, das Attentat auf Howard Blooming durchzuführen. Dann haben sie ihn schnellstens aus dem Verkehr gezogen, ihm eine neue Identität besorgt.«

»Und haben ihm dann eine Eintrittskarte für das Gala-Dinner gekauft. Ach, Rose, ich glaube einfach nicht an Verschwörungstheorien.«

»Aber –«

»Rose, das Attentat auf Howard ist zwanzig Jahre her. Jeb Flynne hat sich vor sechs Jahren umgebracht. Es gibt ein offizielles Gutachten des Gerichtsmediziners. Weißt du, wie viele Leute an einer Verschwörung dieser Größenordnung beteiligt sein müßten? Weißt du, wie unwahrscheinlich es ist, daß in den vergangenen zwanzig Jahren nicht irgendwo irgend jemand in seinem besoffenen Kopf vor einem Freund damit angegeben hat? Was glaubst du wohl, warum die meisten Mörder erwischt werden? Weil sie damit *angeben*, Rose. Das liegt nunmal in der menschlichen Natur. Der eine hat eine heiße Geschichte zu erzählen, den anderen plagt sein schlechtes Gewissen, aber letztendlich reden sie immer.«

»Und ich will, daß sie mit mir reden.«

»Rose –«

»Erzähl mir nicht, daß es nicht auch hier bei uns passieren kann, Emma. Lesben und Schwule sind für die Rechten die größte politische Bedrohung, die es je gegeben hat. Wir verändern die tradierten Geschlechterrollen, aus denen das Patriarchat seine Stärke zieht. Wenn Frauen und Schwule sich erheben und den Backlash überwinden, dann haben wir das Sagen!«

»Rose, weißt du überhaupt, was du da sagst?«

»Ich glaube, daß es einen Spion in der Bewegung gegeben hat. Es könnte Tracy Port gewesen sein.«

Ich betrachtete meine Freudin eingehend. Ihre Hand lag locker auf dem Tisch. Sie wirkte ruhig und gesammelt. Sie hatte Zugang zu allen möglichen Informationen. Nach fünf Jahren im Sicherheitsgeschäft, als Profi, war Rose an Fakten interessiert. Nicht an Phantastereien.

In unserer kleinen Kabine war es still.

»Du glaubst mir nicht, oder?«

»Ich kann einfach nicht glauben, daß die Welt dermaßen durchorganisiert ist.«

»Dann schau dir mal das hier an, Emma.« Rose beugte ihren Kopf unter das Gerät. Ich hielt den Atem an, als ich über ihre Schulter hinweg ein Bild in den Fokus kommen sah. Die Aufnahme eines Treffens der alten Sozialistischen Arbeiterpartei. Müde Menschen saßen um einen Holztisch herum, auf dem eine Menge Papier lag. Sie guckten in die Kamera und machten sich nicht die Mühe zu lächeln.

»Da, siehst du das Gesicht?«

Ich bewegte meinen Finger unter dem Licht durch. »Tracy Port, richtig?«

»Ja, aber sieh mal dorthin.«

»Meinst du den Fleck mit den beiden dunklen Löchern?«

Rose grummelte und spielte mit der Scharfeinstellung. Es half. Da war ein Gesicht, das ich nie vergessen würde.

»Das ist Laurie Leiss!«

Laurie Leiss, die Bomben gebaut und Menschen getötet hatte. Das Gesicht von Howard Bloomings Cousine. Laurie Leiss.

»Also, was hat Tracy dort wohl zu suchen gehabt?« Rose deutete mit dem Finger auf das winzige Foto. »Tracy ist nicht gerade die große Vorzeigerevolutionärin gewesen, oder was meinst du? Ich meine, daß sie von Jeb Flynne getötet worden ist, Emma. Dem *verschwundenen* Jeb Flynne.«

Aber meine Aufmerksamkeit war noch immer auf Laurie Leiss gerichtet. Nun, sie war *wirklich* verschwunden. Von einem Mal abgesehen. Einem Tag, von dem ich keiner Sterbensseele je etwas erzählen würde. Nicht einmal Rose Baynetta.

»Eine Zelle der Sozialistischen Arbeiterpartei«, murmelte Rose. »In den siebzigern sah die Revolution noch anders aus.«

»Ja, jetzt wird sie von rechten Idioten angeführt«, sagte ich.

Laurie Leiss, als politische Cartoonistin bekannt geworden, war eine der Anführerinnen dessen gewesen, was 1972 einige für die Revolution gehalten hatten. Auf dem Gipfel des Vietnamkrieges hatte eine große Anzahl von Radikalen in den USA zu den Waffen gegriffen.

Sie hatten Bomben gebaut. Banken überfallen. Und die Gewalt der Cartoons von Laurie Leiss war aus den Comic-Strips auf die Straße übergesprungen.

Laurie Leiss wurde einer Reihe dieser Taten verdächtigt, als 1973 in New York ein braunes Backsteingebäude von einer Bombe in die Luft gejagt wurde. Ihre Fingerabdrücke waren überall auf den

Sprengstoffresten gefunden worden. Hinzu kam eine Anklage wegen vierfachen Mordes, als die Leichen der Mieter der oberen Etage aus den Ruinen geborgen wurden.

Ein Jahr später hatte Laurie Leiss mit Howard Kontakt aufgenommen. Geld gefordert. Das war etwas, was nur Howard und ich wußten. Und Laurie Leiss.

Der Anruf kam auf Howards Privatleitung herein. Wir haben nie herausbekommen, woher sie die Nummer hatte. Aber ich lieferte das Geld umgehend ab. Als Howards Pressereferentin wußte ich, wie wichtig es war, ihm Laurie Leiss vom Leib zu halten, und zwar schnell und unauffällig. Und ohne Fragen zu stellen.

Howard ließ mich die zwanzigtausend Dollar in El Cerrito übergeben. Gebündelte Zwanzig-Dollar-Scheine, genug, um einen kleinen Koffer zu füllen. Es war ein heißer Tag. Und die Frau, die Laurie Leiss war oder Laurie Leiss' Verbindungsfrau, kam in der Mitte eines Supermarktparkplatzes auf mich zu, um es abzuholen. Sie trug einen Hut mit breiter Krempe und eine dunkle Sonnenbrille. Ein formloses Nylonkleid bauschte sich über ihren Knien. Sie war mit ihren flachen Schuhen schnell über den Asphalt gelaufen. Eine kleine Frau mit einem großen Problem.

»Tracy war ein Maulwurf, Emma. Laß uns ehrlich sein, sie hatte immer etwas Merkwürdiges an sich –«, sagte Rose.

»Du meinst, so andersrum andersrum?«

»Genau! Die Szene auf der Kreuzfahrt mit Lee Turgo war viel zu öffentlich –«

»Ich weiß, ich weiß –«

»Denk an den Schaden, den sie hier im Archiv hätte anrichten können! Denk an all die Dinge, die sie hätte zerstören können.«

Ich dachte darüber nach. Mir fielen die Fotos ein. Eleanor Roosevelt zusammen mit Lorena Hickock, der einzigen Person, die sie je geliebt hatte. Greta Garbo. »Ach, komm schon, Rose. Meinst du wirklich, daß dieser Kram so gefährlich ist, daß die CIA ihn vernichten muß? Auch wenn Eleanor First Lady gewesen ist, das ist doch schon fünfzig Jahre her!« Ich versuchte, nicht über Howard Bloomings Tagebücher nachzudenken. Daß ich sie um ein Haar

Tracy persönlich übergeben hatte. Nein. Reiß dich zusammen, Emma. Verschwörungstheorien sind was für Spinner.

»Ich hab's! Tracy ist in Wirklichkeit Geheimagentin gewesen, und Frances war ihre Komplizin! Schließlich ist Frances verschwunden.«

»Verschwunden! Wovon redest du?«

»Sie hat mir eine falsche Telefonnummer in Seattle hinterlassen. Ich glaube nicht, daß es ein Versehen war.«

»Was sagst du da?« Roses Aufmerksamkeit war von den Verschwörungstheorien abgelenkt. »Frances betet dich an!«

»Ja. Und ich frage mich allmählich, ob sie nicht noch eine andere anbetet.«

»Du bist paranoid, Emma.«

»Genau wie du. Die CIA und Jeb Flynne. Tracy ein Maulwurf? *Niemand* mochte sie, Rose. Es gibt jede Menge Motive.«

»Stimmt«, sagte Rose und machte eine krause Nase. »Dann ist da Renquist Falkenberg.«

»Ich dachte, die beiden waren dicke Kumpel?«

»Ich habe gelegentlich Animositäten zwischen den beiden festgestellt. Und mir ist zu Ohren gekommen, daß sie eine Zeitlang nicht miteinander gesprochen haben.«

»Worum ging es?«

»Wahrscheinlich um Politik. Renquist ist nicht gerade die radikalste Tucke, weißt du.«

»Das war Tracy Port auch nicht.«

»Über die potentiellen Machtkämpfe in ihrem Gebiet möchte ich gar nicht erst nachdenken. Wie dem auch sei, sie wurden Verbündete. Dann ist da noch deine flippige Fresca.«

»Also, zunächst einmal heißt sie gar nicht Fresca Alcazon«, sagte ich. »Mach dich auf eine kleine Recherche gefaßt. Ihr Führerschein ist auf den Namen Eleanor DeWade ausgestellt. Geboren am 19. Mai 1968.« Ich gab Rose die Nummer, die ich auf Frescas Führerschein gefunden hatte. Rose schob bereits ihre Papiere zusammen, heiß darauf, hier rauszukommen und den Fall anzugehen. Aber bevor sie in ihrem Büro anrief, sagte ich ihr noch, daß ich mehr brauchen würde, sehr viel mehr als die Recherche. Rose konnte mit jeder Art von Schußwaffe umgehen. Und falls nötig, war sie auch gewillt, sie zu benutzen.

Ich ging zu Fuß nach Hause, ließ die Busse an mir vorüberfahren. Ein Haufen Leute kamen aus Kirchen, glückliche Paare schlenderten über Garagenflohmärkte. Ich hatte vergessen, Rose von meiner Geschenkidee für Allens Geburtstag zu erzählen. Herzlichen Glückwunsch.

Ich stellte mir vor, wie sich die Spurensicherung über die Wohnung von Gurl Jesus hermachte. Über Gurl Jesus hermachte. Ich schauderte. Ich hatte genug Unterhaltungen von Gerichtsmedizinern mitangehört und kannte ihren Sinn für Humor. Ich war froh, daß ich bei der Untersuchung des gepiercten und tätowierten Körpers von Gurl Jesus nicht dabeisein mußte. Sie hatte ein besseres Ende verdient. Sie hatte überhaupt kein Ende verdient.

KAPITEL ZWÖLF
Schlechte Haushaltsführung

Die Tüte mit den Negativen unter den Arm geklemmt, schnitt ich dem Haus eine Grimasse. Das eheliche Heim sah verändert aus. Für immer verändert durch den einen Augenblick, in dem ich eine andere Frau begehrt hatte, sie in meinen Armen gehalten hatte, sie hatte sagen hören ›Ich habe dich wirklich gern, Emma. Ich habe dich wirklich sehr, sehr, sehr gern.‹ Das Licht würde ein bißchen kälter sein, die Schatten ein bißchen schärfer, die Kuriositäten und Souvenirs würden sich über mich lustig machen, Liebe als seichte Sentimentalität entlarven. Der Nebel wälzte sich früh herein, und ich fühlte mich heute nicht als Mensch.

Die dritte Stufe zum Apartment knarrte an exakt der gleichen Stelle mit exakt dem gleichen hölzernen Ächzen wie immer. Lauras Lichter oben waren aus, aber ihr Wagen stand in der Auffahrt wie immer, wenn sie den Abend zu Hause verbrachte. In den drei Jahren unserer Nachbarschaft hatte sie zwei Nächte woanders verbracht. Es war nicht leicht, das zu übersehen. Es war unmöglich, Laura darauf anzusprechen. Ich freute mich schon jetzt auf die Zeit, wenn ihr Wagen nicht mehr so regelmäßig in der Auffahrt stehen würde. Vielleicht hätte sie dann endlich mal bessere Laune.

Ich öffnete die Tür mit dem Schlüssel, der sich im Schloß drehte wie immer; der Bolzen schnappte zurück wie ein gehorsamer Welpe.

Als sich die Tür öffnete, miauten die Katzen und winkten mit ihren Schwänzen, graue Boas, Federn im Wind, drehten sich dann um und zeigten mir ihre rosa Arschrosetten. Fluffy war nie so reinlich, wie ich es gern gehabt hätte. Friend lief raus in den Garten, wer weiß, wo sie dieser Tage lebte.

Alles übrige hatte sich allerdings dermaßen verändert, wie ich es mir nie hätte träumen lassen. Das war auch nicht mehr nötig, denn ich stand mitten drin. Der mieseste Alptraum. Ich hatte ihn leibhaftig vor mir. Unsere Wohnung war völlig verwüstet.

Ein Erdbeben, ein Tornado, ein Hurrikan, ein Poltergeist hätte unser Heim nicht gründlicher zerstören können. Es schien, als wäre ein böser Wind hindurchgefegt und hätte den Inhalt unseres Lebens von innen nach außen gekehrt. Wütende Hände hatten jede Ecke und jede Ritze des Lebens durchwühlt, das Frances und ich miteinander teilten. Dreckige Hände. Enttäuschte Hände.

Die Couch war aufgeschlitzt, Polstermaterial und Federn herausgerissen. Im Zimmer flog weiße Baumwollwatte umher, mit der sich Fluffy und Friend zweifellos amüsiert hatten. Unsere Bücher, unsere vielen, vielen Bücher waren durchgeblättert worden. Es konnte auch hier bei uns passieren. Es war passiert.

Ich ging von Zimmer zu Zimmer und schätzte die Schäden ab. Ein komisches Lachen war in meiner Brust gefangen. In der Küche hatte jemand eine größere Schweinerei veranstaltet, als Frances je mit einem Fünfzehn-Gänge-Menü zuwege gebracht hätte. Unsere *Cucina* war komplett zerstört.

Mir wurde schwindelig, als ich die Küche ansah. Sie glich einem sturmgepeitschten Schiff, das in der Mitte auseinandergebrochen war und nur falsche Ausrüstung an Bord gehabt hatte. Alle Schränke waren aufgerissen und hatten ihren Inhalt auf den Fußboden gespien. Tassen, Untertassen, Teekannen und Terrinen – nur noch ein Haufen Scherben auf dem Linoleum. Die Schränke waren leer, bis in die hintersten Ecken durchsucht, ohne Erfolg.

Die Hintertür wehte auf. Dort, wo sie das Schloß geknackt hatten, fand ich Spuren einer Brechstange. Ich fuhr mit den Fingern über die rohe Stelle, wo das Holz beschädigt war. Splitter. Ein paar Teile auf dem Boden. Die Tür war leicht zu knacken gewesen.

Ich steckte meinen Kopf aus der Tür und blickte auf das Labyrinth der Gärten hinaus, sah Katzen, die auf drei Pfoten balancierend ihre Gesichter putzten, meine Nachbarin, die mit einer Taschenlampe in der Hand zwischen ihren Tomatenpflanzen Jagd auf Schnecken machte.

»*Buenas noches!*« rief ich.

»*Noches!*«

»Irgend etwas – Ungewöhnliches? *Raro*?«

»Hä? Nein, nein! Alles *tranquillo*. Ruhig.«

»Großartig.« Ich lächelte. Absolut großartig. Wer waren diese Leute? Unsichtbare Eindringlinge? Geister? Ich erinnerte mich an Roses Worte und schauderte.

Das Chaos war größer, als Frances es je hätte anrichten können, und ich staunte über das Chaos, das aus unserer Ehe geworden war. Ich stand allein davor. Und allein davor, die Scherben aufzusammeln. Frances war nicht zu erreichen.

Ein hauchdünner Nebelstreifen zog sich über den Mond und wickelte mich ein. Jetzt versink nicht in Selbstmitleid, Emma Victor. Setz dich einen Moment hin und versuch an etwas zu denken, was dich aufmuntert.

Der lesbischwule Stonewall-Krawall, das lesbischwule Antidiskriminierungsgesetz, die lesbischwulen Medien, die lesbischwule Telefongesellschaft, das lesbischwule *Time Magazine*. Würde es alles auf das gleiche hinauslaufen? Würde Community einfach durch Kapitalismus ersetzt werden? Dasselbe in Veilchenblau? Würde lesbischwul dann überhaupt noch von Bedeutung sein? Würde meine Ehe noch von Bedeutung sein? Mußten wir nicht aus genau diesem Grund unsere Geschichte bewahren? Würde irgend jemand sie lesen wollen? Würde irgend jemand je wieder lesen? Das waren nicht gerade die richtigen Gedanken, um mich zu Taten anzuspornen.

Ich ging zurück in die Küche. Der Motor des Kühlschranks versuchte mit den weit aufgerissenen Türen mitzuhalten; er kühlte die gesamte Küche, meine gesamte Welt. Der Kühlschrank und der Gefrierschrank waren ausgeleert, und auf dem Fußboden war ein neues Eintopfgericht entstanden, völlig einzigartig und mit Glasscherben gewürzt. Gefrorener Joghurt, pürierte Erbsensuppe, das merkwürdige Diäteis mit Grüner-Tee-Geschmack, das Frances gekauft und natürlich nie gegessen hatte. Was für komische Lebensmittel sie immer mit nach Hause brachte! Der Blätterteig für irgendein Backprojekt, zu dem sie nie gekommen war. War das die Apfelernte von vor zwei Jahren? Drei Jahren? Würde es eine neue geben? Ich schmolz zu einer sentimentalen Pfütze, so süß und klebrig wie die Schweinerei auf dem Fußboden. Außerdem fing ich an zu heulen, ein weiterer hormonaler Trick. Statt dessen sollte mir das Adrenalin in den Adern pulsieren, ich sollte über Zäune springen, hinter Gurl Jesus herrennen, hinter dem Eindringling, der unser Heim verwüstet hatte. Wem wollte ich denn noch was vormachen? Unser Heim war längst zerstört gewesen. Ich hatte plötzlich das Gefühl, die physische Manifestation dessen zu sehen, was zwischen Frances und mir in den letzten drei Monaten passiert war. Warum hatte ich es nicht eher kapiert?

Süßkartoffeln und Lasagnereste. Ein Streifen gelbes Senf-Honig-Dressing lief über einen Sesam-Bagel und vereinigte sich mit einem Viertelliter Milch, der auf dem Fußboden ausgeleert worden war. Ein Becher fettarmer französischer Vanillejoghurt war über dem ganzen Durcheinander ausgekippt worden; er war in Form geblieben und wackelte obenauf wie ein Fez. Jede Müslipackung, jede Gewürzdose und jede Teedose war untersucht worden. Kleine Behältnisse, klein genug für einen Schlüssel.

Ich stieg mit langen Schritten über die Müllhaufen, die einmal unsere Bücher gewesen waren, unsere Lebensmittel und Möbel, der Krimskrams zweier Leben. Als ich mir den Schaden in jedem Zimmer besah, war es ein schwacher Trost, daß sie nicht gefunden hatten, wonach sie suchten.

Ich hörte Schritte über mir. Vertraute Schritte. Lauras Schritte. Es war Zeit, Laura zu rufen. Beinahe. Ich sah der Befragung nicht gerade mit Begeisterung entgegen. Aber es gab keinen Weg drumherum.

Ich ging ins Badezimmer, wo die letzte Pflanze meiner Ernte lag, eine feine weibliche Pflanze, die Fresca nicht ganz die Toilette hinunterbekommen hatte. Sie trug noch ein paar Blüten. THC, der aktive Wirkstoff in Marihuana, ist nicht wasserlöslich. Du konntest dich mit dieser Babyblüte immer noch gut bekiffen.

Ich legte die Pflanze auf den geschwungenen Badewannenrand, spülte sie ab, wickelte sie in Zeitungspapier und steckte sie in eine Plastiktüte. Dann legte ich die Tüte unter das Bett im Gästezimmer.

In unserer altehrwürdigen nachbarlichen Tradition griff ich zum Telefon. Wir klingelten nie an der Haustür. Türklingeln machen Cops nervös. Sie machen uns alle nervös. Statt dessen benutzten wir das Telefon. Wir hielten das für höflich. So weit waren wir schon gekommen. Ich rief meine Nachbarin an.

»Hallo?« Die Stimme kam vom Grund eines Brunnens, wo fünfzigtausend Zigaretten auf arg lädierten Stimmbändern ausgedrückt worden waren. »Wer ist da?«

»Emma.«

»Ich hoffe, du hast einen guten Grund.«

»Meine Wohnung ist gefilzt worden.«

Es folgte eine lange Stille. Ich sah Fluffy dabei zu, wie sie eine Fliege jagte und zwischen dem Fenster und ihren Krallen einsperrte. Aufgespießt, brummten die Flügel hilflos am Ende einer ihrer langen gebogenen Krallen.

»Ich komme sofort runter«, sagte Laura. Aber sie war nicht besonders glücklich darüber.

In der Zwischenzeit suchte ich nach Spuren und bemühte mich, nichts anzufassen. Soweit ich es beurteilen konnte, *gab* es keine Spuren. All die Ruinen, von der feinsten Zahnbürstenborste bis zum gebrochenen Buchrücken von Frances' *Lavoisier*, waren unbestreitbar unsere eigenen. Bis auf die Tüte mit Gurl Jesus' Negativen.

Und es würde vermutlich auch keine Fingerabdrücke geben. Dann bemerkte ich das letzte Detail der Durchsuchungsaktion, das mir das Blut in den Adern gefrieren ließ. Sie hatten im ganzen Apartment die Steckdosen von den Wänden geschraubt. Die Kabel baumelten lose aus den kleinen quadratischen Löchern im Putz. Das würde Laura bestimmt gefallen.

Laura kam in ihrem weißen Baumwollbademantel mit dem gestickten Monogramm auf der Tasche die Treppe heruntergestapft. In ihren Augen lag ein fieser Blick, da sie den Samstagabend wieder einmal *zu Hause* verbrachte. Lauras schulterlanges kastanienbraunes Haar war zerzaust, ein Zustand, in dem ich es noch nie gesehen hatte. Für gewöhnlich bürstete sie es mit hundert Strichen, aber mein Anruf mußte ihr Abendritual unterbrochen haben.

Laura hatte vom Rauchen eine Menge kleiner Fältchen um die Augen bekommen, Augen, mit denen sie den ›Du kannst mich mal‹-Blick bemerkenswert lange durchhalten konnte. Auf ihrem Gesicht würden sich niemals Lachfalten zeigen. Laura war nicht besonders redselig, und wenn sie sprach, war es stets sehr grimmig. Ich mußte ihr erst etwas zum Fraß vorwerfen. Das war kein Problem. Du lügst die Cops nicht an. Du erzählst ihnen nur einfach nicht alles. Und wenn du Glück hast, lassen sie dich laufen.

»Du hast fünf Minuten.« Eine frische Zigarette baumelte zwischen ihren zitternden Fingern, die Laura ab und zu an die Lippen führte, um daran zu saugen und den Rauch in meine Richtung zu blasen. Ich sah den Blick in ihren Augen, als sie sich im Apartment umsah. »Ich höre«, sagte sie.

»Demoliert.« Ich fing mit Untertreibungen an.

Laura sah mich an, verengte ihre haselnußbraunen Augen zu schmalen Schlitzen, als ob mein Gesicht einen schlechten Abdruck auf ihrer Iris hinterließ. Sie sah sich in der Küche um, schnupperte und hustete. »Schlechte Haushaltsführung, Emma.« Laura hatte sich nicht die Zähne geputzt.

»Ja, so könntest du es wohl nennen.« Ich lächelte beinahe. Laura näherte sich meinem Gesicht.

»Die Nase gepierct.« Sie warf einen Blick auf den Diamanten. »Wie exzentrisch, Emma. Vielleicht hast du ja Glück und sie erfinden eines Tages Nasenkitt.«

»Zu meinem Apartment –«

»Okay, Emma, was ist passiert?« Mit Cops war nicht zu spaßen. Auch dann nicht, wenn sie zu deinen Nachbarn gehörten. Aus dem gleichen Grund wollte ich keine langen Geschichten erzählen.

»Ich habe heute morgen in aller Frühe einen Spaziergang gemacht. Ich bin eben erst wieder nach Hause gekommen und habe die Küche so vorgefunden. Hast du irgend etwas gehört?«

»Nein.« Laura sah sich nicht in der Küche um, sah sich auch nicht die Schweinerei auf dem Küchenfußboden an. Sie schaute aus dem Fenster. Schaute in den Garten mit den drei großen Lücken.

»Der Garten sieht ziemlich leer aus, Emma.«

»Ja, also, darum geht es nicht. Danach haben sie nicht gesucht. Die Pflanzen waren schon weg, bevor sie eingebrochen sind.«

»Ich gehe jetzt wieder nach oben, zu meinem Kräutertee, Emma. Vielleicht solltest du ebenfalls darauf umsteigen. Es macht nicht so viel Dreck in der Küche.« Die stämmige Gestalt im weißen Bademantel drehte sich um, bereit, sich die Treppe hochzuschleppen.

»Laura, es steckt mehr dahinter, als es den Anschein hat«, fing ich an, aber Laura hatte bereits zu einem pathetischen Vortrag angesetzt.

»Ich bin nur froh, daß es nicht meine Wohnung war«, deklamierte sie. »Ich bin froh, daß wer auch immer nicht auf die Idee gekommen ist, daß *ich* einen grünen Daumen habe, und beschlossen hat, in *mein* Apartment einzubrechen.« Paff, paff. »*Meine* Waffe gefunden hat. Irgendein Krimineller, der mit meiner Walther rumläuft, weil meine verdammte Hausgenossin beschlossen hat, auf meinem Grundstück Gras anzubauen. Das möchte ich mal meinem Lieutenant erklären. Ja, es steckt wirklich mehr dahinter, als es den Anschein hat, Emma. Zum Beispiel, warum ich niemals –«

»Kannst du vielleicht mal eine Sekunde aufhören, dir Sorgen um deine verfluchte *Knarre* zu machen, ja?«

Laura machte sich ständig Sorgen um ihre Knarre. In die Wohnungen von Polizisten wurde regelmäßig wegen ihrer Waffen eingebrochen. Ich wußte genau, wo Laura ihre aufbewahrte – in ihrer Schmutzwäsche. Der letzte Ort, an dem sie jemand finden würde. Außer mir, als ich nach einem Lappen suchte, um auf unserer letzten Dinner-Party verschütteten Rotwein aufzuwischen.

»Ich möchte, daß wir eine Alarmanlage einbauen lassen, okay?« sagte Laura gedehnt. Das hörte sich nach einer Hausversammlung an. Das hörte sich ganz nach Hanfverbrennen an. Und meine kranken Freundinnen würden diesmal nicht davon profitieren. Laura nahm einen tiefen Zug von ihrer Zigarette und drehte mir den Rücken zu.

»Laura, es ging nicht um die Pflanzen«, sagte ich an ihren Rücken gewandt. »Ich glaube nicht, daß irgendeine Alarmanlage diese Leute aufgehalten hätte. Und ich habe noch von niemandem gehört, der mehrere Pfund Marihuana hinter einer Steckdose vermutet hat, du etwa?«

Das bremste sie. Über dem Kopf mit dem ungebändigten Haar

stieg Rauch auf. Sie drehte sich langsam um, zuerst die Füße, dann der stämmige Rumpf, bis ihre braunen Augen einen Treffer landeten. Verhörtechnik.

»Erzähl mir, was hier vorgegangen ist, Emma.«

»Sie haben nach etwas Kleinem gesucht, Laura.«

»Na schön. Erzählst du mir jetzt endlich, wonach sie gesucht haben, Emma? Ich habe keine Zeit für solche Spielchen.«

»Als ich gestern nacht nach Hause kam, habe ich Schritte auf dem Dach gehört. Dann hörten sie wieder auf. Du kamst nach Hause. Ich bin spazieren gegangen. Im Morgengrauen.«

»Woraus wir schließen –«

»Daß sie das Haus beobachtet haben, Laura. Sie haben angefangen, als deine Lichter noch aus waren und nachdem ich das Haus verlassen hatte. Sie waren schnell. Es müssen mehrere gewesen sein. Es müssen Profis gewesen sein.«

Laura dachte darüber nach. »Ich höre, Emma.«

»Wie können sie es getan haben, ohne dich aufzuwecken?«

»Das hast du schon selbst beantwortet. Okay. Sie haben nach etwas Kleinem gesucht. Klein genug, um hinter eine Steckdose zu passen. Wonach haben sie gesucht, Emma?«

»Ich hatte den Auftrag, Howard Bloomings Nachlaß ins Archiv zu bringen. Ich bin überfallen worden, nachdem ich ihn bei David Stimpson abgeholt hatte. Es kann ein Versuch gewesen sein, Howards Papiere zu stehlen. Oder auch nicht. Ich habe die Unterlagen zur Gala ins Archiv mitgenommen, habe sie eigenhändig im Tresor eingeschlossen und –« Ich überlegte schnell. Ich wollte Laura nichts von Fresca erzählen. »Ich habe den Schlüssel an mich genommen. Heute morgen habe ich ihn in einen Umschlag gesteckt, einen langen Spaziergang gemacht und ihn an mich selbst geschickt. Die Post kommt Montag zwischen neun und zehn. Ich glaube, daß sie hinter diesem Schlüssel her waren, Laura.«

»Und jetzt wissen sie, daß du ihn nicht hast. Prima. Alles, was du zu tun hast, ist, dieses Durcheinander aufzuräumen und bis Montag zu warten. Willst du eine Polizeieskorte zum Briefkasten?«

»Oder will ich den Nachlaß von Howard Blooming der Polizei

übergeben?« fragte ich Laura und mich selbst. Sie dachte darüber nach.

»Die Unterlagen müssen an einen sicheren Ort. Einen sichereren Ort als jetzt.«

»Ich möchte nicht, daß sich das FBI in die Sache einmischt, Laura.«

»Das FBI? Wovon sprichst du?«

»Laura, hältst du es für möglich, daß die CIA in der Stadt herumspioniert?«

»Nun erzähl mal keine Märchen, Emma. Du bist überfallen worden. Du baust Dope in deinem Hinterhof an, und dein Haus wurde gefilzt. Das ist alles. Du machst mich nervös, Emma. Ich möchte nicht nervös sein. Ich brauche meinen Schönheitsschlaf.« Sie drückte ihre Zigarette in einer zerbrochenen Untertasse aus.

»Laura, ich meine es ernst mit der CIA. Es gibt Gerüchte, daß Jeb Flynne –«

Sie hielt inne. Gleich würde sie mich auslachen. Was sie auch tat, aber es war kein albernes Gelächter. Es war das spöttische, harte Lachen einer Frau, die die menschliche Natur, besonders meine, amüsant fand. »Ich habe genügend Verschwörungstheorien gehört, um mindestens fünfzehn Krimis zu schreiben, Emma. Alles reine Fiktion. Die Menschen lieben es, in Schubladen zu denken. Daraus resultieren neunzig Prozent aller Verschwörungstheorien. Seit dem Attentat sind zwanzig Jahre vergangen, und keine einzige ernstzunehmende Zeugenaussage über Jeb Flynne. Irgend jemand hätte es ausgeplaudert, vielleicht auf dem Totenbett, vor dem Aufstieg in den Himmel oder dem Sturz in den Keller. Das ist nur eine Verschwörungstheorie, die zu all deinen anderen Theorien darüber paßt, wer in Wirklichkeit die Welt regiert. *Niemand* regiert die Welt, Emma, und das ist die traurige Wahrheit. Ich weiß es. Es gehört zu meinem Job, jeden Tag in einem kleinen Teil der Welt für Ordnung zu sorgen. Jede größere Stadt in Amerika ist ein bißchen aus den Fugen. Es tut mir leid, daß deine Wohnung verwüstet wurde, aber laß deswegen nicht deine Phantasie mit dir durchgehen.«

»Die Spionageeinheit, der Flynne angeblich angehörte –«

»Gerüchte, Emma. Er hat lediglich an einem Trainingsprogramm für Offiziere teilgenommen.«

»Das hier sieht nach Profis aus.« Ich deutete mit meinen Händen auf das Chaos vor mir.

»Na und? Auch Gangster arbeiten professionell. Jeb Flynne war ein Idiot mit einem Plan und einem Sturmgewehr. Du hast illegale Substanzen in deinem Hinterhof angebaut, übrigens hoffe ich sehr, daß keine Spur davon übrig ist. Gangster, Emma, Gangster sind sehr, sehr beschäftigte Leute. Besonders, wenn es um illegale Substanzen geht. Das ist die einfache und langweilige Wahrheit. Ich wünschte nur, du würdest aufhören, Dope in deinem Hinterhof anzubauen. Emma, wenn deine Pflanzen so groß werden, kann dein Rittersporn sie nicht mehr verdecken. Während du eine Menge Chemotherapie-Patientinnen beglückst, steht mein Job auf dem Spiel.«

Es wurde Zeit, daß Laura sich eine neue Zigarette ansteckte. Ihre Finger zuckten.

Sie beugte sich runter, um Fluffy zu streicheln. Normalerweise hatte sie kein Faible für Katzen. »Weißt du, was über den Unterschied zwischen Hunden und Katzen gesagt wird, Emma?«

»Ich bin heute nicht in Form für Rätsel, Laura.«

»Katzen kommen dich nicht im Gefängnis besuchen, Emma.« Laura lachte. Sie war heute abend wirklich hart drauf. Und wie immer aufmerksam. »Du hast eine Nachricht.« Sie hatte den blinkenden Knopf an meinem Anrufbeantworter gesehen.

Ich stapfte durch den ganzen Müll zum Anrufbeantworter und sah eine leuchtende 1. Ich drückte auf den Knopf und hörte, wie eine Nachricht zurückgespult wurde. Laura blieb da, um mir den Abend zu retten. Sie zündete sich eine weitere Zigarette an und lehnte sich in den Türrahmen.

Ich hörte dem Quietschen der rückwärtslaufenden Stimme zu. Frances, Frances, es würde mir wenig ausmachen, wenn Laura eine Nachricht von Frances mithörte. Wahrscheinlich würde es uns allen besser gehen danach. Aber als das Band klickte, gab es eine Stimme wieder, die ich wirklich nicht hören mußte.

Piep. »*Hallo Emma, hier ist Fresca. Ich wollte dir nur sagen, daß mir die letzte Nacht wirklich sehr gut gefallen hat. Und es tut mir wirklich sehr, sehr leid um deine Pflanzen.*« Fresca Alcazons Stimme blökte in die Stille zwischen Officer Deleuse und mir. Himmel, wo war nur der Lautstärkeregler? Von der Seite sah ich, wie sich Lauras Lippen zu einem seltenen Lächeln verzogen, und es fiel mir schwer, sie nicht zur Tür hinaus zu schieben. Aber es war schon zu spät. Dafür und für eine Menge anderer Dinge.

»*Wirklich sehr, sehr gut gefallen hat*«, fuhr Fresca fort. »*Und ich möchte etwas sagen …*«

Na, klasse. Ich konnte sehen, wie Laura still in sich hinein lachte, als sie Fluffy gemächlich den Rücken streichelte. Sie *mochte* unsere Katzen überhaupt nicht.

Fresca plapperte heiser weiter, und ich konnte sehen, wie Laura ihre Ohren spitzte, um auch ja alles mitzukriegen. Endlich fand ich den Lautstärkeregler, aber es war zu spät. Frescas Botschaft war in der Stille in der Mission immer noch zu hören. Laura kraulte Fluffy den Hals, streichelte ihr übers Schlüsselbein.

»*Und noch etwas*«, plapperte Fresca weiter, endlos weiter in diesem sonoren Singsang. »*Warum gefällt mir Leib heben. Eine Rose ist eine Rose ist eine Rose. Leib heben gefällt mir, weil es eine Beschäftigung ist, die mir Spaß macht.*« Dann hörte ich, wie ihre Lippen schmatzten, das Geräusch eines Kusses und ein Klicken.

Das war's. Laura lachte laut los. Ich konnte sehen, wie sich ihre Lungen mit Luft füllten und die feine gebleichte Baumwolle ihres Bademantels aufblähten. Wie es in ihrem Brustkorb gluckerte und die Gluckser aus ihrem Mund kamen – ein häßliches Geräusch, wie ein Auto, das eine Fehlzündung hat.

Immerhin war es Laura gelungen, die Katze zu erschrecken. Fluffy fuhr eine Kralle aus, und dann war ich mit Lachen dran, als sie eine dünne Linie über die zarte Haut auf Lauras Handrücken zog, die sich schnell mit dem Blut der Polizistin füllte. Soviel dazu, die Cops zu rufen.

KAPITEL DREIZEHN
Putzen und Schlafen

Samstag abend, und ich würde den *Examiner* nach Neuigkeiten über Tracy Ports Ableben durchforsten und meinen Küchenfußboden schrubben. Es war an der Zeit, mich zu sammeln, nachzudenken und verschiedene Möglichkeiten durchzuspielen. Dabei konnte das Putzen vielleicht, ganz vielleicht, von Nutzen sein.

Ich suchte mir stabile Müllsäcke heraus, anonyme graue Säcke für alles, was kaputt und ruiniert war. Dazu Gummihandschuhe und umweltfreundliche Reinigungsmittel. Einen neuen Mop und drei Tüten mit Wunderputzlappen. Ich hatte noch keine Zeit gehabt, mir die Negative anzusehen. Gurl Jesus, ermordet. Tracy, erledigt. Laura hatte recht. Es gab keine Ordnung, nur Chaos. Keine Verschwörung, nur Zufall. Gurl Jesus war ein Speed-Junkie gewesen, und Speed-Junkies starben oft genug. Amphetamin-Fixer, die umtriebigsten Kriminellen im ganzen Geschäft. Sie hielten die Polizei von San Francisco rund um die Uhr auf Trab. Sie konnten länger wachbleiben und schneller denken als jeder drogenfreie Inspektor, der versuchte, sie mittels Funktelefon zu jagen. Speed-Junkies sausten durch die Nacht. Das Problem war nicht allein, daß ihre Gehirne mit bemerkenswerter Geschwindigkeit arbeiteten, schlimmer noch, sie gingen immer davon aus, daß ihre Pläne unfehlbar aufgingen.

Laura hatte recht. Es gab keine Verschwörung, keine CIA. Nur jemanden, der Tracy Port umbringen wollte.

Ich könnte jetzt ein bißchen Speed gebrauchen, dachte ich, als ich im Schlafzimmer anfing und alle Kleider aufhängte. Meine Uralt-, Sport- und Secondhand-Klamotten. Das elegante Paar Oxfords mit den karierten Schuhbändern. Jogginghosen und ärmellose Seidenhemden. Abgeschnittene T-Shirts und alte handgestrickte Pullover. Pullover, die Frances für mich gestrickt hatte. Ein zweireihiger Nadelstreifenanzug mit passendem Rock für die glücklicherweise seltenen Gelegenheiten, wenn ich vor Gericht erscheinen mußte.

Gurl Jesus, ich bete inständig, daß ich keine Fingerabdrücke in deiner Wohnung hinterlassen habe.

Dann waren da noch Frances' Busineßklamotten, eine endlose Reihe von Bügeln mit kleinen Doppelclipsen auf den Querleisten, Reihe um Reihe sorgfältig aufgehängte Kleider, Freizeithosen und Röcke. Da waren die gemeinsam benutzten Skianzüge und Bademäntel – ich schob in sie alle Bügel hinein. Ich arbeitete schnell und vermied dabei, über die Finger nachzudenken, die jede Tasche nach außen gekehrt hatten. Auf dem Fußboden lagen kleine Papierkügelchen und jede Menge Kleingeld. Alles grauenvoll fremd und vertraut zugleich.

Ich legte eine *Deee-lite*-Scheibe in den CD-Player.

Mit *Deee-lite* den Staubsauger übertönend, fegte ich in die Küche. Das merkwürdige Zusammenspiel der verschiedenen Geräusche wetteiferte mit meinen wirren Gedanken und siegte, lenkte mich ab von all den Dingen, von denen ich mich verabschieden mußte, als sie in die Müllsäcke wanderten. Ich fühlte mich klarer, als ich das Linoleum endlich wieder auftauchen sah.

Ich sah auf die Uhr. Mitternacht. Alles war sauber. Aber total verändert. All der zersprungene Schnickschnack war verschwunden. Der Kühlschrank war leer. Von unserem Geschirr war nicht viel übrig geblieben. Ich war müde. Ich war sehr, sehr müde. Wenn Frances den Eindruck hatte, daß ich auf spärliche Inneneinrichtung stand, würde sie restlos davon überzeugt sein, wenn sie aus Seattle zurückkam. Falls sie überhaupt in Seattle war.

Meine Beine trugen mich zur Haustür, wo ich die Tüte mit Gurl Jesus' Negativen stehengelassen hatte. Ich warf einen Blick hinein. Die gewellten Quadrate raschelten leise, als ich die Tüte schüttelte. Meine Beine trugen mich automatisch die Treppe nach oben ins Gästezimmer.

Ich legte mich auf die Tagesdecke und schüttete die Tüte aus. Die gewellten Negative fielen heraus.

Da war ein Fuß, und weit hinter dem Grübchen eines glattrasierten Kinns war eine Aufnahme des Deckengemäldes zu erkennen. Ein

Gruppenfoto zeigte Hunderte von schwarzgesichtigen Männern mit identischen weißen Schnurrbärten. Unser Tisch konnte nicht schwer zu finden sein.

Ich ging sorgfältig all die merkwürdigen Ereignisse des vergangenen Abends durch – seitenverkehrt. Meine Augenlider wurden schwer. War das Helen, die sich mit Leuten an einem Tisch unterhielt? Die Negative hatten keine Nummern und keine Ordnung mehr. Aber das waren mit Sicherheit Carla Riberas lange Locken, die ihren Rücken hinunterhingen. Foto um Foto unverwechselbare Mojos auf dem wulstigen Bauch von Renquist Falkenberg, sein Gesicht so weiß wie frisch gefallenener Schnee.

Wie viele Leute waren wütend auf Tracy, weil sie das Archiv dazu benutzte, ihre eigene Karriere voranzutreiben? Wie viele Leute besaßen den Ehrgeiz, Direktor oder Direktorin der besten Quelle für lesbischwule Forschung in der ganzen Welt zu werden? Wie viele wollten sie aus dem Weg haben? War Allen wirklich so harmlos, wie er tat? Und wer sich auch nur ein bißchen in der lesbischwulen Literaturszene auskannte, wußte, daß Helen eine Halskette mit einem giftgefüllten oder angeblich giftgefüllten Anhänger trug. Publicity, hatte Rose verächtlich geschnaubt, und Rose selbst stand außer Verdacht. Falls sie nicht schizophren geworden, komplett abgedreht war, nachdem Carla Ribera sie verlassen hatte.

Würde ich auch völlig abdrehen, aus dem Leim gehen, ohne Frances?

Laura Deleuse hatte recht. Es gab keine Ordnung. Nur das sorgsam arrangierte Durcheinander meines Unterbewußtseins und das Ende der Beziehung mit Frances. Irgendwie war das auch meine Schuld. Mir fielen die Augen zu.

Ich hatte kein Zuhause in San Francisco. Ich schwebte über der Stadt, durch Abgaswolken hindurch, und wurde in eine dunkle Höhle gezogen, das Café Damenbart der Roten Dora. In der Toilette traf ich eine schöne braune Dame. Sie war dabei, sich einen Schuß zu setzen. Das Badezimmer war mit Blumen bemalt, die Rohre waren große Arme, starke Arme, blumenbedeckte Arme. Auf diesen

Armen waren keine Einstiche zu sehen. Es waren die Arme von Deborah Dunton.

Es gab kein Entrinnen vor dem vielen Blut, das plötzlich aus Frescas Arm quoll und aus ihrem Mund sprudelte. Der Raum war klein und wurde immer noch kleiner. Fresca, wurde mir klar, schoß sich kein Heroin. Ich hatte mich geirrt.

Fresca baute eine Bombe, und Deborah Dunton gab ihr die Anweisungen dazu. Deborahs Worte waren sichtbar, der Raum war mit winziger Schrift gefüllt, mit Diagrammen, Pfeilen und Worten, die meinen Kopf umschwirrten. Wie Mücken. Wie Insekten, die stechen und beißen konnten. Wespen und Hornissen, die meine Hand von der Bombe fernhalten würden, die Fresca baute, der Bombe, die nach Deborahs Anweisungen gebaut wurde.

Die Zeit tickte, pochte zum Rhythmus einer Bronski-Beat-Scheibe, schlug mit dem Heben und Senken des Rubins an Frescas Hals und mit der ausgestreckten Hand von Renquist Falkenberg, der in letzter Minute auftauchte, um Wählerstimmen zu sammeln. Larry Boznian ritt auf seinen massiven Schultern, malte Szenen des Jüngsten Gerichts an die Decke. Die gewellten Negative von Gurl Jesus dienten ihm als Vorlage. Aber er malte die Fotografin selbst. Aus einem Einschußloch in ihrem Kopf tropfte rotes Gipsblut. Allmählich wurde es in der Toilette der Roten Dora reichlich katholisch und reichlich voll. Ich war beinahe erleichtert, als die Explosion kam und mich aus dem Schlaf riß.

Sonntag morgen. Ich lag in der Dämmerung auf meinem harten Bett. Ich war immer noch müde. Die Farbe hinter meinen Augenlidern war grau. Ich spürte, wie Fluffy aufs Bett sprang. Ich öffnete meine Augen. Fluffy war grau. Die Zimmerdecke war grau. Die Luft, die ich atmete, war grau.

Der Traum, die Vision, war mir so real, so wirklich erschienen, daß ich beim Aufwachen die Welt vor meinen Augen als dumpfes Echo wahrnahm, in der die Menschen lediglich hereingelegt und ermordet wurden, ein Widerhall, der ohne größeren Kampf keine brauchbaren Hinweise liefern würde. Ich wachte in dem Bewußtsein auf, daß manchmal auch die besten Ehen scheitern und du dich jederzeit und überall verlieben konntest.

Ich stand langsam auf und beugte mich dann vor, um unter das Bett zu sehen. Ich fand die kleine 22er und überprüfte den Lauf genau. Ich wischte die Fingerabdrücke ab, wickelte die Pistole in ein Papierhandtuch und steckte sie in einen Gefrierbeutel. Dann öffnete ich die Gefrierschranktür und legte sie hinein.

Ich rief Rose an, gab ihr meine Liste durch und machte einen Termin mit ihr ab. Dann fing ich an, kleine Dinge auf die Türgriffe und die Fensterbänke zu legen. Haare. Hänsel-und-Gretel-Krumen, die außer mir niemand sehen konnte. Es war keine Alarmanlage, aber für den Moment würde es reichen.

Das Telefon klingelte. Es war Renquist Falkenberg.

»Emma, wir planen eine Gedenkfeier für Tracy.«

Das ging ja schnell. Ich hörte jemanden im Hintergrund hantieren, das Blubbern einer Kaffeemaschine, anscheinend wurde ein spätes Frühstück zubereitet. »Das ist schön«, log ich. Es war überhaupt nicht schön. Ich war Beerdigungen leid. Außerdem war ich keine Freundin von Tracy gewesen. Aber ich konnte schon die Verantwortung auf meinen Schultern landen fühlen.

»Ich hätte dich gerne bei der Planung dabei.« Renquists Stimme klang gebrochen und weinerlich. Die Gedenkfeier für Tracy Port würde bestimmt gräßlich werden, dachte ich, eine einzige riesige Show der Heuchelei. »Ich treffe mich mit Deborah in ihrem Apartment.« Renquists Stimme festigte sich. »Sie hat um elf zwei Klientinnen.«

»An einem Sonntagmorgen?«

»Seelischer Notfall.«

Paartherapie an einem Sonntag, ein neunzigminütiger Notfall, der mir vielleicht die Gelegenheit bieten würde, eine halbe Stunde mit Deborah allein zu plaudern.

»Warum treffen wir uns nicht um halb zwei«, sagte ich, wohlwissend, was er antworten würde.

»Ein Uhr.« Renquist war ein vielbeschäftigter Mann.

Ich sagte zu. Deborah Dunton. Es war Zeit, daß ich ihr einen Besuch abstattete – und zwar allein.

KAPITEL VIERZEHN
Deborahs Apartment

Deborah Dunton lebte und praktizierte in ihrem Penthouse im Victoria-Mews-Eigentumswohnungskomplex. Wenn das Castro das Homodorado war, dann war Victoria Mews unser Buckingham Palast. Ein exklusiver Bau von Kaninchengehegen, zu einem großen gotischen Schloß herausgeputzt. An der Grenze zwischen Mission und Castro gelegen, blieb auch Victoria Mews nicht von der hiesigen Verbrechenswelle verschont, die von den Mietskasernen in Doras Hinterhof aus anschwoll und auf das Viertel überschwappte.

Von weitem bot es einen merkwürdigen, anachronistischen Anblick mit mittelalterlichen Türmchen und Türmen. Wenn du aber näher kamst, bemerktest du die viktorianischen Schnörkel, die mehr nach einem Disneyschloß aussahen als nach einer historischen Neuinszenierung.

Im neunzehnten Jahrhundert hätte es keine Tennisplätze gegeben, genausowenig wie das unterirdische Fitneßcenter mit den Squashplätzen und dem Kraftraum, keine Therme und keine Wohntürme, die einen großen dreieckigen Swimmingpool umstanden. Zumindest waren die Kacheln des Swimmingpools nicht rosa. Noch nicht. Die Bewohner hatten eine Petition eingereicht.

Dieses genossenschaftliche Unternehmen hatte den alleinstehenden, berufstätigen, kinderlosen Lesben und Schwulen, die es sich leisten konnten, Grundbesitz in der Bay Area zu erwerben, eine Menge zu bieten. Vorgebliche Sicherheit und eine wunderschöne Aussicht auf die Bucht. Sie konnten ihr Heim beruhigt verlassen. Die automatischen Zeitschaltuhren waren darauf programmiert, das Licht einzuschalten, die Rolläden zu schließen und wieder zu öffnen. Anwälte, Ärzte, Ärztinnen, Anwältinnen, Paare und Singles, Tracy Port und meine ehemalige Therapeutin Deborah Dunton. Ein Haustier gestattet. Eine Menge Gezänk über die farbliche Gestaltung des Gartens. Und eine Menge Ärger für das Café Damenbart, als Mews-Bewohner gegen ihre Alkohollizenz protestierten.

Es war zwanzig nach zwölf. Ich hatte mit Renquist ein Uhr vereinbart. Ich sollte es gerade schaffen, ein Schwätzchen mit Deborah zwischen ihren letzten Termin und unser Treffen mit Renquist zu schieben.

Ich ging zum Haupteingang. Die Tür bestand aus superdichtem Kunststoff – der gleiche Stoff, aus dem Koffer hergestellt wurden. Der Kunststoff sollte erschöpftes antikes Holz vortäuschen und hielt manchmal die schlechten Menschen fern. Ein gutbetuchter junger Mann kam gerade heraus. Ich lächelte ihn an, als würde ich seit Jahren hier wohnen, und glitt reibungslos an ihm vorbei.

Obwohl die Apartments streng anonym aussahen, wie es der Eigentümerverein vorschrieb – keine Bilder im Flur, keine Wäsche auf dem Balkon –, kam es mir vor, als ob ich jeden Webfaden des Teppichs kannte, jede einzelne Kerbe im Türrahmen von Deborah Duntons Apartment. Als Klientin hatte ich es oft genug angestarrt, während ich mit Frances wartete. Wir hatten ganz schön viel hinblättern müssen, um in den Genuß der Therapie, dieser besonderen Zwanzigstes-Jahrhundert-Form der Heilung, zu kommen. An Deborahs Vortür befand sich ein Code-Schloß. Du gabst den Code ein und drehtest den Türknauf. Ich erinnerte mich immer noch an die Zahlenfolge.

Neun, fünf, drei, sieben. Wird Frances mich auch morgen lieben? Fünf, sieben, sechs, vier. Gehört ihr Herz auch wirklich mir? Null. Der elektrische Riegel glitt nach innen, und ich betrat den winzigen Flur, wie ich es zuvor als Klientin getan hatte. Aber diesmal würde *ich* die Fragen stellen. Und ›Wie fühlst du dich dabei?‹ würde nicht dazu gehören.

Mit der Einwilligung des Eigentümervereins hatte Deborah Dunton ein Viertel des Daches in ein Penthouse umgewandelt und sich dort ihre Praxis eingerichtet. Deborahs Therapie war fast geräuschlos. Aus dem Penthouse drangen keine wilden Urschreie. Nur leises Schniefen, ein paar Schluchzer und ein bißchen Gegenübertragung, damit du dich später richtig beschissen fühlen konntest.

Ich betrat den Flur, der in ein Wartezimmer umgewandelt worden war. Während meine Augen sich an das dunkle Mauve gewöhnten, hörte ich das vertraute pfeifende Rauschen, das von einer Geräuschmaschine stammte, die Deborah einsetzte. Ein melodisches rhythmisches Zischen, das sich wie die Bandaufnahme einer schlechten Klimaanlage anhörte. Die Geräuschmaschine war dafür gedacht, etwaiges peinliches Schniefen oder gelegentliche Schluchzer zu übertönen. *»Schhh«* machte sie.

An den Wänden hingen eine Menge ruhiger Blumendrucke in Messingrahmen. Ich setzte mich in einen der beiden zusammenpassenden Chintzstühle und starrte auf das beruhigende Streifenmuster, das in den dunkelbraunen Teppich zu meinen Füßen eingewebt war. Ich spürte, wie meine Nerven zu rasseln begannen. Wie oft hatte ich neben Frances auf diesem Stuhl gesessen, darauf gewartet, zu lernen, über unsere Beziehung zu sprechen. *»Schhhh«*, riet die Geräuschmaschine.

Warum konnten andere Menschen so offen über ihre Gefühle sprechen und ich nicht? Wie machten sie das nur? Wenn Emotionen in mir hochstiegen, nahmen sie nie die Gestalt von Worten an. Manchmal nahmen die Gefühle die Gestalt von Musik an, von Sex. Sogar Essen. Aber nie drückten sie sich in Worten aus. Das Beste, was mir in dieser Hinsicht je gelang, war, mich verbal abzugrenzen. Ich hatte noch einen weiten Weg vor mir, aber Deborah Dunton würde mich nicht begleiten.

Die Tür des inneren Heiligtums öffnete sich.

Zwei Paar weiße Tennisschuhe traten auf den Teppich hinaus. Steif gebleichte weiße Leinenshorts mit bunten Oberteilen und Tennisarmen, die aus den Ärmeln ragten. Aber die Mienen auf den Gesichtern dieser Klientinnen unterschieden sich wie Tag und Nacht, und was immer sie vorhatten, es hatte nichts mit Tennisspielen zu tun. *»Schhhh«*, riet die Geräuschmaschine.

»Danke, Deborah«, sagte die Blonde. Die Brünette sagte gar nichts. Sie war zu sehr damit beschäftigt, nicht die Fassung zu verlieren. Ihr Gesicht war angespannt; sie bemühte sich, nicht in Tränen auszubrechen. Sie war am Boden zerstört.

»Alles in Ordnung, Jane?« erklangen die melodischen professionellen Südstaatentöne von Deborah Dunton.

»Natürlich überhaupt nichts in Ordnung!« schrie Jane. Die Geräuschmaschine hatte keine Chance. »Meine Freundin hat mir gerade mitgeteilt, daß sie sich in eine andere verliebt hat! Was ist, warst du zu feige, es mir allein zu sagen, von Angesicht zu Angesicht, hä?«

»Siehst du, darum mußte ich es dir *hier* erzählen, Liebling«, sagte die Blonde, »in der Therapie, in Deborahs Beisein, damit ich mich beschützt fühle.«

»Na, bist du wieder parteiisch, Deborah?« fragte ich.

»Emma! Was machst du denn hier?« Deborahs Gesicht verdunkelte sich, und sie benötigte zwei volle Sekunden, um das friedliche Therapeutinnen-Lächeln wieder aufzusetzen. »Jane, Meg, warum geht ihr nicht nach Hause und macht ein paar von den Vertrauensübungen –«

»Hey, warum hat sie mir während der Vertrauensübung letzte Woche nichts von Sharon erzählt! Hä? Du Feigling, Meg!« schrie Jane.

»Das hätte euch hundert Mäuse erspart«, sagte ich von der Seitenlinie aus.

»Emma, ich kann deine geistreichen Bemerkungen nicht brauchen.«

»Konntest du nie.«

»Schhhh«, riet die Geräuschmaschine.

»Ruft mich an, Meg, Jane, falls ihr mich braucht. Ich stehe euch gern für eine weitere Krisensitzung zur Verfügung.« Deborah brachte sie zur Tür.

»Ja, und vergeßt euer Scheckheft nicht«, stichelte ich, aber die Tür hatte sich mit trauriger Endgültigkeit geschlossen. Dunton lehnte sich dagegen und sorgte dafür, daß ich mich in ihrem Flur fürchterlich in der Falle fühlte. Sie trug ein olivgrünes Bauernkleid aus grobem Leinen; schwere Falten bedeckten ihre schmächtige Figur. Ihre Lippen waren mit dunkelrotem Lippenstift verschmiert. Ein kleiner Streifen roter Farbe lief über einen ihrer Schneidezähne und ließ sie wie eine Füchsin aussehen, die bei den Hühnern gewesen war.

»Was ist los, Emma? Gibt es etwas, wobei ich dir helfen kann?«

»Ich möchte dir nur ein paar Fragen stellen.«

»Nun, du hast eine komische Art, das zu tun. Willst du mein Geschäft ruinieren oder was?«

»Tut mir leid, ich bin regrediert.«

Deborah betrachtete mich eingehend. »Okay, laß uns über Regression sprechen, Emma. Und über Aggression. Ein treffendes Thema, findest du nicht auch? Aber du wirst dich einen Moment gedulden müssen. Ich muß mich erst um meine Aufzeichnungen kümmern.« Deborah verschwand hinter der berühmten Tür ihrer Therapieräume. Ich betrachtete eine Weile den Teppich und fragte mich, was für Aufzeichnungen Deborah machte. Und warum. Ich hatte lange genug gegrübelt, um Stoff für ein paar Romane zu haben, als Deborah zurückkam.

Die blutrote Farbe war von ihren Zähnen verschwunden, und sie hatte eine fiebrige Version ihres Therapeutinnen-Lächelns aufgesetzt. Sie kam auf mich zu; die Falten ihres Kleides bewegten sich rhythmisch. »Paartherapie.« Sie hauchte die Worte in mein Gesicht, und mir wurde bewußt, daß sie getrunken hatte. Ich hätte ihren Atem mit einem Streichholz anzünden können. »Oh, Emma, manchmal glaube ich wirklich, daß ich dazu verdonnert bin, schlechte Beziehungen auszubaden!«

»Nun, zumindest wirst du dafür bezahlt.«

»Bloß schade, daß ich keine Freundinnen mehr habe. Auch *du* willst nicht mehr meine Freundin sein, nachdem – apropos, wie *geht* es dir und Frances?«

»Deborah, ich bin hier, um im Mordfall Tracy Port zu ermitteln.«

»*Wirklich*? Wer ist deine Klientin, Emma? Helen Thomas? Viel Glück. Sie ist schuldig, Emma. Schuldig wie die *Sünde*.«

»Ein überraschendes Urteil von einer Therapeutin, Deborah. Hör mal, ich möchte nur, daß du mir ein paar einfache Fragen beantwortest. Du brauchst weder einen Strick um Helens Hals zu legen noch die Probleme der ganzen Welt zu lösen.« Oder Whiskey zu trinken.

»Ich werde versuchen, mich zu beherrschen.« Deborahs Mund verzog sich zu einem sehr untherapeutischen, höhnischen Grinsen, als sie mich in ihre Praxis führte. Hier hatte sich nichts verändert.

Das Kind in uns war nicht nur willkommen, sondern wurde von Deborahs Inneneinrichtung förmlich herausgezwungen, durch einen Kaiserschnitt des Geistes. Der Raum war entschieden fröhlich, jede Ecke mit der Erinnerung an einen sonnigen Gedanken gefüllt. Girlanden aus getrockneten Blumen, Rosensträußchen und Weidenäste hingen von der Decke, gerahmte Sinnsprüche und Gemälde von Göttinnen umgaben Deborahs Klientinnen mit ihrer guten Laune. Dieser angestrengte Versuch war zuviel des Guten, und du warst schon total deprimiert, ehe du überhaupt die Spielzeuge gesehen hattest.

In einem Bücherregal, das sich vom Boden bis zur Decke erstreckte, waren Hunderte kleiner Plastikfiguren aufgereiht. *»Schhh«*, riet die Geräuschmaschine. Von Batman zu Schneewittchen und den sieben Zwergen, von Hulk bis zu Aschenputtel hatten sich die kleinen Gummiwesen auf Deborahs Bücherregal nach und nach vervielfacht. Eine Armee, die für Rollenspiele parat stand, als Verstärkung, so stellte ich es mir vor, für jede denkbare Variante der universellen Mythen, die du vielleicht unbewußt ausagieren wolltest.

Aber das entsprach nicht Deborahs Vorstellung. Ihrer Vorstellung nach solltest du dich mit einer der kleinen Gummipuppen identifizieren und Szenen darstellen, statt dich mit deiner Partnerin persönlich auseinanderzusetzen. Es war ein Weg, deine Gefühle zu verstehen und sie eventuell auch zu verbalisieren. Ich war mir dabei allerdings nur wie eine Idiotin vorgekommen. Und meine Reaktionen waren ständig als ›Verweigerung‹ eingeordnet worden.

Während der Sitzungen war meine Aufmerksamkeit stets zu den Buchrücken von Deborahs Bibliothek abgedriftet. Dort standen Bücher. Viele, viele Bücher. Ich fragte mich, ob sie sie alle gelesen hatte.

Die Autorin von *Wenn Lesben zu sehr lieben* sah mir in die Augen. »Also, was möchtest du wissen, Emma?« hauchte Deborah mich an. Ich zuckte zusammen.

»Ich habe mich gefragt, ob du vielleicht ein bißchen Licht auf die letzten Wochen vor Tracys Tod werfen könntest.«

»Wie du weißt, habe ich Tracy seit der Kreuzfahrt nicht mehr allzuoft gesehen.«

»Hast du in den letzten Wochen irgendeine Veränderung an ihr festgestellt?«

»Warum fragst du nicht Lee Turgo?« sagte sie bitter.

»Woher weißt du, daß Lee Turgo sich mit Tracy getroffen hat?«

»Es war offensichtlich, Emma. Ich war bei der Kreuzfahrt dabei, auf der sie zusammengekommen sind. Und Tracy war noch immer in Lee verliebt, bis zum Schluß.«

»Woher solltest du das wissen?«

»Ich weiß, wie Tracy ist, wenn sie verliebt ist, Emma. Sie ist einmal in mich verliebt gewesen.«

»Und?«

»Und – sie hat gepfiffen.«

»Sie hat *gepfiffen*?«

»Hör mal, Emma, Tracy wohnt – wohnte – genau nebenan. Unsere Badezimmer sind nicht gerade miteinander verbunden, aber ich konnte sie im Flur pfeifen hören. Ich weiß, daß sie verliebt war. Weil sie gepfiffen hat, als sie in mich verliebt gewesen ist.« Deborahs Augen glitzerten mit einer Intensität, die nur bei Leuten auftritt, die einen maximalen Alkoholpegel erreicht haben. Aber Deborah war eine Südstaatlerin. Wer wußte schon, wieviel sie vertragen konnte? »Ein Teil von mir ist auf Tracy eingestimmt«, sagte sie. »Wie gemein, rücksichtslos oder sogar unverschämt Tracy auch immer gewesen sein mag, im Kern war sie ein guter Mensch. Ich bin sicher, daß es Lee Turgo gewesen ist. Ich habe gesehen, wie sie auf der Kreuzfahrt geflirtet haben. Alle an Bord wußten, daß Helen auf Lesereise war. Und welche würde Tracy nicht nehmen, wenn sie nur den Schimmer einer Chance bekäme?« Mir fielen eine Menge Frauen ein. »Außerdem«, fuhr Deborah fort, »wenn Tracy sich verliebte, dann mußte es eine sein, die verheiratet ist. Das mußte so sein. Es *mußte* Lee sein.«

»Ich kann dir nicht ganz folgen, Deborah.«

Mit der Sicherheit einer Therapeutin sagte sie: »Es gibt so wenig Gerechtigkeit auf der Welt, Emma. Als Therapeutin bekomme ich das ständig zu sehen. Ich sehe Erwachsene, die in Wirklichkeit verletzte Kinder sind. Tracy hatte eine sehr unglückliche Kindheit. Sie hatte viele Probleme. Probleme, Nähe zuzulassen. Auch sexuell. Ich nehme an, daß Tracy als Kind schwer traumatisiert worden ist.«

»Woher weißt du, daß Tracy als Kind mißbraucht wurde? Hat sie es dir erzählt?«

»Das mußte sie nicht. Sie hat viele, viele Dinge für sich behalten. Aber ich bin Therapeutin, Emma. Ich erkenne so etwas. Tracy konnte nur etwas von sich geben – sexuell gesehen –, wenn ihre Liebhaberin eine Fremde war. Das erste Mal war wundervoll. Mit Tracy Port zu schlafen war die intensivste Erfahrung meines Lebens, Emma. Aber sie wollte all ihre Liebe und Leidenschaft an eine andere verschleudern, eine, der es gleichgültig war. Wenn du anfängst, sie zu mögen, kühlt sie ab.« Deborah schniefte und beschrieb mit ihrem kleinen Fuß einen Kreis. »Dieses Muster ist weit verbreitet. Nicht nur bei Lesben. Es zieht sich durch die ganze Gesellschaft.«

Deborah drehte sich zu ihrem Bücherregal um und nahm eine Gummifigur, Dornröschen, heraus. »Auf eine gewisse Art hat Tracy geschlafen, und ich, auf meine eigene egozentrische Art, dachte, daß ich sie erwecken könnte. Aber sie ist weitergegangen. Zu Lee Turgo.« Deborahs Blick war auf eine Gummischlange mit großen Giftzähnen gerichtet. »Zu einer Frau, die fest an eine andere gebunden und deshalb grundsätzlich unerreichbar war. Bis zu einem gewissen Grad würde Lee immer von Tracy getrennt sein – eine Fremde für sie bleiben.«

»Du sitzt im Vorstand des Archivs. Hat es Differenzen zwischen Tracy und dem Personal gegeben? Allen Boone? Connie, der Koordinatorin der Ehrenamtlichen? Hast du je von einer Ginger gehört?«

»Ich bin nicht im Verwaltungs- und Finanzausschuß, der die Managementfragen regelt, Emma. Aber Tracy ist mit allen ausgekommen, die Sendungsbewußtsein hatten –«

»Auch mit Allen?«

»Wie für einander geschaffen. Allen ist der ultimative Sammler, will nichts mit Verwaltung zu tun haben. Er hatte gar kein Interesse, Tracy in die Quere zu kommen.« Deborahs Stimme nahm einen beschützerischen Tonfall an. Ich dachte an das ruhige, vollgestopfte Sanktum in Allens Büro. »Sammeln, Emma, ist Allens Methode, um Gefühle der Hilflosigkeit abzuwehren. Ein Versuch, Geborgenheit und Bestätigung zu bekommen. Das war bestimmt nichts, was Tracy brauchte. Die beiden haben sich bestens ergänzt. Tracy hat tief in die Taschen der Spender gegriffen, und Allen greift sich das, was für ihn schützende Talismane sind.«

»Was ist mit Renquist?«

Deborah beugte sich verschwörerisch zu mir vor. »Das wird eine der Fallstudien für mein nächstes Buch, *Wenn Schwule zu sehr lieben*. Klingt nicht ganz so gut wie der erste Band, oder? Allen könnte das Buch selbst schreiben, wenn er darin nicht so miserabel die Hauptrolle spielen würde. Renquist hält ihn weit im Hintergrund –«

»Mir ist aufgefallen, daß sie sich auf der Gala kaum zueinander bekannt haben.«

»Ich nehme an, daß sie an den Wochenenden ein trautes häusliches Leben führen.« Sie zuckte die Achseln.

»Vielleicht ist es so für beide das beste. Allen scheint mir nicht der Typ für die Rolle des dekorativen Anhängsels zu sein. Er wirkt sehr glücklich mit seinen Sammlerstücken.«

»Allen ist mein Klient gewesen, Emma. Also weiß ich natürlich Bescheid. Und ich kann dir wirklich nicht mehr über ihn sagen.« Sie machte eine Pause und preßte ihre Lippen fest zusammen, um irgend etwas für sich zu behalten. Über die Geräuschmaschine hinweg war das Summen einer Fliege zu hören, die in dem fensterlosen Raum eingesperrt war. Ich fragte mich, wieviel Schaden eine nicht dichthaltende Therapeutin in einer kleinen Community anrichten konnte. »Ich kann mir überhaupt nicht vorstellen, was die Leute in Renquist sehen. Er ist mir einfach zu, zu *freundlich*. Ich traue ihm nicht«, sagte sie endgültig und setzte beide Füße fest auf den Boden.

»Er hat dieses Visionen-Ding«, sagte ich, und fragte mich, wie schnell ein Hochgeschwindigkeitszug nach Seattle fahren konnte. »Und er ist sehr überzeugend. Wann bist du das letzte Mal zum Flughafen gefahren?«

»Ich sage ja nicht, daß ich seine politischen Ziele nicht mag. Ich mag *ihn* einfach nicht. Mehr kann ich dir dazu nicht sagen. Wenn du in *Wenn Schwule zu sehr lieben* zwischen den Zeilen liest –«

»Seit wann habt ihr hier im gleichen Haus gewohnt, Tracy und du?«

»*Schhhh*«, riet die Geräuschmaschine.

»Du würdest es sowieso früher oder später herausfinden, Emma, und es macht mir auch nichts aus, es dir zu erzählen. Ich habe die Anzahlung für Tracys Wohnung geleistet. Das war, als wir noch zusammen waren. Ihre Fortbildung an der Hochschule für Bibliothekswissenschaften im vergangenen Jahr habe ich auch finanziert. Und ich habe es nicht bereut. Tracy war eine exzellente Bibliothekarin. Ich habe für sie als Direktorin des Archivs votiert. Die Wahl war übrigens einstimmig. Der gesamte Vorstand war überzeugt, daß Tracy die bestqualifizierte Kandidatin war. Sie hatte so ihre Probleme, was persönliche Beziehungen anging, aber sie war eine verdammt gute Direktorin.«

»Nochmal zur Anzahlung für Tracys Wohnung. Wieviel war das?«

»Hunderttausend«, sagte sie naserümpfend.

»Hunderttausend Dollar?«

»Sie hat es mir zurückgezahlt, Tausend pro Monat.«

»Das konnte sie sich erst leisten, nachdem sie Leiterin der Bibliothek war.«

»Deswegen habe ich nicht für sie gestimmt, Emma. Du bist so mißtrauisch.«

»Das ist mein Job.«

»Warum beschuldigst du nicht Helen Thomas? Tracy hatte jede Menge heiße Affären mit verheirateten Frauen. Nicht gerade eine Lebensversicherung, wenn du mich fragst.«

»Hatte Tracy eine?«

»Affäre?«

»Nein, Lebensversicherung.«

»Nun, ich kann es dir genausogut erzählen. Du würdest es sowieso herausfinden. Ja, Tracy hatte eine Lebensversicherung. Sie sollte den noch ausstehenden Betrag für die Anzahlung der Eigentumswohnung abdecken.«

»Und, hat sie sie dir zurückgezahlt?«

»Mehr als das, Emma, ich habe nicht nur die Anzahlung zurückbekommen, ich habe auch Tracys Eigentumswohnung geerbt. Das heißt, falls sie ihr Testament nicht geändert hat.«

»Hat sie?«

»Das weiß ich nicht. Seitdem wir uns getrennt haben, bin ich nicht mehr auf dem laufenden. Als Teil unserer Abmachung habe ich eine Abschrift ihrer Versicherungspolice erhalten. Aber ihr Testament kannte ich nicht. Ich kenne es immer noch nicht. Ich schätze, wir werden es erst herausfinden, wenn ihr Bankschließfach freigegeben wird. Die Polizei war heute morgen drüben in ihrem Apartment, auf Spurensuche.«

»Hast du einen Schlüssel, Deborah?«

»Wie kommst du darauf, daß ich einen haben könnte?«

»So etwas soll vorkommen. Ihr wohnt im gleichen Haus. Ihr wart Geliebte. Bist du nicht im Vorstand des Eigentümervereins?«

»Ja«, sagte Deborah langsam und fuhr sich mit der Zunge über ihre kleinen roten Lippen. Sie brauchte den Whiskey. Sie brauchte ihn dringend. Sie brauchte ihn schon seit langer Zeit. Aber das war nicht alles. Deborah Dunton brauchte etwas, das sie für Liebe hielt. Sehr dringend.

»Also, hast du nun einen Generalschlüssel oder nicht?« fragte ich.

Es folgte ein nettes bestätigendes Schweigen.

»Ich kann das auch in den Statuten nachlesen, weißt du.«

»Ah – ah nicht –« Da war der Südstaatenakzent wieder, wie immer, wenn Deborah nervös wurde.

»Ich möchte mich nur kurz umsehen, Deborah. Die Polizei ist schon drin gewesen. Laß uns sehen, ob der Eingang abgesperrt ist, ob die Tür zu ihrem Apartment versiegelt ist oder so etwas.«

Deborah zögerte lange genug, um mir den Eindruck zu vermitteln, daß sie es sich überlegte. Dann schüttelte sie ihren Kopf. Ich mußte es mit ein paar magischen Worten versuchen.

»Die Beziehung mit Frances läuft wirklich beschissen«, gestand ich ihr. Aber das war lediglich der Apéritif.

»Das ist nicht wahr!« Dann: »Es tut mir so leid.«

»Doch. Es ist genau, wie du gesagt hast, Deborah. Ich glaube, Frances hat von meinem Problem damit, Nähe zuzulassen, endgültig die Nase voll.«

Deborah musterte mich von oben bis unten. Sie war nicht blöd.

»Weißt du, ich kann einfach nicht darüber reden, ich kann es nicht in Worte fassen, so wie andere Leute.« Meine Darbietung kam der Wahrheit beängstigend nahe. Aber es klappte. Deborah setzte ihren Therapeutinnenblick auf und zog die Augenbrauen auf jene vertraute Art zusammen, die bei mir immer auslöste, daß ich die Klappe halten wollte. Dieses Mal mußte ich das Gegenteil tun. »Für mich haben Gefühle einfach keine Worte. Sie sind wie Farben, und wenn ich anfange zu reden, verschwimmen die Farben –«

»Emma, hast du mein Buch gelesen?«

»Nein.« Ich bemühte mich, reuig zu klingen.

»Ich hole dir ein Exemplar.« Deborah drehte sich um und lächelte mich mit einem winzigen, höchst furchterregenden Hauch von Vergnügen an. »Und ich bringe den Schlüssel zu Tracys Apartment mit.« Sie hievte sich mit einiger Mühe aus ihrem Sessel. Ihre schwachen Arme waren dem betrunkenen Kopf nicht gewachsen.

Deborah öffnete eine Tür, die ich sie nie zuvor hatte öffnen sehen. Es war die Tür zu ihren Wohnräumen. Während sie am Türrahmen Halt suchte, schielte ich an ihr vorbei und sah eine Menge rosa Wände und Pastellfarben. Das Apartment war mit Blumen vollgestopft, ich hätte es mir denken können. Deborah schwankte leicht – wie ein kleiner Kühlschrank auf Füßen – und versuchte durch die Tür zu kommen.

Ich nutzte die Gelegenheit, um herauszufinden, was für Aufzeichnungen Deborah sich über ihre Klientinnen machte. Ich ging zu ihrem Aktenschrank. Er war verschlossen, aber der Schlüssel hing darüber an einem Schwarzem Brett. Ich öffnete die Schublade mit ihrem eigenen Schlüssel. Drinnen fand ich Frances' *Lesbo-Parthenogenese*-Bericht.

Ich schob die Schublade wieder zu.

Ich setzte mich einen Moment auf die Couch, genau auf die Stelle, auf der ich so oft neben Frances gesessen hatte. Die Erinnerung daran trat in den Hintergrund, weit weg von mir. Etwas in mir wurde taub. Ich stand auf und folgte Deborah Dunton in ihre Privaträume. Drinnen angekommen, hielt ich jäh inne.

Chintz, Stickereien und handgeklöppelte Spitze. Und Waffen.

Zu Deborah Duntons persönlichem Einrichtungsstil gehörte eine Plexiglasvitrine voller Waffen.

KAPITEL FÜNFZEHN
Tracys Terrain

Deborahs Apartment hatte einen modernen, offenen Grundriß. Die L-förmige Einbauküche war ganz in Weiß gehalten; die Einbauschränke, italienisches Fabrikat, waren ebenso weiß wie die Einbaugeräte: weißer Geschirrspüler, weiße Müllpresse, weiße Mikrowelle, weißer Herd mit Ceranfeld. Das Küchenfenster mit Ausblick auf die Twin Peaks wurde zu beiden Seiten von gerafften geblümten Chintzvorhängen eingerahmt. Durch den Spalt der Twin Peaks quoll bereits eine Nebeldecke ins Tal.

Die Arbeitsplatte war kräftig dottergelb. Die Durchreiche darüber führte zum Eßzimmer, wo ein runder Tisch mit Primeltischdecke stand, umringt von Stühlen, deren Polster im gleichen Stoff bezogen und mit großen, flauschigen rosafarbenen Bändern befestigt waren.

Zur Rechten lag das langgestreckte Wohnzimmer, das mit weißem Teppich ausgelegt und einer Menge blaugrüner Korbmöbel vollgestellt war. Der kleine dunkle Flur mußte ins Schlafzimmer führen, wo Deborah vermutlich noch einen stärkenden Schluck für den Weg nahm und nach ihren Schlüsseln suchte.

Ich stand in dem anderen dunklen Flur, der von der Küche abging, und nahm Deborahs Waffensammlung in Augenschein. Ein ganz schöner Haufen. Für eine Therapeutin. Oder einen weißen Herrenmenschen.

Einschüssige Musketen. Antike Revolver, die nicht mehr benutzbar schienen. Eine Schrotflinte mit handgeschnitztem Mahagonigriff. Alle in dem Plexiglaskasten versammelt, dessen schwaches Schloß erschreckend leicht zu knacken war.

»Daddys gaaanzer Stolz«, sagte Deborah in meinem Rücken, ihre Südstaaten-Herkunft trat wieder hervor. »Er hat sie mir vererbt. Eine ganz schöne Sammlung, findest du nicht auch? Du weißt ja, wir Südstaatler und unsere Waffen. Und unser Whiskey. Wie wär's mit einem Schluck?« Deborahs Atem war eine Beichte, die mich beinahe aus den Latschen kippen ließ.

»Ist es nicht noch ein bißchen früh dafür, Deborah?«

»Ach, Unsinn, komm und setz dich zu mir auf die Couch, Emma.«

Berichte von Frauen über Belästigung durch ihre männlichen Therapeuten waren längst keine Überraschung mehr, aber wir Lesben sollten doch über diesen Dingen stehen. Schön wär's. So etwas kam auch bei uns vor. Nur nicht so häufig. »Laß uns später etwas trinken und plaudern, wenn wir zurückkommen, ja?«

Auf dem Grund von Deborahs Augen erschien ein Lächeln, das für meinen Geschmack ein bißchen zu schnell an die Oberfläche stieg. Sie drehte mir den Rücken lang genug zu, um einen Schluck aus dem Flachmann zu nehmen, den sie in ihrer Tasche bei sich trug. Als sie sich wieder zu mir umdrehte, waren ihre Augen hart und glänzend, genau wie vorher. Dann ging sie rüber und holte mir eine gebundene Ausgabe von *Wenn Lesben zu sehr lieben*.

»Ich signiere es dir später«, versprach Deborah mit einem Augenzwinkern.

Als wir auf den Flur traten, schloß Deborah die Tür erst, nachdem sie die Schloßsperre gelöst hatte, damit wir ohne Schlüssel wieder rein konnten. Sie machte es ganz automatisch, wie sie es wohl schon hundert Mal getan hatte, um durch die Korridore von Victoria Mews zu streifen. Als wir über den plüschigen Teppich liefen, unter der Sprinkleranlage hindurch und an den Feuerlöschern vorbei, wurde Deborah stiller und stiller.

Schließlich murmelte sie: »Mein Ohr ist auf diesen Korridor eingestimmt, wie du dir denken kannst. Ich horche und horche immer noch, in der Hoffnung, Tracys Schritte zu hören. Vielleicht werde ich es bis an mein Lebensende tun, Emma.«

»Siebenundzwanzig Schritte!« verkündete sie und geriet ein wenig ins Torkeln, als wir vor der Tür zu einem anderen Apartment stehenblieben, die sich in nichts von ihrem eigenen unterschied.

»Ich habe nicht mitgezählt.« Aber mir wurde klar, daß *Deborah* es getan hatte. Vielleicht tat sie es schon seit Jahren. Wenn Lesben zu sehr lieben.

»Gibt es noch einen anderen Zugang zu Tracys Apartment?«

»Es gibt einen Liefereingang.«

»Könnte jemand kommen und gehen, ohne gesehen zu werden?«

»Kann sein. Der Liefereingang ist für sechs Wohnungen.«

Deborah steckte den Schlüssel ins Schloß und zögerte. Ich hielt den Atem an. Wie kam ich darauf, daß hinter der Tür etwas Schreckliches lauerte?

Aber als die Tür geöffnet wurde, erblickte ich eine Seite von Tracy Port, die ich nicht für möglich gehalten hätte. Diese Tracy Port hätte ich sogar gern kennengelernt. Durch zartgrüne Jalousien strömte zartes Licht herein. Die Wände waren mit einer seidenen Grastapete bespannt, ein silbriges Gewebe, auf dem die Augen Ruhe finden konnten. Meine Pupillen gewöhnten sich langsam an das gedämpfte Licht. So ruhig. So friedlich.

Hatte es etwa noch eine andere Tracy Port gegeben, eine, die viel liebenswerter war?

Das Wohnzimmer stimmte vom Grundriß her mit Deborahs überein, hatte aber erheblich mehr Klasse. Auf dem hellen Parkett lagen rauchgrüne Teppiche, und das Mobiliar war edel. Im Gegensatz zu Deborah hatte Tracy sich für olivgrüne Einbauschränke, schwarze Einbaugeräte und eine Arbeitsplatte aus Vogelaugen-Ahorn entschieden. Die Küche war beinahe schmucklos.

Die rauchgrüne Farbe der Teppiche zog sich durch das langgestreckte Wohnzimmer; die hellen Töne setzte sich im goldenen Schimmer der Bücherregale, Kaffeetische und des gemütlichen kleinen Flügels in der Ecke fort. Die ganze Wohnung war sehr sauber und ordentlich, wie geleckt.

Deborah schniefte. Ich dachte an die vielen Rüschen in ihrer eigenen Wohnung und wie sehr sie diesen Hafen der Ruhe gleich am Ende des Flurs geliebt haben mußte. Deborah hatte das Geld, aber Tracy den Geschmack, so viel war klar. Ein Teil der Anzahlung mußte für die Seidentapeten und die handgewebten Seidenteppiche draufgegangen sein.

Hatte Tracy Deborah für die Anzahlung gevögelt? Und dann fallengelassen?

Deborah lief im großen Wohnzimmer umher; die Teppiche auf dem glatten Parkett verrutschten leicht unter ihren Schritten. Sie schwang ihre dürren Arme, als wollte sie Tracys Apartment umarmen. Und warum auch nicht? Es gehörte jetzt ihr.

Ich betrachtete die Teppiche, auf denen Fußabdrücke zu sehen waren. Spuren von Profis, Spuren von Tränen. Deborah hatte sich auf einem Bambussofa niedergelassen, fuhr sich mit den Fingern durchs Haar, griff kleine Büschel und zog daran. Deborah schien ein bißchen Angst zu bekommen.

Ich fing mit der Küche an. Es hätte nicht verwundert, wenn Reis, Bulgur und Bohnen alphabetisch geordnet gewesen wären. Die Gläser waren ordentlich aufgereiht, die Deckel fest verschlossen. Ich nahm jedes einzelne Glas in die Hand und schüttelte es. Reis, Bulgur und Bohnen.

Ich sah in den Kühlschrank. Tracy liebte Essen, gutes Essen. Auberginen mit Bio-Aufklebern. Pomodoro-Tomaten. Ein Rest Basilikum in einer Tüte, schwarz und weich geworden. Ein Eiweiß-Trunk. Hatte Tracy sich etwa Sorgen darüber gemacht, zu dünn zu sein? Du kannst nie zu reich oder zu dünn sein – das Motto einer berühmten Oberschicht-Hetera. Ich schaute in den Mülleimer. Vor kurzem geleert.

Alles deutete auf strikte Kontrolle hin. Das strenge Farbschema. Nicht eine unpassende Tasse oder Untertasse. Kein angeschlagenes Erinnerungsstück, nichts an den Kühlschrank geklebt. Ich überprüfte schnell alle Schränke. Der Gefrierschrank war voller Eiscreme. Liter von Garcia Kirsch konkurrierten mit Knusper-Eis. Milchprodukte.

»Sag mal, Deborah, was Tracys Allergien angeht –«, sagte ich, hielt aber inne, als ich die Therapeutin sah. Sie hing wie ein langer, dünner Schatten über Tracys hellem Flügel. Sie hatte den Deckel hochgeklappt und bewegte ihre Finger über die Tasten, starrte auf ihre Finger, als könnten sie, und sei es nur für eine Sekunde, zu Tracys werden. Ich ging ins Wohnzimmer und betrachtete mit boshafter Genugtuung Deborahs Gesicht.

Ihre Augen weiteten sich, als sie den Klavierhocker aufklappte. Noten.

»Sie liebte Musik«, sagte Deborah und ließ ihre Finger über den

Rand eines Stapels vergilbter Klavierbücher laufen. »Gesammelte Czerny-Etüden«, las sie. Ich sah mir den Notenstapel an. Es war ein ganz schöner Stapel. »Meisterklasse des Klaviers«, las Deborah laut vor. »Tracy hat gespielt und gespielt, hat die Tastatur mit ihren Fingern bearbeitet, als wäre sie ihr Feind. Ha, ha! Läufe, Triller, Verzierungen jeder Art, alles nahm sie in Angriff! Sie war brillant! Ich sage dir, sie war ein Genie!« Deborahs Stimme hatte sich zu einem Flüstern gesenkt. Sie erzählte mir nichts Neues. Sie strich mit ihren Fingern wieder über die Elfenbeintasten des Flügels. Dies war nicht der rechte Zeitpunkt, um mir Loblieder auf Tracys musikalische Zwischenspiele anzuhören; ich mußte den Rest ihres Apartments durchsuchen.

Das Schlafzimmer. Ich ging den kleinen Flur entlang und schlüpfte hinein. Tracy hatte ein beinahe maskulines, schwarz-weißes Karomuster für ihre Tagesdecke und Laken gewählt. Neben dem großen Bett mit der harten Matratze stand eine Lampe mit einem dunkelgrünen Glasschirm. An der Wand hing ein gerahmter Druck: Frauen mit Rubenskörpern, die mit einem hauchdünnen Seidentuch spielten. Hatte Tracy auf Mollige gestanden?

Ein Heimtrainer nahm den schönsten Platz am Fenster ein. Ich überprüfte das Programm. Das Fahrrad war auf die schwerste Stufe eingestellt. Ich betrachtete die Pedalen, erinnerte mich an Tracys muskulöse Beine.

Wie gut, daß Deborah noch immer mit dem Flügel beschäftigt war. Wer weiß, was sie im Schlafzimmer anstellen würde. Ich schauderte, lauschte den zaghaften Tönen, die aus dem Flügel erklangen. Gelegentliche Pausen konnten bedeuten, daß Deborah einen Schluck aus der Flasche nahm.

Ich untersuchte die Nachttische. Lesestoff: *Die Pflege und Konservierung von Handschriften, Die Reform des Gesetzes über das Copyright*. Ganz schön trocken. Wie uraltes Papier. Wie die Hände einer toten Frau.

Es gab keine Softpornos. Keine Lederriemen unter der Matratze. Keine Drogen. Keine Schlaftablette, nicht mal ein Aspirin. Nur verdammt viele Liter Eiscreme im Gefrierschrank.

Ich hörte ein paar weitere traurige Töne aus dem Flügel im Wohnzimmer.

Wo war Tracys Schreibtisch? Sie mußte irgendwo eine Art Büro gehabt haben. Aber wo? Es gab keine weiteren Flure, kein zusätzliches Schlafzimmer, nur noch das Badezimmer. Vielleicht hatte Tracy nicht das nötige Kleingeld für ein zusätzliches Zimmer gehabt. Vielleicht hatte sie es zugunsten von Seidentapeten aufgegeben. Wer wußte das schon? Wen kümmerte es? Es bedeutete lediglich, daß es irgendwo eine Schublade oder Kommode geben mußte, in der Tracy all ihre kleinen Notizen und Rechnungen aufbewahrte, irgendeine Stelle, die ich übersehen hatte.

Ich spähte in den Kleiderschrank. Tracy war genau so eine Ordnungsfanatikerin wie Frances, sie benutzte die gleichen Doppel-Clip-Bügel für ihre Geschäftskleidung. Ich lauschte den zögerlichen, traurigen Töne, die aus dem Wohnzimmer herüberschweben, während ich die Schubladen durchsuchte und weit mehr darüber erfuhr, wie Tracy ihre Socken aufrollte und ihre Unterhosen zusammenlegte, als ich überhaupt wissen wollte. Wo könnte er nur sein? Der Hinweis auf Tracys geheime Liebe. Meine Finger suchten zwischen Pullovern und Tennissocken. Tracy spielte Tennis. Ich fing mit der zweiten Kommode an. Die große Schublade ganz oben trug die Frucht, nach der ich suchte. In der Schublade fand ich ein Scheckbuch und sorgfältig fächerförmig ausgebreitete Rechnungen, die bezahlt werden mußten. Einen karierten, mit Leder besetzten Ordner; er hatte Innentaschen für Briefumschläge, Briefpapier und Memorabilien: Notizzettel, Memos, Briefe und andere Eintagsfliegen, die jedes Leben anhäuft. Ich faltete jede einzelne Quittung auf und las sie mir durch, jedes Programm und jede Einkaufsliste. Da waren Theaterkarten für die Premiere des neuen Stücks im Rhino nächste Woche. Als ›Freikarte‹ gestempelt Benefizkarten. Die bunten Karten glitten mir aus den Fingern, flatterten durch die Luft und fielen auf den Fußboden.

Als ich mich danach bückte, sah ich ein anderes Stück Papier auf dem Boden liegen. War es zusammen mit den Karten herausgefallen? Oder hatte es schon die ganze Zeit dort gelegen? Ein winziges, viereckiges Stück Papier. Ich faltete es auf. Kleine Buchstaben, eine Handschrift, die mir irgendwie bekannt vorkam.

»Ich fühle mich vollkommen besudelt«, begann es. Ich schauderte. Besudelt. Mein Gott. War das etwas, das sie nie abgeschickt hatte, oder vielleicht der erste Entwurf einer endgültigen Abrechnung, die zum Bumerang wurde, zum Anlaß, die Bibliothekarin zu vergiften? Vom Flügel im Wohnzimmer erklangen die ersten Töne eines Liedes. War das Tracys Handschrift? Ich erinnerte Deborahs Gekritzel von den Vertrauensübungen her. Sie war es nicht.

»Ich werde dich mit ins Grab nehmen.«

Der Rest fehlte. Abgerissen. Die Person meinte es ernst. Sie hatte Tracy erwischt und ihre Drohung wahrgemacht. Und es war nicht Helen Thomas gewesen. Ich steckte den Zettel in meine Tasche, als ich hörte, wie ein paar Takte auf dem Flügel zum Ende kamen.

»Emma?« Besorgter Ton. Deborah war aus ihrer Trauer-Träumerei erwacht. Vielleicht hatte die Wirkung des Whiskeys nachgelassen.

»Ja? Ich bin fast fertig.« Ich bemühte mich, beruhigend zu klingen, aber ich brannte darauf, die Suche fortzusetzen.

»Was machst du da?« Mißtrauisch.

Nun tu doch nicht so, Deborah. »Ich schaue mich nur ein bißchen im Badezimmer um.« Das Schlafzimmer sollte ich zu diesem Zeitpunkt lieber nicht erwähnen. Und ich würde eh gleich im Badezimmer sein. Ein Ort, der oft viel mehr Hinweise liefert, als gemeinhin angenommen.

Etwas in Deborahs Stimme klang danach, als könnte sie ein wenig Supervision vertragen. Ich würde mich beeilen müssen. Ich sah schnell in den Arzneischrank. Keine einzige Pille, kein Pulver. Naturkosmetik und ein paar Gesichtsmasken. Tracy benutzte Binden, keine Tampons.

Die übliche Standardausstattung. Im Toilettenkasten war nichts versteckt. Ich ließ die Wasserhähne von Dusche und Waschbecken laufen, das Wasser war heiß und kalt, genau wie Tracy. Ich nahm mein Taschenmesser und stocherte ein bißchen im Abfluß herum. Schwarzes gekräuseltes Schamhaar. Könnte jeder gehören. Und ich hatte kein Labor, um es genauer zu untersuchen.

Irgend jemand, entweder die Polizei oder die pingelige Bibliothekarin selbst, hatte den Abfalleimer vor kurzem geleert. An der einen Seite klebte etwas fest, einer dieser langen flachen Abzieher von einer Damenbinde. Dann sah ich genauer hin. Das war kein Abzieher von einer Binde. Es war etwas anderes, aus weichem, absorbierendem Material, das eine Ende pastellblau. Ich erinnerte mich daran, was Deborah über Tracy gesagt hatte.

»Tracy hatte eine sehr unglückliche Kindheit. Sie hatte viele Probleme. Probleme, Nähe zuzulassen. Auch sexuell. Ich nehme an, daß Tracy als Kind schwer traumatisiert worden ist ... Mit Tracy Port zu schlafen war die intensivste Erfahrung meines Lebens ... Aber sie wollte all ihre Liebe und Leidenschaft an eine andere verschleudern, eine, der es gleichgültig war. Wenn du anfängst, sie zu mögen, kühlt sie ab ... Sie ist weitergegangen ... Zu einer Frau ... grundsätzlich unerreichbar ... Dieses Muster ist weit verbreitet. Nicht nur bei Lesben. Es zieht sich durch die ganze Gesellschaft.«

»Emma? Was machst du hier drin?« Das war Deborah. Sie nahm fast den gesamten Türrahmen ein. Dann torkelte sie an mir vorbei und blickte sich im Badezimmer um, öffnete den Arzneischrank. »Was hast du hier drin gefunden, Emma?« Sie ließ die Spiegeltür offen stehen und blickte mir anklagend ins Gesicht.

Der Whiskey *hatte* seine Wirkung verloren. Die Versprechungen waren aus ihren Augen verschwunden, waren etwas Zittrigem und unendlich Irrem gewichen. Ich würde den Blick in ihren Augen und den Anblick, der ihm folgte, mein ganzes Leben lang nicht mehr vergessen.

Deborah sah an mir vorbei zur Tür, wo irgend etwas bedrohlich näherrückte. Es schien vertraut und schrecklich zugleich. Aber ich kam nicht mehr dazu, mich umzudrehen und zu sehen, wer oder was dort war. Denn es gab eine gewaltige Explosion.

Mir platzte beinahe das Trommelfell, während mein Verstand sich weigerte, meinen Augen zu trauen. Deborah Duntons gesamter Brustkorb hatte sich in roten Nebel verwandelt, als eine Schrotflinte Kaliber 28 ihr Herz zerfetzte.

KAPITEL SECHZEHN
Der Schlüssel zu Renquist Falkenberg

Du lebst in New York. Du wartest auf die Lieferung. Die Männer in den weißen Mänteln kommen mit den Eiern. Du bist nicht darauf vorbereitet. Ich fühle mich völlig besudelt. Kondome, die in der Brieftasche aufbewahrt werden, bekommen Löcher.

Die Männer stoßen härter, die Räder haben sich in Quadrate verwandelt, und die Straßen bestehen aus Kopfsteinpflaster. Du bist in New York. Du bist immer in New York gewesen.

Die Eier fangen an, sich zu bewegen, das Eigelb weicht die Schale auf. Klumpen kriechen langsam über die Oberfläche, wie Katzen, die unter Bettdecken gefangen sind. Du hast deine Fingerkuppen aufgegessen. Das macht nichts.

Du lebst in New York. Da sind Uhren an den Wänden. Die Zeit, die sie anzeigen, ist nie die Gegenwart. Aber da ist noch etwas anderes.

Sie werden dein Apartment ausräuchern. Du lebst in New York. Das ist eine gute Idee. Die Apartments sind von Kakerlaken gebaut worden. Ratten in der Wand zeichnen alles auf, was du sagst. Draußen prallt das Heulen der Sirenen von den Türmen ab, das Geräusch erstreckt sich in die Ewigkeit. Da ist ein Geräusch. Es ist Deborah Dunton.

Die Hände von Deborah Dunton sind dunkel. Ihre weißen Fingernägel, mit Blut bedeckt, versuchen ihre Brust zusammenzuhalten, ihr Herz drinnen zu halten. Ihre Rippen sind ein zerbrochener Käfig. Drinnen singt ein kleiner brauner Vogel ›Du verletzt immer die, die du liebst.‹

Renquist Falkenberg war genau vor mir. Er gab leise, wimmernde Laute von sich wie ein verwundetes Tier. Er beugte sich über das, was einmal Deborah Dunton gewesen war, jetzt nicht viel mehr als eine Blutlache zwischen ein paar Armen und Beinen. Unregelmäßige Formen, mit rotem Glitsch kandiert, waren um ein weißes Gitter von Knochen herum erstarrt. Deborahs Brust war wie eine Folienkartoffel aufgerissen worden, und Renquist Falkenberg hatte seine Hände überall auf ihr, versuchte das, was einmal Deborah Dunton gewesen war, mit seinen Händen zusammenzuhalten. Die Laute, die er von sich gab, klangen nicht menschlich, seiner Kehle entrang sich ein Wimmern und Würgen.

Ich wäre aufgestanden und hätte ihm geholfen. Ich hätte eine Menge Dinge getan, wenn ich nicht gerade gekotzt hätte. Auf eine Schrotflinte mit Kaliber 28 gekotzt hätte. Ich konnte nicht anders, benahm mich wie ein Waschlappen. Ich kotzte alles aus, legte mich auf den Boden und starrte an die Decke. Tracys blasse, zartgrüne Decke hatte nur ein paar wenige Blutspritzer abbekommen. Ich hörte Renquist sprechen.

»Halt durch, Deborah«, sagte er.

»Renquist?«

»Ja?« Als würden wir uns zufällig in einem Café begegnen. Aber Renquist war über Deborah Dunton gebeugt, und Deborah Dunton hatte keinen Rumpf mehr. Ich taumelte auf die Füße. Es war zu spät, um Deborah Dunton zu retten, aber Renquist Falkenberg konnte wahrscheinlich Hilfe gut gebrauchen.

Ich griff in meine Tasche. Der kleine viereckige Zettel mit der Notiz war verschwunden. *Ich fühle mich völlig besudelt.*

»Komm schon, wir können nichts mehr für sie tun.« Ich stand jetzt, irgendwie, lief auf Autopilot, sah nichts an außer Renquists Gesicht, auf das ein merkwürdiger, sehr merkwürdiger Ausdruck trat. »Komm schon, Renquist.« Ich legte eine Hand unter seine riesige Achsel. Ich zog ihn auf die Füße, als es in seiner Kehle zu gurgeln begann.

»Renquist«, sagte ich streng. »Sieh nicht hin. Sieh nicht hin. Los, komm, wir rufen die Bullen. Laß uns da rüber gehen. In diese Ecke.« Die Ecke ohne Blut.

Renquist starrte mich mit weit aufgerissenen Augen an, als verstünde er kein Englisch. Das machte überhaupt nichts. Ich gab lediglich Laute von mir, um den Raum zu füllen, während ich uns von dem blutigen Sack wegbrachte, der Deborah Dunton gewesen war.

Es gab Notrufnummern, unter denen du die Polizei erreichen konntest. Nummern wie 911. Ich würde jetzt dort anrufen. Das war genau das, was ich tun würde. Ich würde die Polizei anrufen.

Dann kam mir schlagartig ein Gedanke.

Ich lief in den Hausflur und an mehreren Türen vorbei, bis ich zu Deborahs Apartment kam. Die Tür stand offen. Ich erinnerte mich daran, daß Deborah sie zugezogen hatte. Ich erinnerte mich deutlich an das Klicken des Schnappers.

Ich betrat den kleinen Flur, ging durch die Praxis mit den Spielzeugen und Teddybären hindurch in ihre kitschigen Wohnräume. Irgend jemand hatte Deborahs Wohnung demoliert. Ihre Stereoanlage war verschwunden. Und dort drüben hingen Daddys große Waffen an der Wand. Alle bis auf eine. Irgend jemand hatte das kleine Vorhängeschloß vom Plexiglas gerissen und sich bedient.

Zurück in Deborahs Praxis, überprüfte ich den Schreibtisch. Der Schlüssel hing noch immer an der Wand.

Ich öffnete die Schublade. Frances' *Lesbo-Parthenogenese*-Bericht war noch da. Ich schob die Schublade wieder zu, schloß sie ab, hängte den Schlüssel wieder auf und ging zurück durch den Flur, alle siebenundzwanzig Schritte bis zu Tracys Eigentumswohnung.

Renquist stand im Wohnzimmer und starrte das Sofa an, als würde es seinen Motor starten und mit ihm davonrasen, sobald er sich hinsetzte. Das Blut an seinen Händen war bereits angetrocknet. Deborah Dunton lag noch immer im Badezimmer. Ich nahm den Hörer ab und wählte zum zweiten Mal an diesem Wochenende die Notrufnummer 911. »Hallo, ich möchte einen Mord melden.« Während ich es sagte, nahm ich ein hartnäckiges Pochen in meiner Schulter wahr. Automatisch führte ich meine Hand zu der Stelle.

Meine Schulter war ein einziges klebriges rotes Loch, und ich wußte, daß dies ein spaßiges Telefongespräch werden würde. Zum dritten Mal versuchte ich, meinen Magen in Schach zu halten und meine Stimmbänder auf überzeugende verbale Kommunikation einzustellen.

»Ja, einen Mord«, sagte ich. Renquist Falkenberg heulte. Ich hätte auch geheult, wenn ich nicht eine Schulter gehabt hätte, die ich zusammenhalten, und eine Adresse, die ich wiederholen mußte. Nach einer Ewigkeit hängte ich den Hörer ein. Renquist und ich würden uns aufs Sofa setzen, entschied ich.

Die Cops würden in ein paar Minuten hier sein. Ich konnte die Sirenen noch nicht hören. Sie würden einen Unfallwagen schicken. Sie schickten immer einen Unfallwagen. *Ich fühle mich völlig besudelt.* Was hatte es mit der Notiz auf sich? Der Handschrift?

Erstens mußte ich meine Schulter zusammenhalten. Zweitens dafür sorgen, daß Renquist zu heulen aufhörte, bevor die Cops kamen. Er war schließlich Stadtrat. *Unser* Stadtrat. Ich wollte nicht, daß er sein Gesicht verlor. *Ich fühle mich völlig besudelt.*

Ich stolperte in die Küche. Nein, das war die Besteckschublade. Dann fand ich die Handtücher. Schwarz-weiß karierte Geschirrhandtücher, ordentlich zu Quadraten zusammengelegt. Ich machte ein, zwei, drei, vier Handtücher naß und brachte sie ins Wohnzimmer. Ich kniete mich vor Renquist hin und begann ihm mit den Handtüchern die Hände abzuwischen.

Ich mußte nachdenken. Ich hatte eine Klientin zu beschützen. Ich wollte nichts ausplaudern, was nicht in Helens Interesse war. Aber mit den Cops und mit Mord war nicht zu spaßen. Sie weideten von Berufs wegen Gedanken aus, und wenn sie es erstmal zu Inspektoren der Mordkommission gebracht hatten, konnten sie es verdammt gut.

»Emma, was machst du denn hier?« Renquist Falkenberg war plötzlich hellwach. Er hörte sich an, als ob wir uns unvermutet in einem fremden Land begegneten und auf dem gleichen Markt Gemüse einkaufen wollten. Er schien langsam wieder klar zu werden.

»Kondolenzbesuch«, murmelte ich. »Und was hast du hier gemacht, Renquist?«

»Das Gedenkfeier-Treffen, erinnerst du dich?«

»Oh ja.« Die Planung einer Beerdigung, an der ich nicht beteiligt sein wollte.

»Wer wußte noch, daß du herkommen würdest?«

»Nur du. Und Deborah.«

Wir saßen schweigend da und versuchten uns einen Reim darauf zu machen. War der Stadtrat verfolgt worden?

Ich sah in Renquist Falkenbergs Augen, diese rotgeränderten Kugeln. Sie spiegelten blinden Ehrgeiz. Vielleicht war das aber auch nur mein eigenes Vorurteil gegen Politiker. Und letztendlich, wer wußte schon, wie meine Augen in diesem Augenblick aussahen? Dann betraten die Cops die Szene.

Sie kamen rein, wie sie es immer machten, die Waffen im Anschlag, die blauen Läufe blitzend wie die Finger des Teufels. Ihre Augen und ihre Waffen suchten Ärger.

»Im Badezimmer«, sagte ich. Ich haßte es, ihnen den Spaß zu verderben, aber ich wollte die Chose über die Bühne kriegen. Sie würden die Waffe finden, die Leiche. Und dann würden sie versuchen herauszufinden, was passiert war.

Sie fanden, was für Deborah Dunton durchging, und dann war Macho-Zeit. Ein weiterer Wer-kann-am-weitesten-pinkeln-Wettbewerb begann. Ich konnte hören, wie sie darüber witzelten, Pizza zu bestellen; eine gute Gelegenheit, mit ihrer Männlichkeit und ihren eisernen Mägen anzugeben.

Als nächstes erschien der Chefinspektor der Mordkommission in der Tür. Ich musterte ihn von oben bis unten. Grauer Kaschmiranzug und leichter Zigarrengeruch. Er würde sich von hunderttausend anderen Inspektoren der Mordkommission in ganz Amerika nicht unterscheiden. Verheiratet mit einer Frau, die seine Kleidung aussuchte, einer Frau, die den gesellschaftlichen Aufstieg schaffen wollte, einer Frau, von der er mindestens vierzehn Stunden am Tag getrennt sein mußte. Sie würden zweimal im Jahr miteinander ins Bett gehen, einmal an Weihnachten und einmal am 4. Juli, falls kein Besuch kam.

Und er würde mit dem Messer so sauber zustechen, daß ich es nicht einmal merken würde – bis er es in der Wunde herumdrehte. Oh, ich kannte diesen Typ. In den Vereinigten Staaten von Gewalt und billigen Waffen gab es hunderttausend solcher Inspektoren der Mordkommission.

In diesem Moment gab ihm ein Polizist vom Badezimmer aus ein Zeichen, und der Inspektor ging hinüber. Er schloß sich der Traube von blauen Uniformen an, die den Flur bevölkerte. Sein Schnurrbart zuckte leicht, als ob er an einem Rosenbouquet roch. Der freundlichen, neugierigen Miene nach zu urteilen, hätte er genausogut ein Porträt seiner Mutter betrachten können.

»Die Spurensicherung wird jede Sekunde eintreffen«, brummte er. »Bleibt einfach, wo ihr seid, okay?« Er beugte sich vornüber, steckte einen Bleistift durch den Abzugsring der Schrotflinte und zog sie zu sich heran. Dann schob er sie wieder zurück. »Wir warten ab«, sagte er.

Er drehte sich um und kam durch den Raum auf uns zu. Ich fragte mich, ob er den Stadtrat erkennen würde. Kein Problem.

»Stadtrat Falkenberg«, sagte er routiniert. »Ich bin Edward C. Korian, Inspektor der Mordkommission.«

Renquist schüttelte ihm die Hand. Er schien Schüttelfrost zu haben. Seine Hände zitterten, und er blickte beinahe flehend. »Bitte, setzen Sie sich doch, Sir«, sagte Korian und tröstete den Zeugen, ein weiteres traumatisiertes Verbrechensopfer. Dann sah er zu mir rüber.

Mich würde er nicht mit Samthandschuhen anfassen, soviel stand wohl fest.

»Also, wer von Ihnen beiden hat angerufen?«

»Ich.«

»Gut. Wer sind Sie? Fangen wir mal damit an.«

»Mein Name ist Emma Victor.«

»Emma Victor, oh ja.« Er kniff seine blauen Augen zusammen. Das war kein gutes Omen. Cops, die meinen Namen erkennen, sind nicht gerade das, worauf ich scharf bin. Inspektor Korian streckte seine Hand aus und schob sie in einer wohl ritterlich gemeinten Geste unter meinen Ellenbogen.

»Ich bin nicht aus Zucker, wissen Sie.« Ich zog meinen Arm weg.

»Sicher, Miss Victor.« Er winkte mich mit einem schnellen »Entschuldigen Sie mich bitte, Herr Stadtrat« zur Frühstücksecke. Aber Renquist sprach inzwischen über sein Handy mit Allen Boone.

Korian zog mir einen Stuhl unter dem hochglanzpolierten Resopaltisch heraus. Ich setzte mich vorsichtig hin und nahm die Hand von meiner Schulter. Ich beschloß, mir was auch immer an meiner Hand klebte nicht anzusehen. Ich verzog keine Miene. Es war eine regelrechte Meditation. Ich schickte die Schulter einfach weit weg in den Weltraum. In Inspektor Korians Augen zeigte sich etwas, das vielleicht, ganz vielleicht, Respekt war.

»Nun gut, Miss Victor. Lassen Sie uns zurück zur Geschichte kommen.«

Miss Victor. Das ließ Schlimmeres ahnen.

»Ich war im Badezimmer, und Deborah –«

»Das ist –« Er deutete mit dem Kopf in Richtung Flur.

»Ja. Sie war im Wohnzimmer und rief nach mir. Dann kam sie ins Badezimmer und ging an mir vorbei zum Arzneischrank. Ich drehte mich um, um ihr zuzusehen. Dann sah ich, wie sie erschossen wurde. Der Schuß muß schräg hinter mir vom Türrahmen aus abgegeben worden sein. Als nächstes lag eine Schrotflinte vor meinen Füßen, und Renquist war plötzlich da.«

Ich bekam Kopfschmerzen von dem Versuch, das Gesicht nicht zu verziehen. Die Haut schien steif und hart zu werden.

»Und was ist dann passiert?«

»Ich habe ein paarmal auf die Waffe gekotzt, habe mich hingelegt, bin wieder aufgestanden, habe Renquist von Deborahs Leiche weggezogen und ins Wohnzimmer gebracht. Ich habe 911 angerufen und ihm anschließend die Hände abgewischt.«

»Ist das alles?«

»Das ist alles.«

»Hmm!« Der Inspektor schien amüsiert. Er sah sich im Apartment um, betrachtete Tracys neutrale Inneneinrichtung, die Blutspritzer an der Wand, die Tapeten, die Sesselrücken. Er sah alles: den Ausblick auf die Bucht, die Bücher, den kleinen Flügel. Dann kehrten seine Augen zu mir zurück.

»Was diese Deborah betrifft. Hat sie hier gewohnt?«

»Sie hat am anderen Ende des Flurs gewohnt.«

Der Inspektor lächelte. »Wissen Sie, wem dieses Apartment gehört, Miss Victor?«

Ich nickte.

»Ich schlage vor, daß Sie am Anfang anfangen. Und lassen Sie ja nichts aus. Ich mag Details. Details machen mich glücklich.«

Ich erzählte ihm, daß ich am Gala-Dinner im Lesbisch-Schwulen Howard-Blooming-Gedenkarchiv teilgenommen hatte – dem, wo der Mord passiert war. Korian verzog keine Miene und zuckte mit keiner Wimper, aber ich wußte, daß ich mich als Lesbe bei ihm nicht gerade beliebt machen würde. Ich erzählte ihm, daß ich mich daran erinnert hatte, daß eine Fotografin mit dem Namen Gurl Jesus Fotos von unserer Tischrunde gemacht hatte. Gestern morgen war ich zu Gurl Jesus' Wohnung gegangen und hatte sie tot aufgefunden. Um 10:23 hatte ich den Notruf angerufen und den Mord gemeldet.

Inspektor Korian machte ein betont ausdrucksloses Gesicht. »Das ist dann also der zweite Mord, den Sie uns an diesem Wochenende melden, Miss Victor?«

»Ja.«

»Sie sind an einem einzigen Wochenende Zeugin dreier Morde geworden?«

Ich schwieg.

»Also, Sie haben die Wohnung dieser Gurl Jesus etwa um 10:15 verlassen. Aus welchem Grund genau sind Sie dort hingegangen, Miss Victor?«

»Ich hatte gehofft, die Negative der Fotos zu finden.«

»Und?«

»Gurl Jesus hat eine Polaroid benutzt.«

»Und warum sind Sie hierher gekommen?«

»Renquist rief mich heute morgen an, um mir zu sagen, daß er ein Treffen bei Deborah arrangiert hat, um die Trauerfeier – eine öffentliche Gedenkfeier – für Tracy Port zu organisieren. Das brachte mich auf eine Idee. Ich dachte mir, daß ich ein bißchen eher kommen könnte, um Deborah ein paar Fragen zu stellen. Ich wußte, daß sie eine Liebesbeziehung mit Tracy gehabt hat, die unglücklich für sie ausgegangen ist. Ich dachte, ich könnte Deborah fragen, ob sie sich an etwas Verdächtiges erinnert. Wir unterhielten uns, und sie fand sich bereit, mir Tracys Apartment zu zeigen.«

»Einfach so.« Korian verzog seine Lippen zu etwas, das wohl ein Lächeln sein sollte. Aber es war nicht schön.

»Ich glaube, sie wollte sich das Apartment gern noch einmal ansehen. Sie war betrunken, sie hatte eine Fahne.«

»Kommen wir zurück zu Gurl Jesus, Miss Victor. Sie kamen an den Tatort eines Mordes, sind eine Weile dort rumgelaufen, und dann waren Sie so nett, es uns wissen zu lassen.«

»Ich würde es nicht nett nennen.«

»Ich würde es nicht klug nennen, Miss Victor.«

»Ich habe nichts zu verbergen. Ich ermittle im Auftrag einer Klientin.«

»Oh, im Auftrag einer *Klientin*!« Inspektor Korian lehnte sich zurück und nickte langsam mit dem Kopf.

»Ich arbeite für Willie Rossini – die Anwältin? Sie verteidigt Helen Thomas gegen die Anklage, Tracy Port ermordet zu haben.«

»Ach, wirklich! Ist das nicht interessant? Erzählen Sie mir mehr darüber.«

»Ich habe Helen heute morgen vom Gefängnis abgeholt.«

Korian seufzte. »Hören Sie, Miss Victor, das ist kein Kriminalroman. Und Sie sind nicht Mickey Spillane.«

»Habe ich etwa behauptet, daß ich mich für Mickey Spillane halte, Inspektor Korian? Ich verstehe nicht, worauf Sie hinaus wollen.«

»Worauf ich hinaus will, Miss Victor, ist, daß Sie für meinen Geschmack über zu viele Leichen stolpern und mich die Vorstellung, daß Sie frei herumlaufen, nicht eben beruhigt.« Mit einer ruckartigen Bewegung seines Kopfes deutete er auf jemanden hinter mir. Ich drehte mich um und sah einen Sanitäter dort stehen. Korian winkte ihn heran, und ich wußte, was passieren würde.

Ein Typ von der Spurensicherung leckte sich die Lippen, als der Sanitäter vorsichtig wegschnitt, was von meinem Ärmel übrig geblieben war. In meiner Schulter befand sich eine lange schwarze Furche, die mit verkohlten Fäden des weißen T-Shirts garniert war; die Fäden standen ab, verklebt von getrocknetem Blut.

Im Hintergrund Gemurmel von Männern. An diesem Tatort gab es keine Frauen. Mein weiblicher Arm kam mir in dieser Welt von Männern und Blut vollkommen nackt vor.

Schnipp, schnipp, schnipp. Ich konnte jetzt beinahe hineinsehen. Irgend etwas war verkohlt. Es erinnerte mich an Hot Dogs auf dem Grill, bis mir bewußt wurde, daß es mein Oberarm war.

Als die Wunde vollständig freigelegt war, spürte ich das grelle Licht eines Blitzlichtes, als jemand eine Großaufnahme von meiner Schulter machte.

»Passen Sie auf, Miss Victor. In Zukunft lassen Sie Ihre dreisten Pfoten von diesem Fall. Haben Sie mich verstanden? Ich möchte nicht noch einmal hören, daß Sie sich an irgendwelchen Tatorten rumtreiben oder auch nur irgend jemandem Fragen stellen, der in diesen Fall verwickelt ist. Habe ich mich klar genug ausgedrückt? Andernfalls werde ich mir einen Haftbefehl besorgen, und dann können Sie sich im Knast die Beine in den Bauch stehen, und zwar in Gesellschaft von Leuten, die Ihnen liebend gern Ihr schönes Pokerface polieren würden. – Nun, Stadtrat Falkenberg.« Der Inspektor wandte sich so leicht von mir ab, wie ein Messer durch warme Butter gleitet. »Ich glaube, wir sollten uns über Personenschutz unterhalten.« Korian war schon bei Falkenberg und hatte einen brüderlichen Arm um den riesigen Stadtrat gelegt. Dann kam ein Cop aus dem Badezimmer, der mit einer Pinzette ein kleines dreieckiges Papier hochhielt, von dem Blut tropfte. Mit der anderen Hand hielt er einen kleinen Plastikbeutel unter das Beweisstück. Ein bißchen Blut war hineingetropft und hatte auf dem Boden des Beutels eine rote Linie hinterlassen.

»Schauen Sie mal, was ich gefunden habe!« murmelte der Cop voller Stolz, wie ein kleiner Junge mit seiner ersten selbstgefangenen Forelle.

Er verdrehte seinen Kopf in einem unmöglichen Winkel, um die Worte zu lesen, die dort offenbar geschrieben standen. »*Ich fühle* –«

»Ich möchte Ihnen Personenschutz besorgen, Herr Stadtrat, und sei es nur für die nächsten paar Tage«, sagte Korian zu Renquist. »Wir sind der Meinung, daß Sie besonderen Schutz benötigen.«

Inspektor Korian ging mit Renquist weg, und ich spürte, wie der Sanitäter eine Bandage auf meine Wunde klatschte. Aus meiner nackten Schulter, meiner schönen nackten Schulter, war ein Stück herausgebissen worden, und Frances, die Frau, die ich liebte, war nicht in Reichweite.

Im Badezimmer rissen die Cops Witze.

»Weißt du, wie sie den Homo-Friedhof nennen? Ha, ha, ha!«

»Nein.«

»Out und *vorbei.*«

Ha! Ha! Ha!

Inspektor Korian sah zu mir rüber. »Ich nehme an, daß ich Sie schon bald wiedersehen werde«, sagte er. Es gelang mir, völlig unbeteiligt zu wirken.

Ich fuhr damit fort, mein Gesicht absolut ausdruckslos zu halten, bis ich das Gebäude verlassen hatte.

Dann setzte ich mich auf die Bordsteinkante und versuchte mein Gesicht wieder zu entspannen. Als es mir endlich gelang, kam es mir vor, als würden Betonblöcke auseinanderbrechen und auf den Asphalt krachen, und mein Blick auf die Bay Bridge war überflutet von Tränen.

KAPITEL SIEBZEHN
Blind Date

Ich war auf dem Weg ins Castro. Irgend jemand folgte mir. Jemand mit quietschenden Bremsen. Ich nahm einen Umweg. Der Wagen folgte mir.

Die Wahrscheinlichkeit, daß ein anderer Wagen dieselbe Route von der Mission ins Castro nahm, war zu gering für einen Zufall. Außerdem würde er kaum so unvorsichtig sein. Das war keine Verfolgung. Das war jemand, der Kontakt aufnehmen wollte. Jemand mit einem Schnurrbart in einem neuen Ford.

Ich tauchte in die Kreuzung Achtzehnte Straße Ecke Castro ein, das geschäftige Tal voller Busse, Autos und Fußgänger. Ich hielt in einer Lkw-Ladezone vor dem durchgehend geöffneten Walgreens. Mein neuer Freund fand eine Lücke auf dem Parkplatz daneben.

Es war voll bei Walgreens. Ich ging in den hinteren Teil des Ladens und nahm ein paar Päckchen sterilen Verbandmull und Pflaster, das angeblich *atmete*. Dann sah ich mich in der Abteilung mit Kondomen, Gleitgels und Spermizidcremes um, traf meine Wahl und verließ den Drugstore mit einer kleinen Plastiktüte.

Ich fuhr die Market Street hinunter, mein Freund immer lässig eine rote Ampel entfernt. Ich stellte meinen Wagen im absoluten Halteverbot vor dem Café Flore ab und legte einen alten Parkschein hinter die Windschutzscheibe. Sollte sich der Schnurrbartmann doch einen legalen Parkplatz suchen. Falls er das überhaupt mußte. Ich würde mein Glück im Halteverbot versuchen. Viertel nach drei. Hoffentlich reichte mein Vorsprung aus, um noch ein paar Anrufe erledigen zu können.

Ich duckte mich hinter die Holzwände, die die Terrasse des Cafés von der Straße abgrenzten. Die Telefonzelle war frei. Ich wählte meine eigene Nummer und musterte die Menschen, die auf der Terrasse saßen. Einige von ihnen musterten mich. Ich tippte meinen Fernabruf-Code und hörte, wie die Stimme von Rose Baynetta zurückgespult wurde.

»Zu deiner Information, Emma, Eleanor DeWade, der Name aus Frescas Führerschein, war ein ›TB‹.«

TB. Ein totes Baby.

»Geboren 1968, gestorben 1970«, fuhr Rose fort. »In Youngstown, Ohio.«

So, Fresca Alcazon hatte sich also aus dem kurzen Leben eines Säuglings, der vor fünfundzwanzig Jahren gestorben war, eine Identität zusammengebastelt. *»Bis später, Emma. Ich hoffe, das wird zur Abwechslung mal ein ruhiger Abend.«*

Aber das war wenig wahrscheinlich. Mir war, als hätte ich Schnurrbart weiter vorn auf der Terrasse sich hinter eine Ecke ducken sehen, wo kleine Ein-Personen-Tische standen, die vor meinem Blick geschützt waren. Ich schlüpfte durch die Hintertür ins Café. Die Toilette war leer. Der Rest war einfach. Ich nahm die Schachtel aus der Walgreens-Tüte und las mir die Gebrauchsanweisung sorgfältig durch. Dann riß ich die Schachtel auf, zog die seidenen Boxer-Shorts runter, schob sie nach unten bis zu den Knien und brachte es hinter mich. Das Ergebnis war wie erwartet. Die Farbe rosa.

Auf dem Weg zurück zur Bar reihte ich mich in die Schlange ein, um einen doppelten Cappuccino zu bestellen. Ich hatte seit sechzehn Stunden nichts mehr gegessen. Aber ich war viel zu fertig, um auch nur ans Essen zu denken. Durch die Glasscheibe hindurch behielt ich die Hinterköpfe der Menschen im Auge, die auf der Terrasse saßen. Ich beobachtete eine Reihe von Leuten, die, über die Tische gebeugt, in ihren Kaffee starrten. Ich würde mir drinnen einen Platz suchen, dachte ich, nahm mein Getränk entgegen und wärmte mir die Hände daran, während ich auf einen der gekachelten Tische zuging.

In der Ecke lag eine Auswahl von alten und neuen Zeitschriften. Ich entschied mich für eine ältere Ausgabe von *Out*, eine mit k.d. lang auf dem Titelblatt. Ich hielt sie vor mir hoch wie eine Art Talisman, eine Art Schutzschild. Ich wartete. Und wartete. Ich betrachtete die Bilder, ohne irgend etwas zu erkennen. Die Zeit verging nur langsam.

Schließlich tauchte jemand aus dem Rauch und den Gesprächen auf und setzte sich neben mich. *Er* hatte eine *New York Times* bei sich, trug ein blaues Arbeitshemd und Khakihosen. Als ich mich sicher genug fühlte, die Zeitschrift runterzunehmen, saß ein Mann mit Wachhundblick neben mir, der dringend eine Rasur brauchte. Er konnte mich auch nicht sonderlich leiden.

»Neun-vier-eins, dreizehn-siebenundvierzig.« Er bewegte kaum die Lippen.

Es dauerte einen Moment, bevor ich schaltete. 941-1347.

Ich nickte.

»In zehn Minuten. Und jetzt deuten Sie durch das Fenster nach draußen.«

Ich deutete nach draußen, über die Market Street hinweg zum Baghdad Café. Schnurrbart dankte mir, trank seinen Espresso in einem Zug aus und war verschwunden.

Ich starrte ein paar Hochglanz-Modeseiten an. Die Zeit verging noch langsamer. Zehn Minuten später ging ich zur Telefonzelle zurück und wählte die Nummer, die er mir gegeben hatte.

»Hallo?«

»Hallo. Hier ist Emma Victor.«

»Emma, altes Mädchen, hey, wie läuft's denn so? Georgette hat mir gesagt, ich soll mal bei dir reinschauen soll, wenn ich in der Stadt bin.«

»Georgette, ja? Wie geht es ihr?«

»Gut. Bist du gegen fünf zu Hause? Ich würde gern kurz vorbeikommen und hallo sagen.«

»Klar. Ich freue mich, dich wiederzusehen.«

Anschließend rief ich Rose an und hinterließ ihr eine Nachricht auf dem Anrufbeantworter. »Ich habe eine Verabredung. Fünf Uhr. Hoffe, du schaffst es.«

Aber vorher wollte ich Carla Ribera noch kurz einen Besuch abstatten. Das war genau das, was mir Ärger mit Inspektor Korian einbrocken würde, aber zum Teufel mit ihm.

Der Nebel hatte Glen Park vollkommen verschlungen. Hier hatte Carla sich in einem ehemaligen Laden ein Fotostudio eingerichtet.

Ich hatte mich nicht angemeldet. Ich wollte sie überraschen. Aber das tat ich nicht.

Carlas Kleid war erst vor kurzem gebügelt worden, und sie hatte frischen Lippenstift aufgelegt. Sie fuhr sich mit der Zunge über die Lippen, als sie mir die Tür öffnete.

»Hallo, Emma! Komm doch rein!«

»Ich wollte mir schon immer mal dein Atelier ansehen, Carla.« Als ich eintrat, läutete ihr Telefon.

»Oh, bitte entschuldige mich, nur einen Moment.« Carlas Glücksbringer-Armband klingelte, als sie sich die schwarzen Locken über die Schulter zurückwarf, sich umdrehte und den Flur hinunterlief. »Setz dich doch. Ich bin gleich zurück.«

Die einzig vorhandene Sitzgelegenheit war Carlas riesiges Sofa. Es stand mitten in ihrem Ausstellungsraum und hatte die Form von zwei großen roten Lippen. Ich setzte mich hinein. Es war, als würde mich ein Kuß verschlingen. Ich betrachtete die Wände, an denen Carlas Arbeiten ausgestellt waren.

An einer halbrunden Wand hingen auf Karton aufgezogene Fotografien. Die Frauen auf dem metallischen Papier schienen mitten im Raum zu schweben.

Na, irgendwelche Laufstegmodels dabei? Carla hatte sie alle vor ihrer Linse gehabt. Verführerische verwahrloste Kinder. Geile Nutten. Modeskelette mit spitzen Hüftknochen. Gut gebaute junge Mädchen, frisch aus der Dusche.

»Kann ich dir etwas anbieten, Emma?« Carla kam mit großen Schritten ins Zimmer zurück. Sie sah mich an und verschränkte die Arme vor der Brust. »Bier, Bowle?«

»Limo. Egal welche.«

Carla richtete ihre Aufmerksamkeit auf eine bestimmte Stelle der Wand. Als sie eine beinahe unsichtbare Fuge berührte, glitt die Wand geräuschlos auf und legte Reihen von Alkoholika frei. Ein kleiner Kühlschrank war mit abgerundeten Messingschienen an der Wand befestigt, eingerahmt von Regalen mit Gläsern.

Carla stand nicht einfach da, als sie sich einen Scotch einschenkte; nein, die Füße weit auseinander, stand sie fest verwurzelt wie ein zweihundert Jahre alter Baum. Ich dachte daran, wie sehr Rose Carla geliebt hatte. Es hatte schon was, wie die Frau mit einer lässigen Drehung des Handgelenks meine Limo öffnete und mit einem beinahe zärtlichen Blick zuhörte, wie die Eiswürfel zischten. Zärtlichkeit oder Berechnung. Carla hatte sich ein mörderisches Geschäft ausgesucht.

Carla brachte mir die Limo mit einem Hauch Zitrone. Sie ließ die Eiswürfel in ihrem Glas einen Moment kreisen, bevor sie sich mir zuwandte.

»Wie geht es Frances?« fragte Carla.

»Gut. Carla, kann ich dir eine Frage stellen?«

»Klar.«

»Ich möchte dich nach der Taufe in der Universal Church fragen.«

Im Zimmer war es plötzlich so still, daß sich die Luftblasen in meiner Limo wie ein Geysir anhörten.

»Ich weiß nicht, was du meinst.«

»Das Fotoalbum, von dem Berniece behauptet, daß du es gestohlen hättest.«

»Berniece bekommt langsam Alzheimer«, sagte Carla.

»Deborah Dunton ist heute ermordet worden.«

Ich beobachtete Carla. Sie schien plötzlich angespannt und unruhig. Nervös streckte sie die Finger aus und pflückte die letzte Gauloise aus einem Zellophanpäckchen. Sie knüllte die Zellophanhülle in ihrer Faust zu einer Kugel und warf sie in den Papierkorb. Dann wandte sie sich wieder zu mir um, schlug ein Bein über das andere, zuckte ein paar Mal ungeduldig mit dem Fuß, zündete sich ihre Zigarette an, schüttelte das Streichholz aus und fragte mich, was ich wollte.

»Rose hat mir erzählt, daß du damals auf der Taufe die Fotos gemacht hast.«

»Rose erzählt viel.«

»Ja. Irgendwie liebenswert, nicht?«

»Liebenswert?« schnaubte Carla verächtlich. »Mein Gott, die Frau ist sich selbst der ärgste Feind.«

»Das Fotoalbum, Carla, hast du es?«

»Nein.« Carla lehnte sich gegen einen Marmortisch und kreuzte ihre Beine. Sie sah mich nachdenklich an.

»Ich würde es mir gern ansehen.«

»Ich habe gesagt, daß ich es nicht habe, Victor.« Carla kniff die Augen zusammen. »Die richtige Beleuchtung, Emma, und ich könnte dich zum Traum jeder Lesbe machen.«

»Nein danke, ich bin selbst ohne Beleuchtung schon zum Alptraum einiger Lesben geworden. Hör mal, Carla, zeigst du mir das Fotoalbum oder nicht?«

»Ich habe es wirklich nicht, Emma. Himmel noch mal!«

»Na schön. Wie lange kennst du Larry Boznian?«

»Was soll das werden, die heilige Inquisition?«

»Hast du ein Problem damit, Fragen zu beantworten?«

»Larry?« Pause. Sie zog an ihrer Gauloise. Ein, zwei schnelle Züge. »Acht, vielleicht zehn Jahre.« Sie sah nach unten, drückte die Zigarette im Aschenbecher aus. »Ich habe ihn auf einer Möbelausstellung in Barcelona kennengelernt. Er hat damals Stühle ausgestellt.«

»Weißt du irgendwas darüber, wo er herstammt? Ursprünglich?«

»Manchester, Leeds, irgendwo aus dieser Gegend.«

»Klasse für dich, beschissen für mich?« Ich ahmte den Tonfall des Malers nach.

»Ich kenne Fresca, seit sie ein Baby war, sie hat – eine Mutter gebraucht. Hör auf, mich so anzusehen.«

»Wie anzusehen?«

»Ich weiß genau, wie du über die Branche denkst, in der ich tätig bin.«

»Und, was denke ich?«

»Daß ich eine Verbrecherin bin in einer Welt, die junge Mädchen ausbeutet –«

»Ach so, das Ausbeuten ihrer kurzen Jugend ist also nichts weiter als ein harmloser Werbetrick?«

»Ich will dir mal was sagen, Emma, mit mir als Fotografin sind sie immer noch wesentlich besser dran als mit einer Meute geiler Linsen-Jockeys. Denen ist es doch völlig schnuppe, was hinterher aus ihnen wird. Ich trage Größe 44, habe Erfolg und bin glücklich. Und ich bin über vierzig. Eines Tages will ich meine eigene Agentur haben. Den Mädchen dabei helfen, den Ausstieg zu schaffen. Eine richtige Ausbildung zu machen. An die Zukunft zu denken. Ihr Geld anzulegen.«

»Und Fresca?«

»Nimm dich in acht, Emma –«

»*Vor* ihr oder *mit* ihr?«

»Sowohl als auch. Sie ist noch immer wie eine Tochter für mich, obwohl es manchmal den Anschein hat, als wäre sie eine Million Jahre alt, nicht wahr?« Carla führte mich zu ihrer Edelstahltür.

»Auf Wiedersehen, Emma.« Carla küßte mich flüchtig auf die Wange und ließ den Duft von Kakaobutter auf meiner Haut zurück.

Ich ging zu meinem Wagen, ließ den Motor an und fuhr um den Block. Es war Müllnacht in Glen Park. Die Flaschensammler würden kommen, sobald es dunkel war. Charles Dickens' Kalifornien.

Ich öffnete leise die Wagentür, schlüpfte hinaus und hockte mich gegenüber von Carlas Studio hinter ein paar Eukalyptusbäume. Durch die gekringelten Blätter hindurch sah ich, wie das Licht in ihrem Zimmer anging. *Klick! Klick!* Dann kam Carla aus der Hintertür und stellte einen großen Müllsack ab. Ich konnte ihre Silhouette erkennen, als sie den Deckel der Mülltonne hochklappte. Ich hörte einen lauten *Rumms* und das Klappern des Deckels, als er wieder geschlossen wurde.

Carla hielt einen Moment inne und spähte durch den Nebel. Sie schloß die Tür hinter sich ab, stieg in ihren weißen Maserati und fuhr weg. Ich blieb noch einen Moment hocken, wo ich war, und sah zu, wie der Wagen davonschnurrte. Dann ging ich rüber.

Carlas Mülltonne war wirklich eine Schatztruhe. In einem großen, schwarzen, undurchsichtigen Sack befand sich eine nette Sammlung von Newcastle-Brown-Ale-Flaschen. Und etwas tiefer, unter langen Schlangen belichteter Negative, fand ich Berniece Ables Fotoalbum.

Ich konnte gar nicht schnell genug zurück zu meinem Wagen kommen. Ich fuhr ein Stück den Block entlang, bis ich ein verlassenes Fleckchen fand. Mit zitternden Händen blätterte ich das Album durch. Da. Die Taufe in der Universal Church. Das Ereignis, das Jeb Flynne durchdrehen ließ.

Ich erinnerte mich an diesen Tag. Ein Sonntagmorgen, warm und sonnig, ein Gospelchor hatte gesungen. Renquist Falkenberg hatte die Menschenmenge überschwenglich begrüßt, während Howard beinahe schüchtern neben ihm gestanden hatte. Und Allen war auch dort gewesen. Die ersten Drohbriefe waren genau an jenem Morgen eingetroffen.

Ich besah mir das Foto genauer. Die Menschen, die ihre Säuglinge taufen lassen wollten, waren vorgetreten. Da war eine weiße Frau mit einem Baby auf dem Arm. Sie kam mir irgendwie bekannt vor. Vielleicht eine der ersten lesbischen Mütter? Dann sah ich mir ihr Kind genauer an. Der Säugling war wunderschön. Ein kleines braunes Mädchen, aus ihrem Mund kam ein Mordsgeschrei. Die Leute hielten sich buchstäblich die Ohren zu! Als ich näher hinschaute, wurde der Mund des Babys größer und größer. Und dann sah ich es. Das Muttermal auf dem winzigen Hals war unverkennbar, ein dunkler, rubinroter Fleck.

Dann fiel mir die Handschrift auf dem Zettel ein und warum sie mir so bekannt vorgekommen war.

Jetzt wußte ich, warum Carla Berniece Ables Fotoalbum gestohlen hatte. Und ich wußte auch, warum ich es ihr nicht zurückgeben würde. Ich schob einen Finger unter das Foto von der Taufe und hob es ab. Das gummierte Zellophan, das Allen so beanstandet hatte, löste sich, und das Fotoalbum gab eine seiner Erinnerungen frei. Ich legte das Foto auf ein Stück Papier, faltete es ein, steckte es in meine Jackentasche und fuhr nach Hause. Schließlich hatte ich eine Verabredung.

Er erschien sieben Minuten nach fünf. Sieben Minuten, in denen ich mich durch mein Deodorant schwitzen und mich fragen durfte, ob ich das Rauchen anfangen und trotzdem in Kalifornien wohnen bleiben konnte. Ich öffnete die Tür. Der Mann, der draußen stand, war ungefähr einsachtzig groß und von mittlerem Gewicht. Er sah stark aus. »Ralph Chesterton«, stellte sich dieser bezaubernde Mensch förmlich vor und streckte mir die Hand entgegen.

Ich packte seinen Unterarm und zog, so fest ich konnte. Rose war genau hinter ihm, Frescas immer noch leicht tiefgekühlte 22er auf einen Punkt unterhalb seines Genicks gerichtet. Dann zog sie sich langsam zurück. Das war in einem Rollstuhl nicht einfach, aber Rose machte es prima.

»Keine Bewegung«, bellte ich. »Die Frau hinter dir ist verdammt gut mit Feuerwaffen. Der Revolver ist entsichert, und es ist eine Patrone in der Kammer. Es ist eine 22er. Richtet nicht allzu viel Schaden an, aber meine Freundin würde dich ohne Wimpernzucken in den Rollstuhl befördern. Ich glaube, sie zielt auf dein Rückgrat.«

»Schon gut, schon gut, aber –«

»Schnauze.« Es gibt nichts Schlimmeres, als eine Waffe auf jemanden zu richten. Eine falsche Bewegung, und es endet in einer tödlichen Katastrophe.

Ich durchsuchte den Mann, leerte seine Taschen aus. Es machte keinen Spaß. In der ersten Runde entdeckte ich ein Knöchelhalfter mit einer Smith and Wesson. Nachdem ich sie ihm abgenommen hatte, fand ich seinen Geldclip mit tausend Dollar in Scheinen und etwas Kleingeld.

»Hey, schauen Sie –«, fing er erneut an.

»Halt die *Schnauze*«, schrie ich ihn an und ruckte mit dem Kopf, damit Rose näher kam. »Hör mal, Kumpel.« Ich stieß ihn auf einen Stuhl. »Ich bin stinksauer auf dich, verstehst du?« Ich riß an seinen Haaren. Es fühlte sich schrecklich an, aber ich fühlte einen Haß in mir aufsteigen, der mich nicht wieder loslassen wollte. Das war der Typ, der mein Haus verwüstet hatte. Dessen war ich sicher.

Ich griff hinter mich nach dem Klebeband und zog seine Hände hinter die Stuhllehne. Ich arbeitete schnell, versuchte, alles im Auge zu behalten: den Typen, seine Füße, seinen Kopf, und Rose, die Fenster und die Tür. Erst als ich ihm die Hände auf dem Rücken gefesselt, Brust und Füße festgebunden hatte, konnte ich durchatmen. Als ich ihn näher betrachtete, einen großen kräftigen Kerl, den ich allein nie hätte überwältigen können, spürte ich, daß ich immer wütender wurde.

»Emma«, warnte Rose.

»Pack aus, du Schwachkopf.«

»Hören Sie –« Sein Gesicht war rot angelaufen.

»Warum sollte ich dir zuhören, du Wichser? Warum sollte ich Rose nicht sagen, daß sie dich erledigen soll. Ein Einbrecher gegen eine Frau im Rollstuhl.«

»Ich sage Ihnen, warum Sie mir zuhören werden, Victor. Es gibt eine Menge Gründe. Und einige haben damit zu tun, warum Sie das Treffen mit mir überhaupt verabredet haben. Ich bin an jemandem interessiert, den Sie gerade erst kennengelernt haben. Und wenn Sie mir einen Hinweis über diese Person geben, habe ich tausend Dollar hier. Für Sie.«

»Warum sollte ich sie mir nicht einfach nehmen?«

»Weil Sie wissen wollen, wer ich bin, Miss Victor. Oder nicht?«

»Ja, du Arschloch, das will ich wirklich wissen. Wer zum Teufel bist du?«

»Ich werde Ihnen jetzt eine Telefonnummer geben, die Sie für mich wählen«, sagte er eisig. »Sie halten mir den Hörer ans Ohr, und ich werde hineinsprechen, okay? Die werden mich anhand meiner Stimme identifizieren. Die werden mich identifizieren, okay?«

»Soll ich ihm das Telefon geben, Rose?«

»Klar. Warum nicht. Gib ihm das Telefon.« Roses Stimme klang monoton. Der Mann sagte ein paar Zahlen auf. Ich wählte die auswärtige Vorwahl und die folgenden sieben Ziffern nach seinen Anweisungen. Ich hielt den Hörer an sein zerfurchtes Gesicht; wachsame kleine Augen blickten tief in die Telefonleitung hinein nach Hause.

»Okay, Chesterton zur Identifikation«, sagte er klar und deutlich in den Hörer. »Gib ihnen meine Personenbeschreibung.«

»Das reicht.« Ich riß den Hörer von seinem Ohr. Es war eine künstliche Stimme. Ein paar Sekunden später papageite sie das Porträt des Mannes, der vor mir saß: »*Chesterton ist neunundzwanzig Jahre alt, einen Meter achtundsiebzig groß, einhundertfünfundsiebzig Pfund schwer, hat blaue Augen, blassen Teint, ein großes Muttermal unter der rechten Achsel, Narben unter den Nägeln der beiden großen Zehen. Chesterton steht im Dienst der Bundesfinanzbehörde.*«

»Laß uns seine Schuhe lieber *nicht* ausziehen«, sagte Rose.

»Bundesfinanzbehörde.« Ich musterte den Typen von oben bis unten. Es würde nicht leicht werden, ihn wieder *aus*zuwickeln. »Wirklich?« Ich bemühte mich, beeindruckt zu wirken.

»Jep«, sagte er selbstsicher.

»Wissen Sie, es ist nicht gerade höflich, zu einem Rendez-vous mit einer Lady Waffen mitzubringen.«

»Sie sind keine Lady.«

»Vorsicht, Emma«, warnte mich Rose leise von ihrem Rolli aus.

»Hätten Sie wohl die Freundlichkeit, mich wieder loszubinden?«

»Sicher.«

Ich schnitt das Klebeband durch und fing an, es von seinen Kleidern abzureißen. Als genug davon lose war, stand er auf und riß sich den Rest mit verkniffenem Gesicht selbst ab. Ich lud ihn ein, sich auf die Couch zu setzen. Ich bot ihm einen Scotch an. Ich gab ihm sogar seine Waffe zurück.

»Also gut.« Er nahm zuerst die Waffe, dann den Drink. »Miss Victor, wir glauben, daß Sie jemanden kennen, der an einer raffinierten Geldwäscheaktion beteiligt ist. Wir haben Grund zu der Annahme, daß Sie diese Person kennen.« Er zeigte mir ein fotokopiertes Foto. Es war Fresca Alcazon.

»Ramona Hurst«, sagte er. »Ist Ihnen der Name bekannt?«

Fußschritte auf dem Dach. Das Haus professionell gefilzt. Himmel, er hatte sogar die Steckdosen abgenommen! Was zum Teufel wollte er dort finden? Ich zuckte die Achseln.

»Ach, kommen Sie, Miss Victor. Wir haben Sie mit der Verdächtigen gesehen. Wir sind Ihnen beiden bis zu Ihrer Wohnung gefolgt. Wo sie sich mehrere Stunden aufhielt.«

»Sie sieht wie eine Frau aus, die ich letzte Nacht kennengelernt habe«, gab ich widerwillig zu.

»Wie war ihr Name?«

Sie konnten ihren Namen sowieso herausfinden. Sie war dem ganzen Tisch vorgestellt worden. Obwohl sie sich geschickt darum gedrückt hatte, David Sing ihren Namen zu nennen.

»Fresca.«

»Ist das alles?«

»Ja.«

»Na schön. Sie hat ihre BMW in der Schweiz gekauft, bei einem äußerst dubiosen Händler. Sie hat das Motorrad bar bezahlt. Das Geld stammt aus einem Banküberfall, der vor zwanzig Jahren verübt wurde. Ein Banküberfall, bei dem vier Menschen getötet wurden. Ich biete Ihnen tausend Dollar für einen guten Tip, Miss Victor. Sagen Sie uns einfach, ob Sie eine weitere Verabredung mit dieser Person haben. Hat sie Ihnen eine Telefonnummer gegeben?«

»Eher wird die Hölle gefrieren, als daß ich dir irgendeine Nummer gebe, Freundchen. Besorg dir eine Vorladung. Besorg dir einen Haftbefehl. Aber vor allen Dingen, verpiß dich aus meinem Haus.« Ich stieß ihn in den Flur.

»Miss Victor, diese Leute sind bewaffnet und äußerst gefährlich. Aus diesem Grund haben wir diese vorsichtige Beschattung durchgeführt. Wir wollen nicht, daß sie merken, daß wir ihnen auf der Spur sind. Und wir wollten Sie nicht gefährden. Wir müssen sie aufhalten, Miss Victor.«

»*Sie* sind bewaffnet und gefährlich. *Sie* sind eine öffentliche Bedrohung. Wer soll *Sie* aufhalten?«

Ich schlug die Tür zu, verfehlte seine Fingerspitzen um den Bruchteil einer Sekunde. Rose und ich saßen schweigend da und hörten zu, wie Chesterton die Treppe runterstürmte.

»Hoffentlich sind Ihre Steuererklärungen in Ordnung, Miss Victor!« schrie er.

»Der Kongreß kommt seinen Aufgaben nicht richtig nach, Emma«, sagte Rose und schüttelte bedauernd den Kopf. Das Telefon klingelte.

Am Apparat war Fresca Alcazon. Alias Ramona Hurst. Alias Eleanor DeWade. Sie wollte, daß ich sofort ins Archiv kam. Und sie legte Wert darauf, daß ich mit öffentlichen Verkehrsmitteln kam.

KAPITEL ACHTZEHN
Eine Runde Fresca

In die großen Taschen des weiten Regenmantels steckte ich mein Werkzeug, ein winziges Transistorradio, ein paar von Gurl Jesus' Negativen und das Foto von der Taufe. An der Haltestelle stieg ich in den Bus Richtung Mission Street. Der Bus fuhr los und hielt wieder. Menschen stiegen ein und aus. Und einige der Menschen, die mit mir eingestiegen waren, blieben sitzen.

Er sah leicht übergewichtig aus, aber ich würde mich davon nicht täuschen lassen. In Wahrheit würde er fit sein. Stark. Und höchstwahrscheinlich bewaffnet.

An der Haltestelle in der Achtzehnten Straße sprang ich aus dem Bus. Ich hatte Glück. Der Achtzehnte-Straße-Bus stand noch da. Sobald ich eingestiegen war, fuhr er ab, kam aber nur langsam voran, da es auf dieser Strecke viele Haltestellen gab. Ich setzte mich ganz nach hinten und sah meinem Verfolger zu, wie er mit jedem Halt aufholte.

Er war eins zweiundachtzig groß, hatte einen Meckischnitt, trug ein ausgebeultes graues Kapuzenshirt und einen Rucksack auf dem Rücken, der wie ein Buckel aussah. Die Baseballmütze war verkehrtherum aufgesetzt. Er trug Converse-Turnschuhe und hatte den federnden Gang eines Teenagers. Das genaue Abbild tausend anderer Teenager. Aber dieser hier war für mich bestimmt.

In der Gegend von Dolores Park verschwand er außer Sichtweite. Der Bus fuhr weiter, durch die Castro und den steilen Hügel auf der anderen Seite der Market Street hinauf. Oben angekommen, hielt er wieder an. Ich stieg aus und sah mich um. Dann ging ich in die Gasse, die zum Archiv führte. Drohend ragte es dort hinten auf, groß, grau und grimmig wie ein transsylvanisches Schloß. Ich schlug mich in die Büsche.

Und dann hörte ich ihn. Das Knacken eines Zweiges. Das Rascheln der Tannennadeln. Ich lief ihm entgegen, die Zweige zerkratzten mir die Wangen. Es war mir egal. Als die Baseballmütze herunterfiel, spürte ich kein Gefühl von Traurigkeit. Als sie mich in die Arme nahm, fest, erwartungsvoll, spürte ich weder den feuchten Nebel um uns herum noch ein vages Gefühl von Verdammnis. Meine Hände glitten über ihre muskulösen Oberschenkel. Ich blickte in die Halbmondaugen, sah das erwartungsvolle Lächeln, das sich in ihrem Gesicht breit machte. Ohne die Haare wirkte ihr Gesicht groß und nackt, wie der Mond.

Fresca Alcazon hatte sich den Kopf geschoren. Hatte sich in einen Jungen verwandelt. Als sie mich umarmte, konnte ich die Polster unter ihrem Hemd spüren, die ihre Brüste versteckten, aber ihre Brüste waren immer noch da. Wir bewegten uns in einem langsamen Tanz, erregt vom Wiedersehen, dem Mond und der Gefahr. Sie zog mich auf den Tannennadelteppich hinunter.

»Emma. O Gott, ich bin so froh, dich zu sehen. Ich habe dir etwas mitgebracht.«

»Fresca. Ich habe dir auch etwas mitgebracht.« Ich sah keine Möglichkeit, den warnenden Unterton in meiner Stimme zu verbergen. Keine Möglichkeit, es ihr schonend beizubringen.

»Was?«

»Ein Foto.« Ihr Gesicht verriet keine Regung. »Ein Foto von deiner Taufe.« Sie preßte ihre Lippen fest zusammen, ihr Blick verbarrikadierte sich hinter tausend Türen. Sie wandte sich ab, und ich konnte hören, wie sie die neblige Luft tief in ihre Lungen einzog. Dann atmete sie langsam wieder aus. Als sie sich wieder zu mir umdrehte, war sie ein anderer Mensch. Ein Mensch, der nicht mehr ganz Fresca Alcazon war.

»Fresca.« Ich faltete das Papier auseinander. Es war weiß und sauber, das kostbare Motiv war darin gut aufgehoben. Ich faßte das Foto vorsichtig an. Ich wollte dem historischen Moment Respekt erweisen, der Momentaufnahme Respekt erweisen, die Leben zerstören könnte.

Das war Fresca dort auf dem Foto, mit dem rubinroten Muttermal am Hals. Sie war leicht zu erkennen. Die Identität der Frau, die Fresca im Arm hielt, war nicht so leicht zu erkennen, wurde aber klarer, wenn du dir das Foto näher ansahst. Frescas Mutter war

Laurie Leiss. Und Laurie Leiss hatte gleich mehrere Identitäten. Sie war die Frau, die ich vor Jahren auf dem Parkplatz getroffen hatte. Sie war auch Larry Boznian. Frescas Mutter.

Ich drückte Fresca an mich und konnte etwas spüren, das ich für Angst hielt. Angst aus zwanzig Jahren Flucht, ständigen Namenswechseln, falschen Pässen und Bei-Nacht-und-Nebel-Zusammenpacken. »Wie ist es für dich gewesen, Schätzchen?«

»Das Leben auf der Flucht? Ich wache morgens auf und trinke gern frischgemahlenen Kaffee. Ich kaufe Bio-Gemüse und mache eine verdammt gute Quiche. Wir feiern unsere Geburtstage. Mein Leben allgemein? Genau wie das anderer Leute. Mal davon abgesehen, daß ich nie weiß, wann ich wieder packen und umziehen muß.«

Fresca griff nach dem Foto.

»Nee, nee, nicht so schnell.« Ich nahm das Foto aus ihrer Reichweite. »Erst möchte ich ein paar Antworten hören. Laß uns zurückgehen. Zu dem Augenblick, als ich Laurie auf dem Parkplatz in El Cerrito die zwanzigtausend Dollar übergeben habe.«

»Ja, das war der letzte Schritt«, sagte Fresca. »Ich war damals noch ein Baby, aber ich kann mich verschwommen an alte Farmhäuser erinnern, Verstecke. Mom wollte das Land verlassen, den letzten Schritt wagen. Sie wollte sich in Schweden operieren lassen. Um anschließend als Künstler in Europa zu leben. Sie wußte, daß es als Mann einfacher sein würde. Es gefällt ihr, ein *Mann* zu sein.«

»Warum hat Howard Laurie die zwanzigtausend Dollar gegeben? Wohl kaum aus lauter Familiensinn, oder?«

Fresca schnaubte verächtlich.

»Deine Mutter hat den Sprengstoff für die Anschläge aus Howards Labor geklaut, stimmt's, Fresca? Während ihres Besuchs, als du getauft wurdest. Und Laurie hatte Beweise dafür, daß der Sprengstoff aus Howards Labor stammte, stimmt's? Beweise, die sie dazu benutzt hat, Howard zu erpressen.«

Fresca nickte. »Sie hat Quittungen aufgehoben, die auf seinen Namen ausgestellt waren.«

»Und das alles, um das Backsteingebäude in New York hochzujagen. Aber es ist nicht ungefährlich, in einer Bombenfabrik zu leben, stimmt's, Fresca? Die Bomben können während des Mittagsschlafs explodieren. Auf diese Weise ist dein Bein verstümmelt worden.«

Pause. »Stimmt. Ich habe in meinem Leben eine Menge reichlich merkwürdiger Ärzte zu Gesicht bekommen, Emma.«

»Darauf wette ich.« Ich stellte mir Fresca als Baby vor, wie sie zu Medizinmännern gebracht wurde, die Wunden versorgten, ohne Fragen zu stellen, Typen, die ihre Zulassung verloren hatten, Kurpfuscher. Ich sah mir ihr Bein noch einmal an, übersät mit Narben. »Warum?« fragte ich und stellte mir die Fässer mit Treibstoff vor, die Zeitschaltautomatik, den kniffligen Plastiksprengstoff, der unschuldige Menschen in Fetzen gerissen hatte. Mit den Fingern streifte ich leicht über die vernarbte Haut an ihrem Bein. Das Bein war schrecklich gemustert, wie ein abstraktes Gemälde. Wie ein Kamelkopf. »Wie kann jemand eine Bombe bauen? Sie zünden? Ich verstehe es nicht.«

Sie zog meine Hand von ihrem Bein weg. »Wie kommst du darauf, daß ich das wüßte? Weil Larry meine Mutter ist? Ja, sie hat Bomben gebaut und Menschen in die Luft gesprengt, aber das liegt schon sehr lange zurück. Er hat mein Bein jeden Tag vor Augen, und wenn er mein verbranntes und zusammengeflicktes Bein sieht, muß er an die Menschen denken, die in der Bank gearbeitet haben, an ihre Angehörigen, und es vergeht kein Tag, an dem er nicht versucht, es wegzutrinken.«

Mir brach nicht gerade das Herz vor Mitleid.

»Warum stellt Larry sich nicht einfach? Ist die Flucht es wirklich wert? Dein Leben aufzugeben für –«

»Larry? Ein transsexueller Gefangener in einem Zuchthaus? Das würde er keine Woche überleben.«

»So wie er trinkt, wird er auch so kaum länger leben.«

»Er wird trocken werden. Ich weiß einen Ort. Trocken, heiß und windig. Wir werden in Zelten leben, und er wird wieder trocken werden. Abends wird jemand aus dem Koran vorlesen, in einer Sprache, die wir nie verstehen werden. Dort werden Männer mit Kalaschnikows sein, denen ich nie ins Gesicht sehen werde und die niemals erfahren werde, daß ich eine Frau bin. Ein Winter im Sudan.

Und am Ende werden sich unsere verschiedenen Identitäten auflösen – Larry und Laurie und Fresca und Eleanor und all die anderen, die wir waren, werden mit dem Wüstenwind davonwehen.«

»Fresca, bald werde ich den anderen Schlüssel zu Howards Schließfach wiederhaben. Du hast eine Minute Zeit, um nachzusehen, ob irgend etwas in der Schachtel ist, das du mitnehmen willst. Dann wirst du mir den Schlüssel zurückgeben. Genau das werde ich tun, und mehr nicht.«

»Warum willst du das für mich tun, Emma?«

Aber wir kannten beide die Antwort. »Was hoffst du in der Schachtel zu finden? Was ist es wert gewesen, daß ihr mich überfallen habt?«

»Wir hatten Angst«, begann sie langsam. »Wir hatten schreckliche Angst, daß Howard die Unterlagen über Moms Geschlechtsumwandlung in seinen Besitz gebracht hat. Ich weiß nicht, wie er an die Unterlagen gekommen ist, ob er sie wirklich je gehabt hat. Aber einmal, als Mom ihn anrief, sagte er, daß er ihre neue Identität kennt. Und daß er ihre Tarnung auffliegen lassen würde, wenn sie ihm nicht vom Hals blieb. Und wir wußten, daß David aus Paris zurückgekommen war – wir haben seit Jahren darauf gewartet –, und dann hattest du die Schachtel. Ich habe deine Wunde in jener Nacht berührt, ich habe sie zärtlich geküßt, wie ich es noch nie zuvor getan habe, das schwöre ich. Ich habe dich verwundet, Emma. Ich möchte so etwas nie wieder tun. Ich habe Larry beobachtet. Das ist nicht meine Revolution. Und es ist auch nicht seine. Das mußt du mir glauben.«

Ich ließ mir das Gesagte durch den Kopf gehen. Auf einmal sah alles völlig anders aus. Die Ereignisse ergaben neue Zusammenhänge, Menschen bekamen neue Identitäten. Die Vergangenheit war nicht mehr so, wie ich angenommen hatte.

»Gut, Fresca, wir treffen uns übermorgen. Die Bibliothek öffnet um neun. Du triffst mich hier um acht. Ich werde dafür sorgen, daß wir reinkommen.«

»Süße, du bist wirklich *heiß*«, sagte Fresca anerkennend.

»Kein Witz. Wir sind beide heiß.«

»Wie meinst du das?«

»Ich habe einen Inspektor der Mordkommission an den Hacken. Irgend jemand hat Deborah Dunton heute mittag mit einer Schrotflinte weggepustet. Hast du irgendeine Idee?«

Fresca wußte genau, was ich meinte. »Larry ist – war – ein Revolutionär. Er hat die Menschen nicht einfach *umgebracht* –«

»Nein, er hatte einen Grund dafür.« Ich lächelte beinahe, aber nur beinahe. Allerdings glaubte ich nicht wirklich, daß Larry Boznian Deborah Dunton ermordet hatte. Ich wollte nur sehen, wie Fresca darauf reagierte. Larry Boznian war lediglich ein Säufer auf mehreren Fluchten.

»Und du hast die Finanzbehörde am Hals, Fresca.«

»Was?«

Ich nickte langsam. »Jemand war bei mir und hat mir tausend Dollar für deine Telefonnummer geboten.«

»Scheiße!« Fresca stampfte mit dem Fuß auf.

Wir standen da und ließen die Bedeutung des Gesagten sich setzen. Fresca würde nicht mehr allzu lange hier bleiben. Kein Wunder, daß sie mich so schnell sehen wollte. Sie mußte Howards Schachtel haben, und sie hatte keine Zeit zu verlieren.

Fresca umarmte mich plötzlich. »Hey, Emma, es macht wirklich Spaß, dich zu beschatten, weißt du das?« Sie liebkoste meinen Nacken, ließ ihre Hände unter meinen Regenmantel gleiten. »Ich habe ein Geschenk für dich.« Sie griff nach ihrem Rucksack. Sie holte ein Päckchen heraus. Es war ein Buch, sorgfältig in ein weißes Leinentuch gewickelt, ein brauner Einband mit strahlend goldenen Buchstaben.

»The Making of Americans«, las ich. »Es ist schön, Fresca.«

»Schlag es auf, Emma.« Fresca legte das Pergament, feinstes Velin, an meine Wange. »Es ist kühl, fast weich, nicht?« Sie schlug das Buch auf und zeigte mir die Signatur. ›Gertrude Stein‹ stand in kühnem Schwung über dem Inneneinband. »Eins von fünf«, las ich.« »Es ist wunderschön.« Ich drehte es in meinen Händen. »Es muß sehr wertvoll sein«, sagte ich nachdenklich. »Wie kannst du dich davon trennen?«

»Liebling«, sagte Fresca leise. »Für jedes *Ding*, das dir gehört, gibt es mehr als einen Preis.« Sie zog mir den Regenmantel von den Schultern, ließ ihre Hände unter mein Hemd gleiten, berührte meine Brüste und rieb mit den Fingern über meine Brustwarzen. »*Eigentum.*«

Wir zogen die Hemden aus. Der Nebel war verschwunden. Fresca kniete sich vor mir hin und pellte mir die Jeans ab. Ihre Brüste waren seidig und bewegten sich leicht, ein Geschenk weicher Früchte, dunkelbraune Brustwarzen im Mondlicht. Als sie an meinem Körper hinunterglitt, Fingerspitzen und Lippen in erregendem Gegensatz, konnte ich das Stein-Exemplar neben mir spüren. Der Büttenrand der Seiten kitzelte meine Beine.

Lifting belly with me	Leib heben mit mir
You inquire.	forschst du.
What you do then.	Was du dann tust.
Pushing.	Drängend.
Thank you so much.	Danke vielmals.
And lend a hand.	Und reich deine Hand.
What is lifting belly now.	Was hebt den Leib nun.
My baby.	Meine Süße.
Always sincerely.	Immer ehrlich.
Lifting belly says it there.	Leib heben heißt es da.
Thank you for the cream.	Danke für die Sahne.
Lifting belly tenderly.	Zärtlich Leib heben.
A remarkable piece of intuition.	Ein beachtliches Stück Intuition.

Und so kam ich.

Danke für die Sahne.
Zärtlich Leib Heben.
Ein beachtliches Stück Intuition.

KAPITEL NEUNZEHN
Aufruhr!

Unsere Umarmung wurde von Sirenengeheul gestört. Fresca zog sich von mir zurück. Ich sah auf ihrem Gesicht Lichter aufblitzen. Rot, schwarz, rot, schwarz. Neben uns sauste ein Blaulicht die Straße entlang auf das Behördenviertel zu.

In diesem Moment hörte ich die vertrauten Geräusche. Entfernte Sprechchöre. Laut und böse. Ein Ozean der Wut. Menschen liefen die Straße entlang. Glasscheiben klirrten. Ein zweiter Streifenwagen sauste vorbei, vielleicht war er zu einer Absperrung gerufen worden. Sicherlich gab es schon ein zentrales Einsatzkommando.

»Gott, Emma, ich will, daß du mich nimmst.« Sie knabberte an meiner Lippe, warf sich aber ihre Klamotten über. Die Blätter raschelten, als sie versprach: »Du kriegst mich später, Baby, das verspreche ich dir.«

»Versprochen?« Ich würde sie niemals finden können. Nicht mal nach ihr suchen können.

»Wenn du außerhalb des Gesetzes lebst, mußt du ehrlich sein.« Die Sirenen hinter ihr wurden lauter.

Und dann war Fresca verschwunden, ließ mich mit einer Gertrude-Stein-Erstausgabe zurück, die in einem gewöhnlichen braunen Pappumschlag steckte.

Jetzt waren die Stimmen überall um mich herum. Menschen standen in Gruppen zusammen, einige diskutierten, andere lachten, die meisten waren wütend. Binnen Sekunden betraten meine profillosen Tennisschuhe den Bürgersteig.

An diesen Teil konnte ich mich noch gut erinnern. Du sahst die Flammen. Du ranntest *auf sie zu.* Auf die Tempel der Regierung zu, diese pompösen Zuckerbäcker-Schlösser in der Stadtmitte. Die Kuppel des Rathauses – größer als die des Kapitols in Washington, wie die Touristenführer stolz hervorhoben – kam in Sichtweite.

Über den Ämtern schoß eine Flamme in die Nacht empor. Die Menschen brüllten, ein dumpfer Hintergrund von Sprechchören. Was riefen sie? *»Schäbien! Schäbien!«* Ein Rhythmus unterlegt vom Geräusch rennender Füße. Ich lief wie hypnotisiert auf den Brandherd zu, das Buch an meine Brust gepreßt.

Überall um mich herum gingen Streifenwagen hoch, die Benzintanks explodierten mit lautem Knall, die versprengten Karrosserieteile wurden zu gefährlichen Granatsplittern, die überall um uns herum niederregneten. Liter von Benzin nährten eine flammenspeiende Fontäne, die das gesamte Behördenviertel zu umschließen drohte.

Es war beinahe sieben. Ich sah mich um. Eine neue Generation von kaum zwanzigjährigen Lesben und eine Armee junger Männer, die in dieser Wirtschaft nichts zu verlieren hatten, rannten in Gruppen umher und sahen beinahe glücklich aus. »We are here, we are queer. Gewöhnt euch endlich dran!«

Als ich näher zum Zentrum kam, schien sich die Menschenmenge ein bißchen zu lichten. Die Hitze der Flammen hatte die kleine Straße in einen Backofen verwandelt. Und dann sah ich die vorderste Front. In perfektem Zusammenspiel hatten mehrere Menschen ein großes Baugerüst angehoben. Sie hatten die Beine von der neun Meter langen Metallbarrikade abmontiert. Sie hielten ihren gemeinsamen Speer in die Höhe, hielten ihn fest und lauschten den Sprechchören.

Die Menschenmenge hatte sich geteilt. Irgend jemand rief: »Keine Gewalt! Keine Gewalt!« Doch die Menge brüllte: »Verpiß dich!« Jubel brach aus, als die Speerträger mit ihrer Lanze auf den Eingang des Bundesgebäudes zumarschierten.

Die Tür war mit einem Eisengitter verziert, das die goldene Göttin der Justiz mit einem Seeadler über ihrem Kopf darstellte. Die Augen der Göttin waren verbunden, und der Seeadler schien verstohlen auf ihre Brüste zu schielen.

Der Speer richtete sich auf die Tür, und die Menschenmenge brüllte Zustimmung. Selbst die ›Keine Gewalt‹-Fraktion verstummte, als der mächtige Rammbock jene Verarschung ins Visier nahm, die die amerikanische Justiz in ihrer aller Augen war.

Immer mehr Menschen halfen das Metallrohr tragen. Männer und Frauen, schwarz, braun und weiß, alt und jung – die autonomste Regenbogenfraktion, die ich je gesehen habe –, ergriffen die Lanze und marschierten vorwärts.

Sie wurden immer schneller, als sie auf die Tür zurannten, und mit einem ohrenbetäubenden Krachen des Metalls wurde Justitia der Magen durchstoßen. Die Menschen jubelten. Weitere Baugerüste wurden zerlegt, hochgehievt, die meterlangen Stangen auf die Fenster gerichtet. Eine nach der anderen wurden die dicken Glasscheiben eingeschlagen.

»Schäbien! Schäbien! Schäbfien!«

Die Menschen marschierten auf das Bundesgebäude zu, kletterten die Balustrade hinauf und stiegen hinein. Stühle, Papier, Computer und Tastaturen flogen aus den Fenstern und krachten auf den Bürgersteig. Unter meinem Regenmantel lag der Stein-Band warm an meiner Brust.

Ich schaltete mein kleines Transistorradio an und stellte es auf den Nachrichtenkanal ein. Aus dem Radio tönte das Echo des Lärms um mich herum, und dann hörte ich die Stimme eines Reporters, der hektisch die Szenerie vor mir beschrieb.

»Direkt vor meinen Augen spielt sich einer der gewalttätigsten Krawalle in der Geschichte San Franciscos ab, die Reaktion auf einen Anschlag auf das Leben von Stadtrat Renquist Falkenberg. Offizielle Quellen, die nicht näher genannt werden möchten, haben bestätigt, daß ein Drohbrief, der am Tatort eines kürzlich verübten Mordes gefunden wurde, von dem Attentäter Jeb Flynne stammt. Obwohl Flynne angeblich schon vor Jahren Selbstmord begangen haben soll, werden mehrere Morde, die sich vor kurzem in San Francisco ereignet haben, mit dem Attentäter in Verbindung gebracht.«

»Ich fühle mich völlig besudelt.« Die Handschrift war mir bekannt vorgekommen. Aber es war nicht Tracys Handschrift. Es war die von Jeb Flynne.

In diesem Moment wurde mir klar, was die Sprechchöre skandiert hatten. Jeb Flynne. Jeb Flynne.

Die erste Gruppe ging weiter auf Justitia los. Die ›Keine Gewalt‹-

Sprechchöre wurden schwächer. Die ersten Fotoreporter trafen am Schauplatz ein. Das Klirren der berstenden Fensterscheiben wurde von Blitzlichtern untermalt. Das helle Blitzlichtgewitter zeichnete sich gegen ein Inferno aus explodierenden Benzintanks und schwarzem, beißendem Rauch aus brennenden Autoreifen ab.

Mit einem Knall landete ein Faxgerät vor meinen Füßen – zersprungenes Plastik, schimmernde Schaltflächen und eine Menge kleiner Schrauben. Ich zog mich hinter ein Gebäude zurück, aus der Schußlinie heraus, und sah mit anderen zu, wie die Menschen in den Tempel der Justiz einbrachen.

Ein Schauer von brennendem Papier regnete aus dem Gebäude. Ich fing einen Zettel, der im Wind an mir vorbeiflog. Durch den Rauch hindurch konnte ich ›berufliche Unfallversicherung‹ entziffern und eine Adresse in Modesto.

Plötzlich ein grellrotes Gleißen. Jemand schrie auf. Das Sondereinsatzkommando war eingetroffen. Ich sah zu, wie sie sich geschlossen vorwärts bewegten, ein langsamer, unablässiger Marsch von gesichtslosen Kreaturen mit Helmen. Ihre Gesichter waren unter Gasmasken verborgen; mit ihren dreieckigen Masken sahen sie eher wie Insekten aus einem B-Movie aus als wie menschliche Geschöpfe.

Auf der Straße wurde es still, als die Menschen die Kampftruppe eine Schrecksekunde lang ansahen. Dann hievten die Rebellen den Speer wieder hoch. Auf den erhitzten, braunen, weißen, sonnengebräunten, geröteten Gesichtern spiegelte sich Wut und Entschlossenheit.

»Quellen, die der Polizei nahestehen, haben durchsickern lassen, daß die Handschrift auf den Briefen, die sowohl Stadtrat Renquist Falkenberg als auch die Polizei erhalten haben, eindeutig als die Handschrift des Attentäters Jeb Flynne identifiziert worden ist, der angeblich vor fünf Jahren im Gefängnis von Los Angeles Selbstmord begangen hat – Hier! Warten Sie eine Sekunde – hier ist Stadtrat Renquist Falkenberg persönlich! Stadtrat Falkenberg wird gleich eine Erklärung zu den Krawallen verlesen, die beinahe das Bundesgebäude zerstört haben.«

Ich stand vor den Amtsgebäuden. Das Sondereinsatzkommando hatte seine Arbeit beendet. Der Krawall war vorüber, die Demonstrierenden verschwunden.

Und dann schwebte die unverkennbare Stimme von Renquist Falkenberg über den Äther. Mit seiner tiefen, vernünftigen, samtenen Stimme sprach er vom Lesbisch-Schwulen Howard-Blooming-Gedenkarchiv aus. »*Ich möchte die lesbische und schwule Community bitten, alle Communitys in San Francisco, in dieser schweren, schweren Zeit zusammenzustehen. Es gibt Stimmen, die behaupten, daß Jeb Flynne noch am Leben ist. Sollte das zutreffen, werden wir ihn zur Rechenschaft ziehen. Bis dahin müssen wir unser Leben auch weiterhin mit der Integrität leben, die unserer Community dazu verhelfen wird, unsere Ziele zu erreichen und unsere eigene Gerechtigkeit zu verwirklichen. Wir haben einige unserer besten Leute verloren. Sie wurden mitten aus dem Leben gerissen. Ich rufe euch auf, die Gewalt jetzt zu beenden.*«

Eine andere Stimme kam über den Äther. Es war Berniece Able mit ihrer siebzig Jahre alten, kräftigen Stimme. Ihre Worte ließen mich abrupt innehalten.

»*History there – is no disaster – Those who make history – Cannot be overtaken – As they will make – History which they do – because it is necessary – That every one will – Begin to know that – They must know that – History is what it is – Which it is as they do –*«

Jetzt wußte ich, wer der Mörder war. Der Nebel des Verdachts, der Helen Thomas, Lee Turgo und Berniece Able umschlossen hatte, würde sich endlich lüften. Sie würden ihr Leben in fröhlicher Schaffenskraft fortsetzen können.

Ich glaubte nicht, daß Renquist in Gefahr war. Statt dessen glaubte ich eher, daß die ganze Serie von Morden, an Tracy, an Gurl Jesus, an Deborah, verübt wurde, um Renquist zu schützen und seine Karriere voranzutreiben. Renquist. Howard Bloomings Protegé. Die große politische Verantwortung als Howards Nachfolger war für ihn zu früh gekommen. Renquist hatte auf seinen öffentlichen Joggingrunden mit Tracy Port nie an Gewicht verloren. Und jetzt wußte ich auch, warum. Meine Schlußfolgerung war nicht gerade erheiternd.

Ich watete durch eine Flut von Glasscherben, ehemalige Kaufhausfenster, stieg über rußgeschwärzte Autos, die wie gestrandete Wale dalagen. Die Welle der glühenden Wut hatte sich am Ufer gebrochen, ein Meer von Ruinen hinterlassen. In den nächsten Tagen würde es Zorn und Aufruhr, Vergeltung und Rebellion geben. Viele würden für immer daran festhalten wollen, daß der Attentäter, Jeb Flynne, noch am Leben war und unter dem Schutz der Bundesregierung stand. Aber ich wußte, wer der Mörder war. Der Mensch, von dem ich es am wenigsten erwartet hätte, ein Mensch, von dem ich nicht wollte, daß er der Mörder war. Es wurde Zeit für eine Wanderung zum Castro Valley und zum Archiv. Das Stein-Buch fühlte sich viel schwerer an, als es tatsächlich war.

KAPITEL ZWANZIG
Geschichte Teil Zwei

Die graue Metalltür mit der Aufschrift PERSONALEINGANG wurde von einem Sicherheitsbeamten bewacht. David Lamble, ein hiesiger Radioreporter, war gerade dabei, seine Ausrüstung aus der Tür zu ziehen. Das Mikrophon steckte noch im Stativ. Der Wachmann war höflich und hielt ihm die Tür auf.

»Hallo, David«, sagte ich und ging einfach an dem Sicherheitsbeamten vorbei, den mit Linoleum ausgelegten Korridor entlang, bis ich zur anonymen Hintertür von Allen Boones Büro kam. Ich klopfte an und wartete. Die Tür wurde geöffnet, und Allen Boone stand vor mir im Türrahmen. Als er mich sah, wurde sein Gesicht kreidebleich und seine Hände fingen an zu zittern. Im Raum hinter ihm saß Renquist Falkenberg, der sich mit großer Mühe erhob. Vor ihm lag ein Band der Gertrude-Stein-Gesamtausgabe; das buntgewürfelte Durcheinander auf Allens Schreibtisch war für das Radiointerview zur Seite geschoben worden.

»Hallo, Emma«, sagte Renquist langsam, leise.

»Hallo, Renquist. Hallo, Allen«, sagte ich, setzte mich und legte mein Stein-Buch in dem braunen Umschlag auf den Schreibtisch.

Allen setzte sich ebenfalls, nahm Renquists Hand in seine beiden Hände und drückte sie. Allen trug schwarze Slipper und schwarze Jogginghosen, als wäre er gerade aus dem Bett geholt worden. Über den Jogginghosen trug er ein T-Shirt mit der Aufschrift ›Die sechzehn Freuden‹. Das goldene Armband an seinem rechten Handgelenk funkelte.

»Emma, was gibt's? Was ist das?« Er deutete mit einem zittrigen Lächeln auf das Päckchen.

Ich schaute langsam von Allen zu Renquist. »Ich weiß, wer der Mörder ist«, sagte ich.

»Du weißt es?« flüsterte Renquist.

»Ja. Ich habe hier ein Negativ – nun, genaugenommen ist es kein richtiges Negativ. Polaroidfilme haben keine Negative. Aber es hält so eine Art Geisterbild des Original-Fotos fest. Du kannst zwar keine Abzüge davon machen –«

»Komm zur Sache, Emma.« Renquist schluckte schwer.

»Auf dem Negativ ist deutlich die Kette des Amuletts an Helen Thomas' Hals zu sehen, die Kette, an dem der angeblich giftgefüllte Anhänger hing – die Kette, die Allen Boone zerrissen hat.«

»Allen – du –« Renquist klappte das Kinn runter bis auf die Brust. »Du hast Tracy ermordet?« Renquist verbarg sein Gesicht in den großen Handflächen. Er schauderte, und aus seiner Kehle drang ein furchtbarer, erstickter Laut. »Natürlich«, sagte er.

Aber Allen lachte beinahe. »Ein Geisterbild, Emma? Renquist, hör nicht auf sie!«

»Du hast noch mehr Beweise hinterlassen, Allen.«

»Beweise?«

»Ja, du weißt schon, Indizien. Hast du das Gerichtsverfahren gegen O.J. nicht gesehen?«

»Das Gerichtsverfahren gegen O.J.?«

»Hast du den Smoking, den du zum Dinner getragen hast, schon in die Reinigung gebracht?«

»Nein, ich –«

»Du solltest dich darauf gefaßt machen, deine Stiftsammlung dem Archiv zu schenken. Du wirst nämlich ins Gefängnis wandern, Allen, für die Morde an Tracy Port, Gurl Jesus und Deborah Dunton.«

Renquists Gesicht, grau und starr, kam hinter seinen Händen hervor. Das Eingeständnis der Leugnung. Der Selbstverleugnung. Der Leugnung Allens. Ein Netz von Geheimnissen, das langsam entwirrt wurde.

»Du warst ziemlich clever, Allen«, fuhr ich fort, auch um zu hören, wie meine Stimme den Raum füllte, der voll war mit sorgsam gehüteten Geheimnissen und einer Liebe, die unwiderruflich zerstört wurde.

»Die Sache mit Helens Anhänger war zu einfach, zu romantisch, Allen«, sagte ich. »Du hast es so eingerichtet, daß ich den Streit zwischen Tracy und Helen vor dem Dinner mitanhören mußte«, erklärte ich.

»Das wirst du niemals beweisen können – ein Negativ – ein Polaroid – ein *Geister*bild –«, stotterte Allen.

»Nein? Dann laß uns doch mal sehen, ob ich die Waffe deiner Wahl finde, Allen. Mal sehen.« Ich ging zu der Vitrine, in der die Schreiber lagen. Walt Whitman und Lizzie Borden. Da war er ja. Der Füllfederhalter von Daphne Du Maurier, die mit sepiabrauner Tinte geschrieben hatte. Ich griff in die Vitrine und nahm Du Mauriers Stift heraus, der silberne Clip funkelte. Ich zog die leicht gerundete Kappe ab und sah zu Allen hinüber. Sein Gesicht lieferte mir die Antwort, nach der ich suchte. Ich hielt den Stift in die Höhe und zog an dem winzigen Metallhebel, der die Patrone zusammendrückte. Flüssigkeit quetschte sich nach draußen in den geriffelten Zuführer und durch das kleine Luftloch auf die Feder, wo sich eine bernsteinfarbene Träne formte und schimmernd hängen blieb. Ich konnte es dreißig Zentimeter weit riechen. Die Tinte roch nach Mandeln.

»Daphne Du Maurier.« Allens Augen waren aufgerissen. Er schien ganz weit weg zu sein. Vielleicht würde die Vergangenheit für ihn jetzt noch realer werden, wo er keine Zukunft mehr hatte. »Ich mußte ihren Stift benutzen. Sie ist die einzige gewesen, die mit sepiabrauner Tinte geschrieben hat.«

»Warum hast du den Stift nicht weggeworfen?« fragte ich ihn, aber ich wußte die Antwort, als ich mich in seinem Büro umsah: die geliebte schwul-lesbische Schreibgeräte-Sammlung, die Servietten-Sammlung, die Porträts, die Bücher, die Briefe, all die vielen Eintagsfliegen der Geschichte. Allen konnte einfach nichts wegwerfen. Geschichte. Die Geschichte von Attentätern ist eine Geschichte des Wahnsinns. »Komm, Allen, ich bringe dich zum Gericht. Ich werde dafür sorgen, daß es so wenig Aufsehen wie möglich gibt.«

Renquist war zu einer der porträtbedeckten Wände gegangen. Er hatte uns den Rücken zugekehrt. »Ruf –« Renquist hob seine Hand, um das Porträt von Ralph Maynard Keynes zu berühren. »Ruf meinen Wagen.« Rauhe Worte, die ich nie vergessen würde. Und dann kamen laute Schluchzer, die unerstickten Schreie eines Mannes, der zwei Geliebte verloren hatte. Es waren die einzigen Laute im Raum, bis wir das Hupen von Renquists Wagen hörten.

KAPITEL EINUNDZWANZIG
Überlänge

Pullman-Limousinen. Ich saß mit Allen auf dem Rücksitz und betrachtete durch die getönten Fensterscheiben die Morgendämmerung. Der Fahrer saß hinter der Trennscheibe, der Vorhang war zugezogen.

Allen hatte sich auf seiner Seite des Wagens in einer Fötusposition zusammengerollt. Ich sah ihn nicht an. Er gab kurze, erstickte Schluchzer von sich, die kaum zu hören waren. Der Wagen ging in eine Kurve.

Früher wurden auch überlange Cadillacs hergestellt, aber das extreme Gewicht der riesigen Limousinen hatte die Motoren zu schnell verschlissen. Ich erinnerte mich daran, wie ich auf dem Höhepunkt von Howards Karriere gelegentlich in solchen Limousinen fuhr. Die Ledersitze, die großen Sofas – aber am besten konnte ich mich daran erinnern, daß ich das komische Gefühl hatte, mich überhaupt nicht fortzubewegen. Die getönten Fensterscheiben, die Länge des Vehikels, das Stoßdämpfer-System, das von Gott persönlich erschaffen worden war, all das erweckte in mir das Gefühl absoluten Stillstands, als wir die Market Street zum Gerichtsgebäude hinunterrollten. Wir mußten an einer roten Ampel gegenüber der Norwegian Hall halten. Durch die getönten Scheiben sprang mir ein Schild ins Auge: ›Heute abend Bingo‹.

»Berniece hat uns zu sehr günstigen Ringen verholfen«, sagte Allen. Die Worte kamen zwischen den Schluchzern hervor. Merkwürdige Worte. Seine Stimme riß immer wieder ab. »Ihr Onkel... ein Juwelier... in Philadelphia. Der Fischmarkt in Philadelphia.« Allens Stimme wurde vom dicken Leder verschluckt. Ich sah ihn nicht an. »Der Marsch auf Washington«, fuhr er fort. »Wir haben daran teilgenommen – am Marsch. Die Massentrauung haben wir natürlich ausgebuht. Aber dann standen wir plötzlich mitten in einem Meer von Tausenden glücklichen Paaren. Die Treuegelübde. Irgendwie hat das alles Sinn ergeben. Es war sehr gefühlsgeladen.

Und dann kamen wir wieder nach Hause. Und alles war wieder vorbei.«

Wir hielten an einer Ampel am Orbit Café. Das Café war dunkel, zur Zeit nicht auf der Umlaufbahn. Auf dem Hügel konnte ich den San Francisco-Ableger der University of California sehen. Der Parkplatz war leer.

»Wie heißt diese Brücke nochmal?« fragte Allen. »In Florenz? Die *Ponte Vecchio*«, beantwortete er sich seine Frage. »Dort haben wir die Schreibfeder von Henry James bekommen. Natürlich sehr touristisch ...«

Heutzutage werden Pullman-Limousinen als Partyautos vermietet. Rosen und ein Begrüßungsgeschenk. Mit Champagner-Bars, Fernsehern und Videorecordern ausgestattet, die in das solide Walnußholz-Interieur eingelassen sind. Renquist, so sah ich, hatte sich nur eine Uhr einbauen lassen. Die Market Street zog noch immer an meinem Fenster vorüber.

»Ich dachte, Deborah hätte Verdacht geschöpft«, sagte Allen. »Schließlich ist sie meine Therapeutin gewesen – sie ist unser aller Therapeutin gewesen. Aber ich habe mich nie so richtig wohl mit ihr gefühlt ...«

Der Wagen glitt jetzt die Bryant Street hinunter, an SoMa-Cafés vorbei, wo ein paar Arbeiter standen und auf dem Weg zur Frühschicht schnell noch einen Cappuccino tranken, in dem frischen Wind, der mit der Dämmerung aufkam. Projektion, Projektion, Projektion. Das war Deborah Dunton zum Verhängnis geworden. Zu meiner Rechten war eine Fernbedienung in das Holz eingelassen, mit der sich Schiebedach und Türverriegelung steuern ließen. Ich hatte beides verriegelt, als wir eingestiegen waren. Ich hielt meine Nase dicht an die Fensterscheibe gepreßt, meine Augen spiegelten sich in dem dicken Panzerglas.

»Weißt du, Emma, der *Witz* an der Sache ist –« Allen sprach mich zum ersten Mal direkt an. Wir fuhren jetzt auf das Gerichtsgebäude zu. Ich würde Allen hineinbringen. Er würde verhaftet werden. Fotografiert. Seine Fingerabdrücke würden abgenommen, er würde durchsucht werden. In einer Sicherheitszelle untergebracht werden.

Mit Desinfektionsspray besprüht werden. Er würde die Gitterstäbe seines eigenen Käfigs polieren müssen. »Der *Witz* an der Sache ist –« Allens Stimme wurde lauter, klang beinahe fröhlich. Er hätte genausogut darüber sprechen können, Fotos in ein Album zu kleben. »Es hat mir beinahe Spaß gemacht, Tracy umzubringen.«

Ich drehte mich nicht zu ihm um. Tracy hätte Renquist wahrscheinlich früher oder später abserviert, so wie sie alle anderen vor ihm auch abserviert hatte. Aber diese Einsicht kam zu spät, konnte nichts mehr ändern. Der Fahrer war ausgestiegen und öffnete uns die Tür. Wir wurden von Beamten des Sheriffs erwartet. Renquist mußte sie verständigt haben. Renquist, ein bisexueller Mensch, von der homosexuellen Bewegung vereinnahmt und eingezwängt? »Aber mit Deborah, nein, das war nicht leicht, und ich –« Zum ersten Mal, seit wir in die Limousine gestiegen waren, sah ich Allen an. San Franciscos berüchtigter Nebel wurde vom lachsfarbenen Licht des Sonnenaufgangs durchflutet und ließ Allen Boone vor aller Welt so aussehen, als wäre er mit Blut besudelt.

Zwei Deputies hielten gewaltsam seine Arme fest. Allens T-Shirt ›Die sechzehn Freuden‹ rutschte hoch, und ich bemerkte, daß er einen blaugrünen Füllfederhalter an den Gummibund seiner Jogginghose geklemmt hatte.

KAPITEL ZWEIUNDZWANZIG
Twin Peaks

Es war sieben Uhr morgens. Ich saß in Roses Lieferwagen hoch oben auf dem Gipfel von Twin Peaks. Die Limousine hatte mich hier abgesetzt. Ich brauchte diesen Ausblick, den alles einhüllenden Nebel und meine Freundin. Ich mußte ihr von Allen Boone erzählen. Sie reichte mir einen dampfenden Becher Milchkaffee, den sie auf dem Weg hier rauf im Café Flore besorgt hatte.

Wir blickten auf die Stadt hinunter. In ihrer Mitte schwelte eine große Fläche. Durch die Windschutzscheibe blickten wir auf die blaugrüne Bucht hinaus. Gegen den roten Horizont zeichnete sich der Mount Diabolo wie ein schwarzer Dinosaurier ab.

»Ich kann es einfach nicht glauben – Allen Boone – Emma – bist du dir wirklich –«

»Ich war mir erst sicher, als ich hörte, daß regelmäßig Briefe von Jeb Flynne aufgetaucht sind. Das FBI hat die Handschrift auf diesen Briefen eindeutig als die von Flynne identifiziert, aber ich konnte nicht glauben, daß Flynne noch am Leben war. Also habe ich mich gefragt, ob jemand die Drohbriefe aufgehoben hat, die Flynne vor zwanzig Jahren geschrieben hat. Dabei bin ich natürlich auf Allen gekommen.«

»Allen?« flüsterte Rose und umschlang ihren Körper. Ich nahm ihre Hand und hielt sie fest.

»Allen hat herausbekommen, daß – Renquist Falkenberg und Tracy hatten eine Affäre. Renquist ist bisexuell. Ich habe immer gedacht, daß Howard –«

»Renquist bisexuell. *Okay.*« Rose holte tief Luft. »Aber Allen ein Mörder –«

»Tracy war schwanger. Ich habe im Mülleimer in ihrem Bad das Überbleibsel eines Schwangerschaftstests gefunden. Das Ergebnis war positiv.«

»Und er hat auf diesen Joggingausflügen nie auch nur ein Gramm abgenommen –«

»Plötzlich fiel mir wieder ein, daß ich in seiner Brieftasche Kondome gefunden habe. Und jeder weiß, daß du Kondome nicht in der Brieftasche aufbewahren sollst. Da bekommen sie Löcher.«

»Aber Allen... Bitte erzähl mir nicht, daß mein kleiner Kumpel –«

»Du mußt es akzeptieren, Rose. Du kannst dir vorstellen, was in ihm vorgegangen ist. Allen, der Mann, der so gern nah am Geschehen war. Renquist, der Allen nie so richtig als offiziellen Partner anerkannt hat. In der Zwischenzeit hat Allen Servietten gesammelt, Memorabilien von jeder Gala, jedem Brunch und jedem Empfang. Er ist immer und überall dabeigewesen. Er wollte nicht selbst im Rampenlicht stehen, aber er wollte immer mittendrin sein. Wenn er Renquist Falkenberg verloren hätte, wäre er nur ein weiterer unbedeutender Bibliothekar gewesen. Und es sah ganz danach aus, als würde er ihn verlieren. An Tracy Port. Seine Chefin. Seine übertrieben diensteifrige Chefin. Seine *bisexuelle* Chefin. Und dann sah er die Gelegenheit. Helen Thomas' Amulett. Helen Thomas' Manuskripte.

Allen hat Helen ermutigt, ihre Manuskripte zu stiften, sie am besten gleich an jenem Abend zur Gala mitzubringen. Er hat es so arrangiert, daß Tracy Helen an der Laderampe traf. Den Termin mit mir hat er so gelegt, daß er sich scheinbar zufällig mit ihrem überschnitt. Allen hat sich von seinem eigenen Büro aus anpiepen lassen und mich dann allein dort zurückgelassen, damit ich Zeugin ihrer Unterhaltung wurde.«

»Allen war immer so gut, wenn es um Details ging.«

»Ja, das muß ich ihm wirklich lassen, den Streit hat er wahnsinnig gut in Szene gesetzt. Die arme Helen mit ihrem Zyankali-Amulett. Ich schätze, es ist durchaus möglich, daß Helens Amulett irgendwann einmal Gift enthalten hat. Allerdings bezweifle ich stark, daß ein Gift neunzig Jahre lang seine Wirkkraft behalten kann. Immerhin, in der Theorie muß es gut ausgesehen haben. Irgendwann zwischen all den Umarmungen und Gratulationen und dem schlechtem Essen muß er Helen die Halskette abgenommen haben. Sie war so erschöpft von ihrem Streit mit Tracy und ihrer Rede, daß sie es nicht einmal hinterher bemerkt hat, als das Amulett schon fehlte. Allen hat das Zyankali in einem Füllfederhalter bei sich getragen. Ein paar Tropfen Gift auf Tracys Kartoffeln und ein Tropfen auf Helens Halskette. *Voilà*. Und schon war der Mord perfekt. Viel zu sauber und viel zu perfekt. Der Plan ist zu *literarisch* gewesen. Und Helen als Verdächtige zu ideal. Ich habe es nicht eine Sekunde lang geglaubt, aber für den Bezirksstaatsanwalt muß es nach einem klaren Fall ausgesehen haben.

Aber eins hat Allen nicht auf der Rechnung gehabt: Gurl Jesus, die Fotografin, muß mit ihrer Kamera einen kritischen Augenblick festgehalten haben. Ich weiß nicht, was es war, aber vielleicht habe ich irgendwo das Negativ davon. Der Augenblick, in dem Allen nach Helens Halskette griff? Gurl hat sich mit ihm in Verbindung gesetzt. Ihr Trumpf war natürlich, daß sie es Renquist erzählen würde, wenn Allen ihre Forderungen nicht erfüllte. Aber Allen mußte Renquist halten – darum ging es ja schließlich bei dem Ganzen. Er muß total verzweifelt gewesen sein. Allerdings wußte er nicht, daß auch Polaroidfotos eine Art Negativ haben – chemisches Übertragungspapier, das jedes Foto begleitet. Ich habe einen Packen davon aus Gurls Müll gefischt. Das belastende Bild habe ich bis jetzt nicht gefunden, aber es war verdammt einfach, damit zu bluffen, daß ich es gefunden hätte.«

»Allen, Allen.« Rose starrte auf die Stadt hinunter.

»Er hat Gurl Jesus wegen eines Polaroidfotos kaltblütig in den Rücken geschossen, Rose.«

»Und Deborah Dunton? Warum war sie ihm im Weg?« Roses Stimme war vollkommen tonlos.

»Renquist hatte ein Treffen in Deborahs Wohnung angesetzt, um die öffentliche Gedenkfeier für Tracy vorzubereiten. Ich glaube nicht, daß Deborah Allen sonderlich gemocht hat. Allen fing an durchzudrehen. Er war davon überzeugt, daß Deborah über die ganze Sache Bescheid wußte, denn er war mal ihr Klient. Mit all der Schuld, die er auf sich geladen hatte, sah er überall Finger auf sich deuten. Du weißt doch, Allen hat alle Lokalzeitungen gelesen, die beiden Tageszeitungen und die vier Wochenzeitungen. Und er wußte aus der ausführlichen Berichterstattung, daß es mal einen

Schrotflinten-Mord im Mews-Komplex gegeben hat. Er glaubte, daß er vor Renquist bei Deborah sein mußte.«

»Und hat dabei beinahe dich erwischt.«

»Aber Deborah war verdammt dicht an der Wahrheit. Ich glaube nicht, daß sie sich noch viel länger mit der Lee Turgo-Geschichte verarscht hätte. Ich glaube vielmehr, daß Deborah einen sehr konkreten Verdacht hatte, was Tracys Schwangerschaft anging.«

»Wie kommst du darauf?«

»Sie hat Frances' Forschungsbericht über *Lesbo-Parthenogenese* gestohlen. Sie muß ihn beim Gala-Dinner eingesteckt haben – ich gebe zu, daß ich ziemlich leichtsinnig damit umgegangen bin. Sie nahm wohl an, daß der Bericht eine Liste mit den Namen der Frauen enthielt, die künstlich befruchtet worden sind, eine Liste, auf der auch Tracy Port hätte stehen müssen – aber natürlich war das nicht der Fall.

Wie dem auch sei, Allen ist zu Besuch gekommen – er konnte ja nicht wissen, daß ich auch so früh da sein würde. Vielleicht hat er Deborah im Flur über Tracy reden hören. Er ist zum Waffenschrank gegangen, hat das Schloß geknackt und sich eine der Waffen genommen. Dann muß er uns in den Flur gefolgt sein. Ich habe den Verdacht, daß er von vornherein wußte, daß die Waffen dort waren. Deborah hat immer diese gräßlichen Wohltätigkeits-Brunches in ihrem Apartment veranstaltet.

Nachdem er Gurl Jesus ermordet hatte, muß Allen blitzartig weitergedacht haben. Und genau an diesem Punkt ist er ins Straucheln gekommen. Er hat die Richtung gewechselt, ist umgeschwenkt, weg vom Helen-Thomas-Motiv. Er muß große Angst gehabt haben, daß irgend jemand den Mord an Gurl Jesus mit der Gala in Verbindung bringen könnte. Er hatte die Briefe von Jeb Flynne in seinem Besitz, die Originale der Drohbriefe, die im Namen der Gesellschaft zum Schutz der Familie geschrieben worden waren. Mord. Blut. Schande. Schuld. Alles in Jeb Flynnes Briefen.

Wie du weißt, ist Jeb Flynne ein ultra-rechter Fundamentalist gewesen. Der bloße Gedanke, daß Kinder von Homosexuellen kirchlich getauft werden könnten, hat die Grundwerte seiner Religion massiv bedroht. Seine Überzeugungen haben ihn dazu gebracht, üble Schmähbriefe zu verfassen und niederträchtige Taten zu begehen. Er fühlte sich durch die ganze Sache ›besudelt‹. Langsam ging mir auf, daß David Stimpson vielleicht doch recht hatte. Wahrscheinlich hätten wir diesen Briefen mehr Aufmerksamkeit schenken müssen. Genau wie Jeb Flynne. Also bin ich diesmal auf Nummer sicher gegangen.«

»Oh, Allen –« Rose ließ meine Hand los und umklammerte das Lenkrad.

»Allen hat sich in Tracys Schlafzimmer geschlichen und einfach einen Schnipsel aus Flynnes Briefen auf den Fußboden geworfen, wo er ganz sicher gefunden würde. Er muß mich gesehen haben, als ich ihn aufhob. Allen hat eine richtige Kampagne in Gang gesetzt, um jeden davon zu überzeugen, daß Flynne noch am Leben war. Er hat Briefe geschickt. Zu viele Briefe. Flynne hat seine Briefe sporadisch geschickt, als Antwort auf das, was er als Angriff auf seine religiöse Überzeugung wahrnahm. Er ist kein durchgeknallter Mörder gewesen.«

»Und Allen ist die ganze Zeit mit im Apartment gewesen, während du dort warst? Mit einer Schrotflinte in der Hand?«

»Er hat auf Deborah gewartet. Die mich im Badezimmer überrascht hat. Der Schuß kam aus dem Schlafzimmer. Allen hat meine Schulter getroffen. Ein einziger Schuß. Er hatte keine Zeit, nachzuladen, und ich lag wahrscheinlich eh schon am Boden. Also hat er zugesehen, daß er Land gewinnt.«

»Was ist mit deiner Freundin Eleanor-Fresca-DeWade?«

»Ach, nur eine kleine Steuerhinterziehung. Sie hat zu viele von ihr abhängige Angehörige angegeben.« Zumindest letzteres traf zu, dachte ich, der sehr abhängige Larry Boznian hatte das Ticket gekauft und Fresca mit auf die Reise genommen.

»Das Modelgeschäft? Ist sie dafür nicht ein bißchen zu dick –«

»Nein, nein, sie hat Eimer voll Geld. Ich habe ihr geraten, sich eine gute Steuerberaterin zu suchen. Das war nur eine falsche Fährte, mehr nicht.«

In Roses Augen spiegelte sich die Sonne, die endlich über dem

Kamm von Mount Diabolo aufgegangen war. »Wie paßt Carla Ribera in das alles hinein?«

Ich würde Rose nicht erzählen, wie falsch diese Fährte gewesen war. Carla Riberas politische Einstellung war viel radikaler, als wir uns je vorgestellt hatten. Ich würde ihr nicht erzählen, daß Carla anscheinend an einer internationalen Untergrundorganisation beteiligt war, die politisch Verfolgte schützte. Daß die Modefotografie und die langbeinigen Models vielleicht *wirklich* nur Theater waren. Daß Carla Rose noch immer liebte.

Mode, eine Drehung nach links, eine Drehung nach rechts. Ich würde mich da nicht reinziehen lassen.

»Oh, Emma.« Rose ließ das Lenkrad los und legte mir eine Hand auf die Schulter. »Gottseidank sitzt du hier neben mir im Wagen und liegst nicht tot auf Tracys Fußboden.«

Sobald ich zu Hause war, dachte ich, würde ich ein ausgiebiges heißes Bad nehmen, das Telefon abstellen und mindestens vierundzwanzig Stunden durchschlafen. Meine Gedanken wurden vom Röhren eines Flugzeugmotors unterbrochen. Rose und ich sahen zum Himmel hinauf. Ein silbernes Flugzeug dröhnte über uns hinweg, der lange weiße Kondensstreifen teilte den Himmel in zwei Hälften. »Was für ein beschissenes Ende.« Rose drehte den Zündschlüssel. »Jetzt werden wir wohl nie mit der U-Bahn zum Flughafen kommen«, grummelte sie.

KAPITEL DREIUNDZWANZIG
Eleanor Roosevelt hat gesagt

Ich stand seit sieben Uhr fünfundvierzig vor dem Archiv, hielt einen Schließfachschlüssel in der Hand, der gestern morgen mit der Post gekommen war. Stehen traf es nicht ganz. Ich war rumgelaufen, hatte mich hingesetzt, an meinen Fingernägeln gekaut. Auf sie gewartet. Hatte jedes Auto, jede Fußgängerin, jeden Bummler registriert. Den Schlüssel festgehalten. Nach ihr Ausschau gehalten. Alles sah prima aus. Und sicher. Also wo steckte sie?

Ich lungerte hinter den Scheiben von Waschsalons herum. Tat alles, um so unauffällig wie möglich zu wirken, damit sie sich mir gefahrlos nähern konnte. Um neun gab ich es langsam auf. Um zehn kam ich mir wie eine Idiotin vor. Sogar die Möwen lachten mich schon aus. Es war Zeit, nach Hause zu gehen. San Francisco war für Laurie Leiss und ihre Tochter Fresca Alcazon zu heiß geworden. Funktionsstörung auf der Flucht. So etwas konnte ich wirklich nicht in meinem Leben brauchen. Aber ich fragte mich, was Larry Boznian als nächstes malen würde. Würde ich Frescas Gesicht in irgendeinem Museum sehen, in einem Bilderrahmen, vielleicht aus rohen Makkaroni gefertigt?

Als ich nach Hause zurückkam, fand ich Frances' Miata vor dem Haus geparkt. Mit offener Haube, der Motor noch warm. Und die Rückbank mit Gepäck vollgepackt. Irgendwie hatte ich es ja geahnt.

Ich schlüpfte leise ins Haus. Der große V-Ausschnitt des beigen Baumwollkleids gab einen großen Teil von Frances' Rücken frei. Neben ihr stand eine leere Vermouthflasche. Sie rührte sich einen Drink, und es klang wie eine ängstliche Percussion. Ich beobachtete sie, wie sie mit den Hüften schwang, mit dem Fuß tappte. Sie hielt den Mixer an, und ich sah ihr zu, wie sie den frisch gerührten Martini in ein Glas goß, es an die Lippen setzte und aus dem Küchenfenster starrte. Sie würde den Drink brauchen, wenn sie merkte, daß ich genau hinter ihr stand. Schließlich sagte ich etwas. Sie erschrak und ließ das Glas fallen.

»Emma!«

»Ist es nicht ein bißchen zu früh dafür?«

»Emma, mein Gott, ich hatte ja keine Ahnung, daß du – mach das ja nie – «

Dann hielt Frances inne, sah mich an, und falls ich noch irgendwelche Zweifel gehabt hatte, so waren sie jetzt endgültig ausgeräumt.

»Mach *was* nie wieder?«

»Dich an mich anzuschleichen!« Sie sah wütend aus, aber nur eine Sekunde lang. »Was war hier überhaupt los? Das ganze Geschirr ist verschwunden – hast du den Kühlschrank abgetaut? Hast du die Wohnung ausgeräuchert? Was ist passiert?«

»Eine Menge. Eine ganze Menge ist passiert.«

»Und du – du hast dir die Nase piercen lassen.« Frances schaute sich mein Gesicht an, und ihr Blick war irgendwie ganz anders als während unserer gesamten Ehe.

»Gefällt es dir?«

»Ja!« Sie legte ihren Kopf auf die Seite und lachte erstickt. »Es gefällt mir.« Sie klang, als würde ihr Herz brechen. »Emma, oh Emma, oh, Emma, ich – ich weiß nicht, wie ich es dir sagen soll.«

»Du verläßt mich, nicht wahr?«

Wir starrten auf die Glasscherben auf dem Fußboden. Irgendwo ertönte eine Autohupe, und in der Ferne kreischten Schulkinder.

»Ja. Ich verlasse dich.«

Wie nicht in Tränen ausbrechen, Gesicht und Mund unter Kontrolle halten? Ich sah in den Garten hinaus. Ich begrub meine Gefühle dort draußen in der warmen, schwarzen, feuchten Erde.

»Eigentlich möchte ich gar keine Antworten«, schaffte ich zu sagen. Ich hatte vergessen, daß ich gar keine Fragen gestellt hatte.

»Ja. Laß uns nicht –«

»Aber, Frances, andererseits möchte ich es dir nicht zu *leicht* machen –«

»Bitte?« fragte Frances leise. »Nicht.«

»Also, wer ist sie?«

»Laß uns nicht damit anfangen.«

»Du verläßt mich nach fünf Jahren? Einfach so?«

»Wir sind uns schon lang nicht mehr richtig nah.«

»Hey, *du* hast *mich* auf Eis gelegt, erinnerst du dich?«

»Emma, bitte nicht.«

»Ich wußte, daß du das sagen würdest.«

»Ja, ich wußte auch, daß ich das sagen würde.« Sie lächelte. Das machte mich wütend.

»Ich nehme an, daß du mich gegen ein besseres Modell eingetauscht hast. Sitzt sie vielleicht im Stadtrat?«

»Emma, Sarkasmus hilft uns auch nicht weiter.«

»Also, im Moment hilft es mir weiter.«

»Ich möchte jetzt gehen, Emma. Das führt zu nichts. Wir – wir werden uns mit dem Haus befassen müssen, ich werde die Hypothek –«

Schuldgeld. In meinem Kopf blitzten gewalttätige Gedanken auf, aber es war besser, aus dem Fenster zu sehen. Dieses Mal würde ich Schmuckdahlien pflanzen. Große, flauschige Weiße. Zur besseren Tarnung.

»Emma?«

»Was?«

»Möchtest du, daß ich mich entschuldige?«

»Häh?«

»Möchtest du, daß ich mich entschuldige?« wiederholte sie leiser.

»Würdest du dich dann besser fühlen?« Unter dem Nachbarzaun kroch klebriges Unkraut durch. Die Art von Unkraut, die sich in Katzenschwänzen verfängt. Würden wir auch die Katzen aufteilen müssen?

»Es tut mir leid, Emma. Ehrlich.«

Es gab eine lange Pause. Dann fragte Frances: »*Du* fühlst dich jetzt nicht besser, oder?« Sie weinte jetzt. Ich konnte es an ihrer Stimme hören.

»Nein.« Ich schüttelte den Kopf. Ein Schwalbenschwanz schwebte über die Margeriten.

»Auf Wiedersehen, Emma.« Und dann hörte ich Frances' Fußtapfen über den frisch geputzten Fußboden gehen, die Treppe hinunter. Sie vermied es, auf die knarrende Stufe zu treten, wie sie es so oft getan hatte. Immer so verdammt rücksichtsvoll, wenn es um die Treppe ging.

Ich ging zurück in mein Apartment, mein ureigenes Apartment, und suchte unter dem Gästebett. Ich fand die eine Blüte, die Fresca nicht mit hinuntergespült hatte, und stöberte ein paar Blättchen zum Drehen auf.

Zwanzig Minuten später saß ich im Garten, fühlte das herrliche kalifornische Sonnenlicht mit seinen gesammelten UV-Strahlen auf meine Haut scheinen. Ich nahm einen langen Zug und betrachtete den Garten. Etwas, das Eleanor Roosevelt gesagt hatte, kam mir in den Sinn. Wie ging es noch?

Ab vierzig ist alles Schlechte schon einmal da gewesen.

Einige Dinge waren offensichtlich.

Ich saß in der Sonne und plante die Flora für das nächste Jahr.

Ich hatte ein Wochenende mit Liebeskummer, Mord und Chaos hinter mir. Ich hatte einen dreifachen Mörder überführt. Einen vierfachen Mörder laufen lassen.

Ich war die stolze Besitzerin einer Stein-Erstausgabe. Meine Nase war gepierct.

Ich würde Fresca Alcazon wiedersehen. Und sie würde den anderen Schlüssel dabeihaben.

Frances war irgendwie dabei, mich zu verlassen.

Ich würde drüber wegkommen.

Und ich war der festen Überzeugung, daß jede Frau sich in diesem Lesbenleben einen Garten gönnen sollte.

Ariadne Kriminalromane

Ariadne Krimi 1001:	Anthony Gilbert: Das Geheimnis der alten Jungfer
Ariadne Krimi 1002:	Marion Foster: Wenn die grauen Falter fliegen
Ariadne Krimi 1003:	Joy Magezis: Untergetaucht
Ariadne Krimi 1004:	Anthony Gilbert: Fette Beute
Ariadne Krimi 1005:	Lauren Wright Douglas: Lauernde Bestie
Ariadne Krimi 1006:	Jessica Mann: Das Gewerbe der Mrs.Knox
Ariadne Krimi 1007:	Katherine V. Forrest: Die Tote hinter der Nightwood Bar
Ariadne Krimi 1008:	Josephine Bell: Mord im Ruhestand
Ariadne Krimi 1009:	J.R. Hulland: Der Tod studiert mit
Ariadne Krimi 1010:	Masako Togawa: Der Hauptschlüssel
Ariadne Krimi 1011:	Sarah Dreher: Stoner McTavish
Ariadne Krimi 1012:	P.M. Carlson: Vorspiel zum Mord
Ariadne Krimi 1013:	Val McDermid: Die Reportage
Ariadne Krimi 1014:	Kim Småge: Die weißen Handschuhe
Ariadne Krimi 1015:	Katherine V. Forrest: Amateure
Ariadne Krimi 1016:	Dorothy Cannell: Die dünne Frau
Ariadne Krimi 1017:	Kim Engels: Zur falschen Zeit am falschen Ort
Ariadne Krimi 1018:	Dolores Komo: Clio Browne, Privatdetektivin
Ariadne Krimi 1019:	Barbara Wilson: Der Porno-Kongreß
Ariadne Krimi 1020:	Sonja Lasserre: Gestern, heute und kein Morgen
Ariadne Krimi 1021:	Val McDermid: Das Nest
Ariadne Krimi 1022:	P.M. Carlson: Sicher ist nur Mord
Ariadne Krimi 1023:	Sarah Dreher: Stoner 2-Schatten
Ariadne Krimi 1024:	Joan Hess: Rufmord
Ariadne Krimi 1025:	Sarah Schulman: Ohne Delores
Ariadne Krimi 1026:	Dorothy Cannell: Der Witwenclub
Ariadne Krimi 1027:	Barbara Wilson: Ein Nachmittag mit Gaudí
Ariadne Krimi 1028:	Joy Magezis: Schüttelfrost
Ariadne Krimi 1029:	Katherine V. Forrest: Beverly Malibu
Ariadne Krimi 1030:	Susan Kenney: Zuchtrosen
Ariadne Krimi 1031:	Mary Wings: Sie kam zu spät
Ariadne Krimi 1032:	P.M Carlson: Versuch mit Mord
Ariadne Krimi 1033:	Val McDermid: Der Fall
Ariadne Krimi 1034:	Anthony Gilbert: Schwarze Bühne
Ariadne Krimi 1035:	Marion Foster: Wenn die Macht ihr Netz auswirft
Ariadne Krimi 1036:	Rosie Scott: Tage des Ruhms
Ariadne Krimi 1037:	Katherine V. Forrest: Tradition
Ariadne Krimi 1038:	L.A. Taylor: Das liebe Geld
Ariadne Krimi 1039:	Gabriele Gelien: Eine Lesbe macht noch keinen Sommer
Ariadne Krimi 1040:	Joan Hess: Die 755 Seelen von Maggody
Ariadne Krimi 1041:	Lauren Wright Douglas: Sieben Leben
Ariadne Krimi 1042:	Orania Papazoglou: Süß wie der wilde Tod
Ariadne Krimi 1043:	Sarah Dreher: Stoner 3 - Grauer Zauber
Ariadne Krimi 1044:	Susan Kenney: Tod nach Lehrplan
Ariadne Krimi 1045:	Deborah Powell: Heißer Winter in Texas
Ariadne Krimi 1046:	Lynne Murray: Der letzte Termin
Ariadne Krimi 1047:	Mary Wings: Sie war schnell wie der Blitz

Ariadne Krimi 1048: Dagmar Scharsich: Die gefrorene Charlotte
Ariadne Krimi 1049: Barbara Wilson: Schwestern der Straße
Ariadne Krimi 1050: Marele Day: Harry Lavender
Ariadne Krimi 1051: Jessica Lauren: Zweimal sterben
Ariadne Krimi 1052: P.M. Carlson: Makler und Mord
Ariadne Krimi 1053: Lauren Wright Douglas: Artemis' Töchter
Ariadne Krimi 1054: Joan Hess: Liebe Miss E.Tadt
Ariadne Krimi 1055: J.M. Redmann: Mississippi
Ariadne Krimi 1056: Kim Småge: Nachttauchen
Ariadne Krimi 1057: Barbara Wilson: Trubel in Transsylvanien
Ariadne Krimi 1058: Dorothy Cannell: Auf dem Holzweg
Ariadne Krimi 1059: Val McDermid: Der Aufsteiger
Ariadne Krimi 1060: Jessica Mann: Die Spur des Schatzes
Ariadne Krimi 1061: Claire Macquet: Auf der Suche nach Ammu
Ariadne Krimi 1062: Barbara Crossley: Kandierte Küste
Ariadne Krimi 1063: Lisa Pei: Die letzte Stunde
Ariadne Krimi 1064: P.M. Carlson: Bühne frei für Mord
Ariadne Krimi 1065: Ann Camones: Verbrechen lohnt sich doch!
Ariadne Krimi 1066: Lynne Murray: Mit anderen Mitteln
Ariadne Krimi 1067: Deborah Powell: Krumme Touren in Texas
Ariadne Krimi 1068: Marele Day: Das Rätsel der chinesischen Schachteln
Ariadne Krimi 1069: J.M. Redmann: Stirb, Jokaste!
Ariadne Krimi 1070: P.M. Carlson: Heiß genug für Mord
Ariadne Krimi 1071: Agnes Bushell: Tanz der Schatten
Ariadne Krimi 1072: Susan Kenney: Wasser hat keine Balken
Ariadne Krimi 1073: Melissa Chan: Geld heilt alle Wunden
Ariadne Krimi 1074: Joan Hess: Aufruhr in Maggody
Ariadne Krimi 1075: ReBecca Béguin: Die Hälfte des Himmels
Ariadne Krimi 1076: P.M. Carlson: Grabes Stimme
Ariadne Krimi 1077: Sarah Schulman: Die Sophie Horowitz Story
Ariadne Krimi 1078: Dirkje Kuik: Pudelmütze
Ariadne Krimi 1079: Barbara Wilson: Mord im Kollektiv
Ariadne Krimi 1080: Jessica Mann: Alles Lügen
Ariadne Krimi 1081: Kate Allen: Wie es dir gefällt
Ariadne Krimi 1082: P.M. Carlson: Studie mit Mord
Ariadne Krimi 1083: Camarin Grae: Seelenraub

Romane Edition Ariadne

Gabriele Gelien: Der Güldne Baum
Marge Piercy: Donna und Jill
Marge Piercy: Er, Sie und Es
Marge Piercy: Menschen im Krieg
Marge Piercy: Sehnsüchte
Sarah Schulman: Die Boheme der Ratten
Sarah Schulman: Einfühlung
Sarah Schulman: Futuranskys Stadt
Sarah Schulman: Leben am Rand
Rosie Scott: Raubstadt
Barbara Wilson: Äpfel und Apfelsinen
Barbara Wilson: Unbescheidene Frauen

P.M. Carlson
Grabes Stimme
Ariadne Krimi

Der Frauenkrimi-Almanach: Ein Feuerwerk für die stärkste Tochter des Krimigenres

ISBN 3-88619-695-X · ISSN 0941-6749
15,00 DM/117 ÖS/16,00 SF

Von *A wie Alibi* bis Wilson und Zaremba: Es ist nicht zu übersehen, daß Frauen sich die kriminelle Szene erobert haben. Ob Buch, Film oder Fernsehen – kaum ein Genre, in dem es so von Ideen und Neuigkeiten sprudelt wie im Frauenkrimi. Höchste Zeit also, daß sich ein kompetentes Organ formiert, um die neuesten Entwicklungen in allen Facetten zu beobachten, zu kommentieren und zur Diskussion zu stellen.

Das Ariadne Forum hat sich jetzt ganz dieser Aufgabe verschrieben. Es bietet in bester Almanach-Tradition Unterhaltsames und Informatives rund um Krimileidenschaft, eine Goldgrube für alle Krimi-Interessierten: Debatten (z.B. zu Sex in Frauenkrimis), Interviews mit Dutzenden von Autorinnen, Genre-Überblicke und Kritiken, alles mit Bildern, Gags und News – Lesen und Mitreden!

Das Ariadne Forum gibt es überall, wo es Ariadne Krimis gibt.